«Ein bemerkenswertes Romandebüt.»
Braunschweiger Zeitung

«Eine stimmungsvolle, besinnliche Geschichte.»
Schweriner Volkszeitung

Anne Delaflotte, geboren 1967 in Auxerre, ist im Burgund aufgewachsen. Sie studierte Internationales Recht in Paris und ist gelernte Buchbinderin. 1993 eröffnete sie mit ihrem Mann, dem Schriftsteller Alexander Mehdevi, in Prag eine internationale Buchhandlung. Dort lebt sie heute als freie Autorin. «Mathilde und der Duft der Bücher» ist ihr erster Roman, der in Frankreich gleich mehrere Preise gewann und viele begeisterte Leser fand.

Anne Delaflotte

MATHILDE
und der Duft der Bücher

Roman

Aus dem Französischen von
Christian Kolb

Rowohlt Taschenbuch Verlag

Die Originalausgabe erschien 2008
unter dem Titel «La relieuse du gué»
bei Gaïa Éditions, Paris.

Die Zitate aus «Cyrano von Bergerac»
stammen aus der Ausgabe: Rostand, Edmond,
«Cyrano von Bergerac», Reclam, Stuttgart 2005,
übersetzt von Ludwig Fulda.

Der Übersetzer dankt dem
Centre national du livre für ein Stipendium.

Veröffentlicht im Rowohlt Taschenbuch Verlag,
Reinbek bei Hamburg, Oktober 2012

Umschlaggestaltung any.way, Hamburg,
nach einem Entwurf von
HAUPTMANN & KOMPANIE Werbeagentur, München
(Foto: © plainpicture/B. Harte/Arcangel und
© plainpicture/M. Owen/Arcangel)
Satz ITC New Baskerville PostScript, InDesign,
bei Pinkuin Satz und Datentechnik, Berlin
Druck und Bindung Druckerei C. H. Beck, Nördlingen
Printed in Germany
ISBN 978 3 499 25263 1

Für meine Eltern,
Noëlle und Jean-Marie

Dank an Delphine, Christine, Hélène,
Caroline, Carole Vantroys

Prolog

Am Morgen weckten mich die Böen, die durch die Gasse peitschten. Der Wind hatte die ganze Nacht über fast unwetterartig geheult. Ich öffnete die Fensterläden, beugte mich über das Geländer und atmete die stürmische Luft ein. Am Himmel zeichneten sich alle erdenklichen Farbnuancen ab, die starker Wind erzeugen kann. Hinten am Horizont, wo es aufklarte, schoben sich mit beunruhigender Geduld und Schwere dicke schwarze Wolken vorwärts.

Um sieben Uhr war ich nach unten ins Atelier gegangen, das im Erdgeschoss genau unter meiner Wohnung lag. Ich hätte später aufstehen können, aber ich mochte es, das Atelier bis zur Geschäftsöffnung um halb neun ganz für mich allein zu haben. Nicht, dass ich viel Kundschaft hätte, aber es gibt immerhin ein Ladenschild, das im Wind weht, und eine Tür, die allen Vorübergehenden offen steht. Mit dieser Tür, die ich mal vor mir und mal im Rücken habe und die sich meinem Einfluss entzieht, lebe und arbeite ich jeden Tag.

Immer noch aufgeschreckt vom Wind, ging ich hinaus und klappte die roten Holzfensterläden zurück, die mein Schaufensterarrangement verdecken: auseinandergenommene Bücher, Holzfasern, Lederschnipsel, Indigofarbstoffe und Blattgold.

Es war ein seltsames Wetter, ein Wetter, bei dem die Leute an ihren Häuserschwellen stehen bleiben, tief einatmen und prüfend den Himmel betrachten, wie Tiere an ihrer Revierschwelle. Mir schien es, obwohl ich selten am Meer gewesen bin, als wäre das ein Strandwetter und als würde mein beschaulicher Ort in der Dordogne an diesem Morgen an eine Felsklippe gespült.

Der tobende Wind drängte mich zu dem Flussarm am unteren Ende der Gasse, zu der durch den nächtlichen Regen sicher angeschwollenen seichten Stelle. Doch ich blieb standhaft und entschied mich, diese Augenblicke, wenn die Tür noch verschlossen ist, wie jeden Morgen in meinem Atelier zu genießen. Anderthalb Stunden selbst gewählter Einsamkeit, um ein Gefühl für den Tag zu bekommen.

Der Regen wurde wieder stärker, und ich ging meinen Kaffee trinken.

Ich frühstücke umringt von den Büchern, die ich restauriere, eine Unart, aber ich bin eben Buchbinderin.

Wie jeden Morgen setzte ich mich vor meinen Computer, der nicht an der Straßenseite, sondern zum Gärtchen hinaus steht, jedoch mit schärferen Sinnen als gewöhnlich, damit mir nichts von dem unberechenbaren Tanz des Windes entging.

Ich mag die leisen Geräusche, die die Tastatur beim Tippen von sich gibt und die mich anspornen, wenn ich den Menschen schreibe, die ich vermisse. Draußen regnete es noch immer.

Im bläulichen Schimmer des Bildschirms las ich beim Kaffeetrinken meine Post, biss von meinem Marmeladenbrötchen ab und freute mich, dass ich nichts bekleckerte: kein Tropfen und nahezu kein Krümel.

Arbeiten Sie auch mit den Händen? Oder spielen Sie ein Musikinstrument? An manchen Morgen zittern einem die Hände, Körper und Kopf verweigern sich einander, was bei einem Handwerker kein gutes Zeichen ist.

An diesem Montagmorgen jedoch war meine Hand ruhig, ich hatte es eilig, mich an die Arbeit zu machen. Ich schwenkte auf meinem Drehstuhl herum und schob mich zwei Meter weiter an den Arbeitstisch, der einem großen Fenster gegenüberstand, durch das man in ein winziges, abgeschlossenes Gärtchen blickte. Hier erwarteten mich die mir anvertrauten Bücher. Ich knipste meine Schreibtischlampe an, die den neuen Bücherstoß erhellte, den ich zu bearbeiten begann. Zehn Bücher kosteten mich, je nach Zustand, ein bis zwei Wochen meines Lebens.

Ich ließ das oberste Buch des Stapels in meine Hand gleiten und begutachtete den Neuankömmling.

Wenn unerwartete Zwischenfälle auftreten, dann immer «am Schulanfang». An diese Theorie und ihr Versprechen glaubte ich mit naiver Zuversicht: Dieses Buch wird sich mir völlig widerstandslos überlassen, mir keine unangenehmen Überraschungen bereiten, es wird makellos und rein aus meinen geheiligten Hallen hervorgehen. So ein Gefühl muss vierzig Sekunden lang anhalten.

Dann erst mache ich richtig Bekanntschaft mit dem Objekt. Es reicht nicht aus, es bloß in Augenschein zu nehmen, man muss das Gewicht fühlen, Maß nehmen, es in der Hand spielen lassen. Manchmal schweife ich ab und lese aufs Geratewohl hier und da einige Zeilen. Damit verstoße ich gegen die Regeln meines Großvaters und Lehrmeisters, der die Ansicht vertrat, ein Buchbinder habe nicht zu lesen. Ein Analphabet sei für die Arbeit am geeignetsten, ob es nun seine Enkelin war oder sonst wer. Er empörte sich über die Auffassung, man dürfe ein Buch schon vorsichtig aufschlagen und sich an seinem Stil ergötzen, wenn der Leim vielleicht noch nicht ganz trocken, der Block aber schon fest ist.

Ich machte mich an die Arbeit, riss die alten Buchdeckel ab. In dem Moment klopfte jemand an der Tür. Ich hätte fast «trommelte» gesagt, aber das trifft es nicht. Dennoch klopfte dieser Jemand entschieden genug, dass ich es ein wenig mit der Angst zu tun bekam. So klopft man nicht an die Tür einer Buchbinderin.

Erstes Kapitel

Widerwillig verließ ich meinen Lichtkegel und durchquerte das Atelier, das immer noch im Dunkeln lag. Vielleicht war ein Unfall passiert, jemand brauchte Hilfe und musste telefonieren, das wäre bei dem Wind nicht verwunderlich gewesen.

Als ich mich der Glastür näherte, sah ich verschwommen die Umrisse eines großen, breitschultrigen Mannes, die sich im matten Licht der Morgendämmerung abzeichneten. Wie eine schwarze Wolke verdeckte der Mann das wenige Tageslicht, das von der Gasse her durch die Tür drang. Bevor ich öffnete, schaltete ich die Ladenschildbeleuchtung draußen an. Als das Licht direkt auf seine gebeugten Schultern fiel, hob er den Blick. Das Regenwasser lief ihm übers Gesicht, an den langen schwarzen Wimpern hingen Tropfen, an seinem Matrosen-Ciré-Umhang rann das Wasser herab. Seine großen weißen Hände hielt er vor der Brust verschränkt und verschloss so den Regenmantel. Die großen Augen, die er auf mich richtete, forderten nichts. Sein Blick war eindrucksvoll und undurchdringlich.

Es kommt selten vor, dass ein schöner junger Mann um die dreißig zu einer unverschämten Zeit erwartet, dass man ihm die Tür aufmacht, einem tief in die Augen schaut, aber nicht einmal gewillt ist, einen anzulächeln.

Sein Blick folgte meinen Händen, die das Schloss entriegelten. Ich trat zur Seite, um ihn hereinzulassen. Er machte einen vorsichtigen Schritt nach innen und stand wie ein Menhir auf meiner Schwelle.

«Kommen Sie rein, bitte.»

Er nötigte mich dazu, ihn leicht zu berühren, da er so scheu im Türrahmen stand. Ich musste die Tür wieder hinter uns schließen, Wind und Regen drückten ins Atelier, und meine Dokumente drohten davonzuwehen. Instinktiv verriegelte ich die Tür wieder, es war noch nicht an der Zeit aufzuschließen. Doch schob ich den Riegel gleich wieder auf, weil ich mir vorstellte, mein eventueller Kunde könnte sich wundern, wenn ich ihn mit mir einschlösse. Eben war meine Hand doch noch so sicher gewesen. Der Wind brachte mich aus dem Konzept, reizte meine Nerven.

Der Mann hatte sich kaum bewegt. Die Schärfe des ihn umgebenden Geruchs nach Regen und Wind machte mich stutzig. Hinzu kam der Duft von frischer Erde, und ich erinnere mich, wie ich mir sagte, dass dieser Mann in den Wäldern geschlafen haben musste, um derart ihren Geruch anzunehmen.

Der Gott des Windes schlich sich in mein Versuchslabor ... Dieser Gedanke war ebenso aufregend wie der, für mich allein die Verse meines geliebten Cyrano zu rezitieren, und viel aufregender als der, ein hübsches marmoriertes Papier nach reinem Augenmaß in einem Zug aufzuschneiden und darauf zu setzen, dass der Schnitt auf den Millimeter genau stimmte. Hatte der Wind mich nicht zum Spaziergang am Fluss eingeladen, und hatte ich sein Angebot nicht ausgeschlagen? Nun war er gekommen und hatte sich gewaltsam Zutritt verschafft.

In den Spitzen seiner halblangen glatten braunen Haare stauten sich, wie auch an seinen langen Wimpern, die Regentropfen. Mein Blick folgte einem davon, und ich hörte, wie er auf dem weiß gestrichenen Parkett im Eingangsbereich aufschlug. Er rann in die kleine Pfütze, die sich auf dem Boden um die Füße des Mannes gebildet hatte.

«Sind Sie durch den Fluss gewatet?»

«Ja. Ich setze Ihren Holzboden unter Wasser. Das tut mir leid.»

Seine Stimme hatte keinen Klang, er sprach tonlos und ziemlich langsam, wie jemand, der seit sehr langer Zeit nicht mehr geredet hat.

«Oh, Sie brauchen sich nicht zu entschuldigen, ich gehe selbst oft durch den Fluss.»

Er sagte nichts mehr, wartete. Aber worauf? Wo war das Buch?

Um mich gelassen zu geben, ging ich an meinen Platz, den Ladentisch: eine breite Holzplatte auf zwei Backsteinstützen, die eine Grenze zwischen dem für das Publikum zugänglichen Bereich und dem Teil des Ateliers zieht, in dem sich meine Werkzeuge befinden. Ich machte noch die zweite Schreibtischlampe an, wodurch ein weiterer Lichtkegel auf der Holzplatte zwischen uns entstand. Schließlich nahm er doch die Hände von der Brust und zog unter dem Regenmantel ein großes Buch hervor.

«Ich hatte keine Zeit, es einzupacken. Es soll ein Geschenk werden, ich habe das erst gestern am späten Abend beschlossen. Ich habe gesehen, dass schon Licht brennt, da habe ich mir erlaubt …»

«Das haben Sie richtig gemacht.»

Ich streckte die Hand nach dem dicken Band aus und forderte den Mann auf, endlich näher zu kommen.

Nun konnte ich ihn besser sehen. Sein Teint war auffallend bleich, seine Augenfarbe undefinierbar: grau, grün, braun? Immer noch verblüffte mich seine standbildhafte

Schönheit. An dieser versteinerten Gestalt bebten lediglich die Nasenflügel.

«Nehmen Sie es mit beiden Händen, es ist schwer.»

Er überreichte mir das Buch, vermied es dabei sorgfältig, mich oder das Buch, das er mir hinhielt, anzusehen, und heftete seinen Blick geradeaus nach vorn, in Richtung des abgeschlossenen Gärtchens. Ich rückte die Lampe nah an die Tischplatte heran und richtete sie auf das Buch. Es war außergewöhnlich, wie der Mann selbst. Ein Format von ungefähr dreißig mal vierzig Zentimetern, schönes dickes Papier. Zu meiner großen Überraschung war es wie ein deutsches Buch gebunden.

«Ist dieses Buch in Deutschland gebunden worden? Oder in einem anderen mitteleuropäischen Land?»

«Das glaube ich nicht.»

Mein Großvater und Lehrmeister war Deutscher, ich hatte zuerst seine Art des Buchbindens gelernt. Wenn meine Kunden mir die Entscheidung überließen, machte ich es wie er.

Bei diesem dicken Buch war der Einband aus hellem karamellfarbenem Ziegenleder. Vorne wie hinten war in der Mitte ein Baum intarsiert, von der Form her hätte ich auf einen Laubbaum getippt. Er war schokoladenbraun. Die Krone hatte sich an mehreren Stellen gelöst, und der Stamm ringelte sich wie gehobelte Späne nach außen.

Der Mann beugte sich über den Rand des Lichtkegels und stützte sich mit ausgestreckten Armen auf den Tisch. Das helle Licht der Straße hinter ihm verdunkelte sein Gesicht, doch ich hörte seinen heftigen und immer hektischer werdenden Atem. Er schien mit den Kräften am Ende. Er sank in sich zusammen und stemmte sich mit vollem Gewicht gegen die Tischplatte. Was, wenn er hier zusammenbrach …?

Auf der gegenüberliegenden Seite der Gasse schob der Bäcker André gerade sein Brot in den Ofen.

Ich legte das Buch nieder.

«Entschuldigen Sie, ich habe Ihnen nicht mal einen Sitzplatz angeboten.»

Ohne seine Antwort abzuwarten, rollte ich ihm einen Sessel hin.

«Danke.»

Erleichtert setzte er sich, fing sich wieder, schloss für einen Moment die Augen und schlug dann die Beine übereinander, um den Rücken besser gerade halten zu können.

«Es ist nicht kalt heute Morgen, ich mache das Fenster einen Spalt weit auf.»

«Ja.»

Ich schob das zum Garten gehende Fenster auf. Die hohen Mauern, die den Garten umgaben, beschwichtigten den Wind.

Ansonsten erfüllte der winzige Garten keinerlei Zweck. Der einsame Apfelbaum in der Mitte empfing gelegentlich Besuch von ein paar Vögeln und, etwas häufiger, von der Katze aus dem Kolonialwarenladen nebenan. Der kahle Stamm wuchs geradewegs in Richtung Licht, sodass die wenigen Früchte des Baums unerreichbar hoch hingen. Ein starker Ast hatte sein Glück versucht, doch er war bald abgesägt worden, weil er sonst die Mauer zum Einsturz gebracht hätte. Nun trug der verstümmelte Ast ein paar schüchterne Zweige, die ebenfalls in die Höhe strebten. Dieses Gärtchen erweckte den Eindruck eines lebendigen Standbildes oder eines halbtoten Stilllebens. Ein Bild ist zum Betrachten da, nicht zum Betreten. Wenn der Herbst kam, würde sich die Tür, die ins Gärtchen führt, ohnehin so mit Nässe vollsaugen, dass man sie nicht mehr aufbekam.

Ich schob ein paar Bücher zur Seite und blockierte das Fenster mit einem alten Stofffetzen und einem ausrangierten Bügeleisen, das ich als Briefbeschwerer benutzte.

Im Vorbeigehen nahm ich von einer Stuhllehne meinen schwarzen Leinenkittel, der voller bunter Leim-, Goldstaub- und Farbflecke war. Eine Erinnerung an die vergangenen Wochen, in denen ich mit einer Kollegin zum Spaß handgeschöpftes Papier hergestellt hatte. Ich schlang mir den Kittel um, während ich mich wieder dem Mann zuwandte.

Seiner Körperhaltung entnahm ich, dass es ihm zumindest im Moment besserging. Er sah mich an, als nähme er mich erst jetzt richtig wahr. Nun, da ich meinen Kittel trug, schüchterte mich sein klarer, durchdringender Blick nicht mehr so ein. Zudem war dieses Buch ein Prachtexemplar, auch von innen, grundsolides Handwerk, edles Leder. Er beobachtete mich dabei, wie ich es betrachtete.

«Das ist ganz ausgesuchtes Papier, Büttenpapier.»

Ich bewunderte das Papier, das leicht marmorierte Vorsatz, das auf zartblauem Grund gräulich und elfenbeinfarben schimmerte. Undeutlich waren darauf lilienförmige Motive in drei verschiedenen Farben zu erkennen. In der Mitte herrschte der gleiche Blauton wie im Hintergrund vor, dann folgte nach außen hin eine ockerfarbene Partie, schließlich eine backsteinrote.

Wenn man das Buch aufschlug, stellte man fest, dass sich das schöne Vorsatz aus dem Bund gelöst hatte, vom Falz, wie der Buchbinder sagt. Der Buchblock hing nur noch an einem zwei Zentimeter langen Stück an der Deckelinnenseite.

Die beiden ersten Bögen waren abgefallen wie trockenes Laub, der Faden gerissen. Dem Vorsatz hinten drohte das gleiche Schicksal wie dem vorne, es war jedoch nicht beschädigt und hielt Buchblock und Einband noch zusammen.

Ich spürte, wie der Wind, der sich durch den Garten einschlich, mir von hinten über den Nacken strich. Von vorne drückte der Blick dieses Mannes, der entweder gar nichts oder alles bemerkte, gegen meine Stirn.

Das Buch musste komplett neu gebunden werden. Doch das Papier war gut erhalten, nicht verschimmelt, keine Risse, hervorragende Qualität.

Der Mann stieß plötzlich einen Seufzer aus und griff sich an die Kehle.

«Darf ich Ihnen einen Kaffee anbieten? Er ist noch warm. Oder einen Tee? Oder wollen Sie etwas anderes trinken?»

«Nein danke.»

Ich ließ es gut sein, steckte die Nase wieder in das Buch, das er mir mitgebracht hatte, und behielt die Fragen, die ich jedem anderen Kunden normalerweise gestellt hätte, für mich. Woher haben Sie das Buch? Warum ist es in dieser seltenen Art gebunden? Stammt es aus Familienbesitz, oder haben Sie es erst kürzlich erworben?

An das farbige Vorsatz schloss sich ein weiteres in Cremeweiß an. Auf der ersten, dick mit blauschwarzer Tinte paginierten Seite war die Bleistiftzeichnung eines Waldes zu sehen. Ich stellte mir die Perspektive vor, den Zeichner, der unter den Bäumen saß, den Rücken bequem gegen einen Stamm gelehnt. Auf der nächsten Seite erschien der Wald weniger dicht; dieses Bild war im Stehen gezeichnet. Nächste Seite: eine Lichtung in Aquarell. Rasch blätterte ich den Band durch und stieß in der Mitte auf ein altes rechteckiges Bauwerk mit geneigtem Dach und einem rundherum gedeckten Säulengang.

Das Buch war nicht gedruckt, es enthielt ausschließlich Bleistiftzeichnungen und Aquarelle.

Ich klappte es zu, nahm mir fest vor, es am Abend mit nach oben zu nehmen, um es in aller Ruhe betrachten zu können, und schickte mich an, mich mit meinem seltsamen Kunden auseinanderzusetzen.

«Monsieur?»

«Ja.»

«Sagen Sie, was soll mit Ihrem Buch geschehen?»

Er löste seinen Rücken von der Stuhllehne, spannte die Muskeln an, wandte den Blick vom Buch ab, als fürchtete er, dass es ihn blenden könnte, und sagte mit gepresster Stimme:

«Ich hätte gern, dass Sie das Leder ausbessern, den Einband weiterverwenden, das Vorsatz restaurieren. Ich zahle, so viel Sie wollen, aber ich betone: Es ist äußerst wichtig, das ursprüngliche Material so weit wie möglich zu erhalten. Das Buch wird in Zukunft ein ruhigeres, ein aufgeräumteres Leben führen. Man wird darauf achtgeben. Ich will, dass es nächsten Samstag fertig ist. Ich bin mit jemandem verabredet, der von weither kommt, um mich zu besuchen. Er ist bereits in Bordeaux.»

Er machte eine Pause und wiederholte: «Samstag.»

Das verschlug mir die Sprache. Dieser Mann, der einen weitaus mitgenommeneren Eindruck als sein Buch machte, wusste und sagte genauer als jeder andere Kunde, was er wollte. Er hatte nichts Verstörtes mehr an sich. Ich bekam es wieder ein wenig mit der Angst zu tun.

«Ich weiß, es ist sehr lädiert. Also, bis nächsten Samstag, da haben Sie genug Zeit, oder?»

«Man muss das Vorsatz grunderneuern, den Block neu heften, den Einband ausbessern, dazu muss ich den Karton auseinandernehmen. Ich weiß nicht, ich bin auch meinen anderen Kunden gegenüber zur Einhaltung der Termine verpflichtet.»

«Ich bitte Sie. Ich verstehe, dass mein Anliegen Ihren Zeitplan durcheinanderbringt. Aber als ich erfuhr, dass ich diese Person treffen würde, hatte ich erst gar nicht daran gedacht, ihr das Buch zu schenken. Ich zahle, so viel Sie wollen.»

«Das ist nicht das Problem.»

«Was ist dann das Problem, Madame?»

«Die Zeit.»

«Wie viel Zeit brauchen Sie, um das Buch zu restaurieren?»

«Vier volle Tage, plus zwei Tage zum Trocknen und Pressen.»

«Ich kenne keinen anderen Buchbinder.»

«Lassen Sie mir das Buch da.»

«Danke.»

Er stand bereits langsam auf.

«Soll ich Sie im Lauf der Woche anrufen?»

«Ja.»

Ich hielt ihm meine Visitenkarte hin. Er las meinen Namen, steckte die Karte vorsichtig in eine kleine Innentasche seines Ciré-Mantels und knöpfte sie zu. Aus der rechten Manteltasche zog er zusammen mit einer zerknitterten Zugfahrkarte einen Hunderteuroschein.

Er überreichte ihn mir wie ein Kommandant, der einen Marschbefehl übergibt.

«Ich rufe Sie morgen an – oder besser am Mittwoch, um mich zu erkundigen, ob Sie gut vorankommen.»

«Gut, am Mittwoch.»

Über den Preis hatten wir nicht gesprochen. So macht man keine Geschäfte. Ich hätte einen Kostenvoranschlag erstellen sollen. Dennoch streckte ich die Hand nach dem zusammengeknüllten Geldschein aus, den er mir entschlossen in die Handfläche drückte. Meine Hand schloss sich darum. Er schaute auf die Uhr:

«Das restliche Geld bekommen Sie am Samstag. Dürfte ich ein Buch sehen, das Sie gerade restauriert haben, damit ich es mir besser vorstellen kann?»

Ich holte drei schöne großformatige Bücher, die von meinen Eltern stammten und die ich mit einem grünlich schimmernden bronzefarbenen Leder neu eingebunden hatte. Vorne auf die Buchdeckel hatte ich mit einem wunderbaren Vergoldestempel goldene Segelschiffe geprägt.

Mein Kunde fasste die Bücher nicht an, betrachtete sie nur. Ich nutzte die Gelegenheit, um ihm eine Quittung über die hundert Euro auszustellen.

Er nahm den Ton eines Geistlichen an:

«Ich kann es kaum erwarten, dass meines auch so schön aussieht. Danke.»

«Halt, Ihre Quittung.»

«Brauch ich nicht.»

«Nehmen Sie sie.»

Ohne einen Blick darauf zu werfen, stopfte er sie tief in eine seiner Manteltaschen. Dann steuerte er auf die Tür zu. Und da verlor er den Halt, sank in voller Länge zusammen, fiel auf den Boden und verströmte einen Geruch nach Erde, Farnkraut und Regen.

Ich rief «O mein Gott!» und kniete mich neben ihn, tätschelte ihm die Wangen, ich glaube, in meinem verwirrten Zustand streichelte ich sie sogar. Ich öffnete den Reißverschluss seiner Lederjacke, die er unter dem Regenmantel trug. Der Tag war angebrochen, aber es war noch immer finster. Deutlich sah ich bloß das Weiß seines Unterhemds auf seiner Haut.

Ich stand auf, schaltete die Deckenbeleuchtung ein und kniete mich wieder hin. Seine Halsschlagader pumpte. Das beruhigte mich, und ich dachte, vielleicht sollte ich ihm etwas Zucker geben. Ich legte meine Hand an seinen Hals, strich ihm die Haare aus der Stirn:

«Hören Sie? Ich werde einen Arzt rufen, machen Sie sich keine Sorgen, alles wird gut, alles wird gut. Der Arzt wohnt ganz in der Nähe, in drei Minuten ist er da, bleiben Sie ruhig liegen.»

Ich wollte entschlossen aufstehen, um den Notarzt zu rufen. Für einen Mann, der gerade einen Kollaps erlitten hatte, packte er mich mit einer unglaublichen Kraft am Knöchel, einer Kraft, die einem unwiderruflich seinen Willen aufzwang.

Er hielt mich auch an meinem Kittel zurück und nagelte mich mit seinem durchdringenden Blick fest.

«Gut, ich werde nicht anrufen, noch nicht.»

Er kam sehr langsam hoch, stützte sich erst mit der einen, dann mit der anderen Hand am Boden auf. Dann stabilisierte er sich, indem er sich mit beiden Händen an meiner Schulter festhielt. Als er saß, ließ er seine schweren Hände noch einen Augenblick lang auf mir ruhen. Nachdem er sich einigermaßen wiederhergestellt fühlte, wollte er aufstehen, und ich reichte ihm die Hand. Er nahm sie. Mit der anderen Hand fasste ich ihn am Ellenbogen; wir zogen uns aneinander hoch und sahen uns dabei die ganze Zeit an. Ich versuchte einzuschätzen, wie schwach er war, und er, wie viel Vertrauen er in mich setzen konnte. Er schien nicht damit zu rechnen, dass ich viel Kraft hatte; er hätte sich ruhig viel fester bei mir aufstützen können. Als er wieder gerade stand, die eine Hand auf meiner Schulter, die andere in meiner, wartete er ein paar Sekunden ab, in denen wir uns wortlos gegenüberstanden. Dann atmete er tief ein und machte rückwärts langsam die beiden Schritte, die ihn von der Tür trennten. Ich hielt immer noch seine Hand. Wie gern hätte ich ihn in mein Bett gelegt, ihn umsorgt, ihn geheilt, ihn kennengelernt.

«Sie sind so blass, bleiben Sie doch noch ein wenig, bitte. Haben Sie schon etwas gegessen?»

«Nein, ganz vergessen …»

«Ich würde Ihnen gern etwas anbieten.»

«Ich muss zum Zug, ich muss los. Ich rufe Sie an.»

Er ließ die Tür offen. Da, wo er gestanden hatte, pfiff nun der Wind herein. All die unbeschwerten Bücher begannen mit den Flügeln zu schlagen und leise zu rascheln, ein marmoriertes Stück Papier glitt davon, trieb einen Moment lang über der Erde, flatterte Richtung Tür, wollte dem Mann hinterher. Ich schloss die Tür, kehrte bedächtig an meinen Ladentisch zurück und setzte mich an die Seite, an der immer die Kunden sitzen, an den leer gewordenen Platz, wie behext.

Die folgenden Worte aus *Cyrano de Bergerac* gingen mir durch den Kopf:

ROXANE Mein Herz wird brechen!
Im Krieg zu wissen, wen's am liebsten mag!

Zweites Kapitel

Die Kirchenglocken von Saint-Lazare läuteten acht Mal. Wegen einer halben Stunde die Tür nochmals zuzusperren, wäre Unsinn. Mein friedvoller Tagesbeginn war dahin.

Ich blieb noch einen Augenblick sitzen, dann ging ich wieder an meinen Platz in der Ecke des Ateliers, nahe dem Gärtchen, wo niemand außer mir hinkommt, und fühlte mich einsamer als vor dem Wind. Von dieser Einsamkeit und Stille hatte ich geträumt, davon, mir meine Zeit frei einteilen zu können. Nun hatte ich das alles, und doch baute sich in den ungelegensten Momenten ein großes Fragezeichen vor mir auf: War es ein Fehler gewesen, hierherzuziehen?

Wenn dieser fremde Mann mir doch länger Gesellschaft geleistet hätte.

Die Veränderung meines Lebens war minutiös geplant gewesen. Nur zu einem kleinen Teil hatte ich mich von dem leiten lassen, was man Instinkt nennt, von Beweggründen, die einem selbst schleierhaft sind. Obwohl ich alle Formalitäten erledigt hatte, war ich nach einem Jahr immer noch dabei, mich niederzulassen, war angespannt, als würde ich in einer nicht enden wollenden Kurve fahren. Zwischen meinen ersten kleinen Erfolgen und Schiffbrüchen wartete ich auf ein Zeichen, das alles rechtfertigen würde. Und wenn der fremde Mann das Zeichen war?

Mit der Zeit kam Rat, doch nahm er einen schmerzhaften Umweg.

Im Moment redete ich mir ein, das Schlimmste sei überstanden. Das Atelier war mir vertraut, weit mehr als meine frischgestrichene Wohnung, mit der ich mich noch nicht wirklich angefreundet hatte.

Die Wohnung ist ein vollkommenes Rechteck, dessen kurze Seiten zum Gärtchen und zur Gasse, einer gepflasterten Fußgängerzone, hinausgehen. In den dreißiger Jahren hatte man allerlei alte Fachwerkhäuser zerstört, in denen sich Handwerkerateliers befanden, um nichtssagende kleine Häuser mit schmucklosen Fassaden zu bauen. Die gibt es nicht nur in der Dordogne und im Südwesten, sondern überall in den Zentren französischer Provinzstädte, und sie sehen nicht so aus, als würde jemand darin leben. Meine Gasse hingegen wird durch die hier wohnenden Händler und Handwerker am Leben erhalten.

Wenn man das Atelier nach links verlässt, führt die Gasse hinunter zum Fluss; rechter Hand geht es hinauf zu dem Platz, auf dem die Kirche Saint-Lazare steht. Hinter der Kirche beginnt eine breite Straße mit riesigen, effektvoll beleuchteten Geschäften von Franchise-Unternehmen, die gleichen wie in London oder Paris, wo ich herkomme. Dort spielt sich das eigentliche Leben ab.

Unsere Gasse bildet dazu den Gegenpol. Sie ist das altmodische Konzentrat eines Dörfchens innerhalb der Stadt. Man spaziert in ihr wegen der malerischen Beschaulichkeit der verbliebenen Fachwerkhäuser, von denen eines mir gehört. Die Hauptattraktion ist die seichte Stelle am Fluss. Wenn man den Fluss überqueren will, kann man entweder über die bezaubernde moosbewachsene Backsteinbrücke gehen oder sich beim Durchwaten nasse Füße holen. Nicht viele überqueren die Brücke, die meisten bleiben stehen, halten einen Augenblick inne, um das Wasser in seinem gemachten Flussbett zu betrachten, und steigen langsamen, aber leichteren Schrittes die Gasse wieder hinauf.

Die Woche würde ich damit zubringen, an dem großen Buch mit den Zeichnungen und Aquarellen zu arbeiten, das mir gerade gebracht worden war. Ich würde keine Zeit haben, mich mit den fünf Archivbänden zu beschäftigen, die ich für die Lokalzeitung binden sollte. Das Archivmaterial musste noch ein oder zwei Wochen warten. Um mich korrekt zu verhalten, rief ich an und fragte. Die Zeitung gewährte mir problemlos einen Aufschub.

Ich rüttelte den Computerbildschirm aus dem Stand-by auf, bloß damit er sein blaues Licht auf mich warf. Dazu kam ein schwach sirrender Luftstrom vom leicht geöffneten Fenster her, und schon schmökerte ich in dem neuen Buch.

Der dicke Wälzer enthielt viele Originalzeichnungen. Ich stockte bei einer Lichtung, in deren Mitte man zwei quadratische Grundrisse erkennen konnte, die sich überschnitten. Auf den nächsten Seiten folgten Aquarellskizzen, ein kubisches Gebäude erstand aus seinen Ruinen. Sein einziger, von einem Kolonnadengang umgebener Raum erinnerte mich an die Römerzeit. Bestimmt war allein meine Ahnungslosigkeit der Grund dafür, dass ich die Ruinen mit dem Römischen Reich assoziierte.

Das Bauwerk wurde immer schöner. In der Mitte des Bandes war es vollendet, wie ein gereiftes Ensemble stand es da, siegreich, glanzvoll und farbig.

Auf einer anderen Seite stellte eine Skulptur, die anscheinend aus einem dunklen Stein gehauen und mit Moos bedeckt war, einen merkwürdigen kleinen Mann dar, der nackt dasaß und einen Hut aufhatte. Wohl ein kleiner Bruder von David di Donatello. Er war so anmutig, dreist und doppelsinnig. Auch hier dachte ich wieder an das alte Rom oder an die Renaissance.

Die Skulptur trieb mich nicht länger um, ich hatte ihr einen Namen gegeben, das reichte. Doch ich beschloss, mich im Internet über die dargestellte Bauweise zu informieren. Der Suchbegriff «römische Architektur» führte mich erst zu «galloromanisch», dann zu «heiliger Ort» und schließlich zu «Tempel» und «Fanum». Es war ein Tempel, eine galloromanische Kultstätte, ein sogenanntes Fanum. Gar nicht so außergewöhnlich, denn ich erfuhr auf der Website, dass es in Frankreich zahlreiche Relikte von Kultstätten dieser Art gab, samt dem charakteristischen Kolonnadengang, dem «Peristyl».

Die Skulptur, dieser ungenierte Knabe, war demnach ein Gott, den man umkreist wie ein Satellit die Sonne oder dem man sich zu Füßen wirft.

In der Mitte des Buches, gleich nach der Statue und anderen Spuren, die ich nicht zu deuten verstand, begann der lange Weg zurück zum Ursprungszustand, der bis zur letzten Seite andauerte. Nach seiner Errichtung wurde der Tempel Seite um Seite wieder abgebaut, eine Demontage, die entweder durch langsame natürliche Erosion oder durch Menschenhand, die man nur vermuten konnte, erfolgt war.

Am Anfang wie am Ende des Buches waren abgeschliffene Steine zu sehen, die am Boden verteilt lagen. Es gab im zweiten Teil keine Zeichnung, die ihre genaue Entsprechung im ersten gehabt hätte, und selbst wenn zwei Abbildungen das Bauwerk in der gleichen Phase zeigten, so war doch das eine ganz deutlich der Aufbau, das andere der Niedergang.

Auf hundertfünfzig gezeichneten oder gemalten Bildtafeln verfolgte der Künstler geduldig, mal bis ins Detail ausgefeilt, mal skizzenhaft, das Schicksal eines Bauwerks, im Sommer in Aquarellen, im Winter in Bleistiftzeichnungen, und beschrieb dabei eine Bewegung vom Mittelpunkt des Gebäudes zum Horizont und umgekehrt.

Ich blätterte wieder in die Mitte des Buches zurück, ließ mir Zeit, erkannte eine Halskette, des Weiteren einige sternförmig angeordnete Speerspitzen, an denen der Zahn der Zeit genagt hatte, sie waren schwarz wie die Nacht. Ferner blaue und ockerfarbene Rauten aus einem Material, das ich nicht kannte.

Schließlich kam ich wieder zu dem kleinen «David». Man hatte ihn mit Flügeln ausstaffiert. Die Krempen seines Huts waren extrem breit. Er spreizte die Beine, das angewinkelte rechte Bein war auf einen Stein gestützt. Und er hielt etwas in der Hand, etwas Dickes, Rundes.

Von diesen Bildern und Aquarellen war eins wundervoller als das andere. Und keines war signiert.

Ich schob den Bücherstapel beiseite, an dem ich noch kurz zuvor hatte arbeiten wollen, und machte mich ans Werk. Das Buch mit der Tempelanlage war ungleich aufregender. Um nicht nur das Originalleder, sondern auch das Vorsatz zu erhalten, musste ich den Einband zerlegen und die beiden Kartontafeln herausnehmen. Ich befeuchtete rundherum die Ränder an der Deckelinnenseite. Mit dem Messer trennte ich das schöne bläulich schimmernde Papier vom Umschlag. So verschaffte ich mir Zugriff zum Leder. Ich löste auch den Umschlag vom Deckel, um zu sehen, wie dick der Karton selbst war. Dann entfernte ich geduldig den Karton.

Nun legte ich die vom Block getrennte und mit dem nur noch halb so dicken Karton verstärkte Lederhülle beiseite. Die andere Kartontafel, die mit dem Vorsatz verbunden war, tauchte ich in lauwarmes Wasser. Sie musste in der Schale ruhen, bis der Knochenleim abging.

Als ich mit dem freigelegten Buchblock hantierte, fiel mir ein vergilbtes Stück Papier auf, das aus einem linierten Schulheft stammen mochte und hinten im Buch festgeklebt war. Mit blauschwarzer Tinte war fein säuberlich eine Reihe von Familiennamen darauf geschrieben: «Soulanges», «Mangeon», «Segnac», «Lucas». Der letzte Name auf der Liste war leicht versetzt und unleserlich.

Ich machte in Büchern sehr häufig solche Entdeckungen: zurückgelassene Notizzettel, Lesezeichen, getrocknete Blumen. Hier verwunderte mich, dass der Zettel hinten am Block befestigt war. Das war kein vergessenes Lesezeichen.

Wenn mich mein Kunde am Mittwoch anriefe, würde ich auf die Liste zu sprechen kommen und ihm vorschlagen, einen kleinen Umschlag dafür zu basteln, den ich an der Deckelinnenseite hinten anbringen könnte.

Gewissenhaft legte ich die Liste unter den kugelförmigen Briefbeschwerer auf dem Arbeitstisch und machte mich wieder an die Arbeit. Ich wollte den Buchrücken säubern, ihn von dem Leim befreien, der die Bögen noch zusammenhielt, als plötzlich ein heftiger Geruch nach Verbranntem in meine Nase drang.

Bestimmt stieg in irgendeiner Ecke des Ateliers eine Rauchwolke auf! Ich schaute mich in alle Richtungen um. Nichts. Und doch erkannte ich den Geruch von brennendem Holz; irgendwo musste ein feuchtes Scheit rauchen.

Hatte ich vielleicht oben in der Wohnung etwas anbrennen lassen? Ich legte das Buch hin und hastete mit wenigen Sätzen die Treppe hinauf. Doch je weiter ich nach oben kam, desto mehr schien ich mich von dem Geruch zu entfernen. Trotzdem ging ich zur Beruhigung bis auf den Dachboden, aber auch dort loderte nicht das Gebälk.

Wieder unten, trat ich aus dem Atelier ins Freie, stellte mich mitten in der Gasse hin, sah mich um, nach unten, nach oben, nach den umliegenden Häusern. Dabei schlotterte ich im Wind, der inzwischen von einem kompakten Sprühregen begleitet wurde und gleichmäßig blies, keine unberechenbare Kraft mehr war. Die Leute, die zum Bäcker gingen, schlüpften mit eingezogenen Köpfen in den Laden und kamen in der gleichen ergebenen Haltung wieder heraus, trippelten weiter bis zur nächsten Unterstellmöglichkeit und vergruben ihre Baguettes unter ihren Jacken. Eine Geste, die mich an den Mann mit seinem Buch erinnerte.

Von Rauch keine Spur. Von Osten, wo die Gasse an der Kirche Saint-Lazare ihren Anfang nahm, bis Westen, wo sie am Flussufer endete, roch es so wenig nach Ruß wie nach Sauerteig.

Zurück an meinem Platz, wischte ich mir mit der flachen Hand übers nasse Gesicht, und der beißende Geruch stieg mir wieder in die Nase. Er kam von meinen Fingern. Ich nahm den Buchblock in beide Hände und schnüffelte daran. Daher also rührte der Gestank. Wenn Papier einen derart üblen Geruch nach Ruß verströmt, hat es nicht nur eine Nacht lang am Holzfeuer gelegen. Ich ging mir die Hände waschen.

Der Mann hatte einen starken Geruch nach Wald verbreitet, nach grünem Gras, Moos, Erde, aber nicht nach Verbranntem.

Bevor ich den Leim mit dem Schwamm auflöste, entfernte ich das Zeitungspapier und den Musselin vom Rücken. Anschließend trennte ich die Bögen und kappte die Fäden. Während ich das, was einmal ein Buch gewesen war, in den Zustand fliegender Blätter versetzte, stellte ich mir vor, wie bestürzt wohl sein Besitzer wäre, wenn er nun an die Tür klopfte, weil er, sagen wir mal, seinen Zug verpasst hatte. Er würde das Ding, das er mir eben anvertraut hatte, nicht wiedererkennen.

Hatte dieses Buch auf einem Schornstein jahrelang vor sich hin gequalmt? Als ich es in seine Einzelteile zerlegt hatte, stieß ich im hinteren Drittel auf einen Holzsplitter von etwa drei Millimeter Kantenlänge, dessen Abdruck über mehrere Seiten hinweg zu erkennen war. Anscheinend hatte an den Seiten, zwischen denen das schwarze Klötzchen lag, eine Feuerzunge geleckt. Ich nahm es heraus, legte es in einiger Entfernung vom Buch ab und fegte es schließlich mit dem Handrücken vom Tisch.

Indem ich auf die Papierfasern blies, versuchte ich, den ätzenden Geruch des abgeschabten Hadernpapiers zu verscheuchen, und auch das Bild, das sich in mein Gehirn eingebrannt hatte: das Bild des Mannes, der in seinem weißen Hemd auf meinem Boden lag.

Drittes Kapitel

Was würde Cyrano sagen, wenn er hörte, dass ich mich plötzlich für einen fremden Mann interessierte? Cyrano, dies zur Warnung, ist meine Männertherapie, meine «Androtherapie». Er hat mich noch nie im Stich gelassen. Ich besitze mehrere Ausgaben des Theaterstücks von Rostand, eine liegt immer im Atelier und eine neben meinem Bett.

Ich schlage das Stück abends aufs Geratewohl auf, lese ein paar Sätze darin, dann schlafe ich ein. Aber ich lese es nicht nur gern im Bett, auch in vielen anderen Situationen habe ich es schon für meine Zwecke benutzt, zum Beispiel, als ich meine Examen ablegte. Ich trug es die ganze Zeit wie einen Talisman in meiner Tasche. Während ich darauf wartete, aufgerufen zu werden, las ich darin oder auch nicht, jedenfalls war es da. Zuletzt begleitete es mich zum Eignungstest für Staatssekretäre im Außenministerium. Zwei Jahre lang habe ich im Außenministerium gearbeitet, in leitender Funktion, in dem für Afrika und den Indischen Ozean zuständigen Ressort.

Ein Missverständnis in doppelter Hinsicht. Weil ich dachte, es gebe keinen Beruf, der sich mir unmittelbar aufdrängte, was nicht stimmte, hatte ich irgendeinen Beruf gesucht. Ich dachte auch, dass «Diplomatie» etwas mit «Vermittlung» zu tun hätte, und diese Verbindung hatte mir gefallen.

Die langen, mit blauem Teppich ausgelegten Gänge und die strahlend weiß gestrichenen Türen und Wände im Außenministerium beeindruckten mich eine Zeitlang. Bis ich kündigte, um den einzigen Beruf auszuüben, der zu mir passt und dem ich zu entkommen versucht hatte, den der Buchbinderin.

Das Handwerk hat mir mein deutscher Großvater beigebracht. Als Kind war es mir nicht in den Sinn gekommen, dass das ein Beruf für die Großen sein könnte, so viel Freude hatte ich daran, Bücher zu binden.

Von meinem Großvater habe ich auch die Liebe zu Cyrano. Er hatte ihn als junger Student in Deutschland für sich entdeckt und später im Südwesten Frankreichs «wiederentdeckt», als er in der Wehrmacht diente. Mein Großvater desertierte, vielleicht weil ihm der Held seiner Phantasie keine Ruhe ließ, und gehörte zu den wenigen deutschen Soldaten, die sich dem französischen Widerstand anschlossen und sich – ohne dabei die deutsche Uniform abzulegen – in der Arbeit für die Résistance bewährten.

Meine Großmutter zu verführen stellte meinen unerschrockenen Opa vor keine größeren Probleme. Er war ihr nach oben an die Loire gefolgt, sie hatte dort ein großes Haus und ausreichend Platz, um eine hübsche Buchbinderwerkstatt einzurichten.

Er stülpte sich eine falsche Nase über und steckte eine rote Hühnerfeder in einen alten Panamahut, dann kreuzten wir unsere Holzschwerter und deklamierten:

CYRANO Abseits werf ich meinen Filz
Und, damit ich Luft mir schaffe,
Auch den Mantel; denn nun gilt's.

Was würde mein Großvater sagen, wenn er erführe, dass seine angehende Diplomatin Buchbinderin geworden ist? Wie würde er die Gestaltung des Ateliers finden, die Vitrine? Was hätte er vom Auftritt des Monsieur Claverie, des Herrn Bürgermeisters, gehalten, einem der allerersten Besucher des Ateliers?

Bei meiner Ankunft in Montlaudun hatte ich mich an ein Maklerbüro und nicht ans Bürgermeisteramt gewandt. Bei der Gemeinde hatte ich keine Beihilfen für meinen Umzug beantragt. Ich krempelte mein Leben um, die Idee, dass mir jemand dabei helfen könnte, war mir nicht in den Sinn gekommen. Wegen der Adressenänderung hatte ich die Behörden per E-Mail benachrichtigt, zwar hatte ich durchaus vor, zum Bürgermeisteramt zu gehen, um mich in das Wählerverzeichnis einzutragen, aber das schien mir nicht dringend. Also musste Monsieur Claverie zu mir kommen.

Ein paar Wochen nach dem Umzug werkelte ich an meiner Atelierausstattung herum. Zusammen mit meinem Vater schraubte ich an der großen, geschwungenen Klinge meiner frisch geschliffenen Papierschneidemaschine, als der Herr Bürgermeister, ohne anzuklopfen, hereinstapfte. Er trug ein Lächeln auf den Lippen und stellte sich vor. Das Händeschütteln ließ keine Missverständnisse zu, es war erdrückend.

Er teilte mir seine Verwunderung mit. Warum ich mich nicht im Bürgermeisteramt gemeldet hätte? Es klang wie ein Vorwurf. Während er im Atelier umherspazierte, meine Werkzeuge anfasste und so tat, als würde er sich für die Bücher interessieren, die ich restaurierte, bestand er darauf, dass ich gleich am nächsten Tag im Bürgermeisteramt vorbeikäme: «Die Gemeinde stärkt dem jungen Handwerk stets den Rücken, ich trete persönlich für seine Unterstützung ein.» Bestimmt wollte ich etwas Dummes antworten, so etwas wie «Danke, ich brauche keine Unterstützung», doch da mein Vater mir ein unauffälliges Zeichen gab, mich zurückzuhalten, sagte ich nur: «Bis morgen.»

Monsieur Claverie ist eine körperlich imposante Erscheinung, groß und recht elegant gekleidet. Die bäuerliche Herkunft lässt sich dennoch ein wenig an den Backen und Händen erkennen. Mit über sechzig Jahren strahlt er immer noch Kraft aus. Kürzlich hat er seine Apotheke verkauft, die größte der Stadt, gut sichtbar in der Geschäftsstraße im Zentrum gelegen.

Am Tag nach unserer ersten Begegnung wurde ich in dem herrschaftlichen Palais aus dem achtzehnten Jahrhundert, in dem sich die Bürgermeisterei befindet, Monsieur Claverie gemeldet. Wahrlich ein geräumiges Amt! Um dieses Schmuckstück, ein Teil des historischen Erbes der Stadt, im Laufe der Jahre in dem ihm gebührenden Glanz wiederherzustellen, war an nichts gespart worden. Man begleitete mich in den ersten Stock, bis zu einer schicken, cremeweiß gestrichenen Flügeltür aus Holz. Ich klopfte an und betrat einen großen Raum, in dem goldene Verzierungen die Schönheit der Spiegelrahmen, Täfelungen, Deckenzierleisten und Kronleuchter noch unterstrichen. Die purpurnen und blutroten Wandbespannungen wirkten dagegen in dieser überquellenden Goldgrube wie ein Aderlass. «Das Kabinett des Monsieur Claverie.»

Um mich zu begrüßen, erhob er sich wie ein König feierlich aus seinem Sessel und wies mir am anderen Ende seines herrlichen Arbeitstischs einen viel bescheideneren Stuhl zu. Ich weiß nicht mehr, wie oft er mir in wechselnden Tonlagen und mit erschütternder Empathie das Gleiche gesagt und dabei heftig mit den Händen gefuchtelt hatte: Er versicherte mir, sich persönlich für die Bedeutung meiner Buchbinderwerkstatt in der Region einzusetzen. Die Gemeinde würde es als ihre Pflicht betrachten, die Standmieten auf den Märkten zu übernehmen, wo die jungen Handwerker sich einen Namen machen könnten.

Er würde mich in dieses und jenes Verzeichnis eintragen, diese und jene Institution benachrichtigen. Er versprach mir, mich in der Region einzuführen. Ich merkte schon, ich hätte vor Freude in Ohnmacht fallen sollen.

MONTFLEURY *(nachdem er das Publikum begrüßt hat, als Phädon)* Beglückt, wer fern dem Hof in holder Einsamkeit
Aus eigenem Entschluß sich der Verbannung weiht,
Gelabt von Zephyrs Hauch, frei von der Ehrsucht Zielen …
(…)
DIE STIMME Strauchdieb, räumen
Wirst du die Bühne!
(…)
MONTFLEURY *(all seine Würde zusammennehmend)*
Mein Herr, Thalia wird beschimpft in mir.
CYRANO *(sehr höflich)* Mein Herr, der Dame sind
Sie nicht empfohlen;
Doch hätte sie den Vorzug, Sie zu sehn,
Solch feisten Tropf, sie zög' im Handumdrehn
Sich den Kothurn aus, um Sie zu versohlen.

Leicht benebelt und, das muss ich zugeben, auch ein wenig gezähmt, hatte ich den großen, in Gold erstrahlenden Raum des Monsieur Claverie verlassen. Dieser Mann konnte einem den letzten Nerv töten, aber er war kein schlechter Mensch. Er hatte seinen schützenden Arm um meine Schulter geschlungen, mich bis an die Stufen des Bürgermeisteramts begleitet und behauptet, dass wir von nun an Freunde seien. Das war zu viel, ich musste lachen.

Während ich das Buch auseinandernahm, die alten Fäden abtrennte und in den Müll warf, dachte ich an meinen Großvater, an Cyrano, an Montfleury und Claverie. Mit dem Schärfmesser in der Hand und dem Rußgeruch in der Nase stand ich da, als die Werkstatttür aufging.

Mein Freund André, der Bäcker, kam herein, es war tatsächlich schon zehn Uhr. Wortlos streifte er seinen großen, wasserdichten khakibraunen Kapuzenmantel von den Schultern und hängte ihn an den Kleiderständer. In seinem leicht singenden südwestfranzösischen Tonfall meinte er:

«Sagenhaft, wie das schifft!»

Bis auf die Vichy-Hose war er ganz in Weiß, hatte das Käppi nach hinten gezogen. Ruhig, unbekümmert und gelöst bewegte er sich auf mich zu. In der Hand schwang er eine kleine Papiertüte, in der sich mein Strudel befand. Morgens um zehn konnte André sich schon auf den nahen Feierabend einstimmen, dann kam er zu mir herüber. Kurz nach dem Umzug hatte ich mir den Knöchel verstaucht, da tat er mir den Gefallen, mir meine Bestellung ins Atelier zu bringen, und seitdem hat sich das so eingebürgert.

André war großzügig und neigte zur Übertreibung. Er hatte mich herzlich aufgenommen, so wie er andere vor mir herzlich aufgenommen hatte, und er verpflegte mich, so wie sich manche aufopferungsvolle Großmütter um Tauben oder Katzen kümmern. Ohne den Strudel hätte ich auskommen können, doch nur schwerlich ohne Andrés Besuche. Er gab gern den lästigen Eindringling, aber er war keiner. Die tägliche Viertelstunde, in der er mich auf die Schippe nahm oder mich mit zarter Aufmerksamkeit umgab, denn auch dazu war er imstande, machte mir das Leben leichter.

Er las mir die Leviten, weil mein Atelier unaufgeräumt war, aber er fühlte sich in der Unaufgeräumtheit wohl, er brachte frischen Wind herein. Und ich mochte es, im

Schein meiner Schreibtischlampe in seine kleinen lachenden blauen Augen unter den mit Mehl bestäubten Brauen zu sehen.

«Bonjour, schöne rothaarige dunkeläugige Mathilde. Bist heute Morgen aber ganz schön zeitig aus den Federn!»

«Wie immer.»

«Nein. Du warst früher draußen als sonst, hast die Fensterläden geöffnet und dir den Wind um die Nase wehen lassen.»

«Na gut, vielleicht war ich zehn Minuten früher dran als sonst.»

«Also du glaubst doch nicht etwa, dass ich dich nicht ausspioniere? Ich hab ihn gesehen, deinen Kerl, wie er sich heimlich in der Dämmerung davongeschlichen hat.»

«Das war ein Kunde, der ein Buch abgegeben hat. Er war nur fünf Minuten da, oder zehn.»

«Ein schöner junger?»

«Ja.»

«Zehn Minuten war er da? Bloß? O schade, schon wieder so ein Waschlappen. Bist so ein schönes Mädchen und verbringst deine Nächte allein, ein Jammer ist das. Wirst dir doch nicht mehr das Hirn zermartern wegen des Schweinehunds, der letztes Jahr abgehauen ist! Verbarrikadierst dich hier in deiner Werkstatt, wo nie eine Menschenseele hinkommt.»

«Ach, und woher kommen all die Bücher, hat die vielleicht der Heilige Geist gebracht?»

«Das ist genau die Frage, die ich mir stelle! Jetzt wo ich drüber nachdenke, fällt mir ein: Vielleicht bin gar nicht ich der Spion, sondern du? Vielleicht führst du von der großen Stadt den Auftrag aus, das Informationsnetzwerk der Landbäckereien lahmzulegen. Was hast du da eigentlich für schwarze Flecken im Gesicht?»

«Ach, nichts, das ist Ruß. Hör auf, mich zum Lachen zu bringen, und gib mir meinen Strudel.»

«Okay, du kriegst heute Prozente. Einen Strudel, aber nur einen, schau, wie schön er ist. Wohlgeformt wie ein jungfräulicher Busen und blond, blond; als ich ihn aus dem Ofen geholt hab, hab ich gleich meine Frau gerufen, aber es hat sie kaltgelassen, sie hat nie kapiert, worum es beim Backen geht. Nimm, du brauchst nicht rot zu werden, hör auf zu lachen, iss. Obwohl, ein bisschen Farbe im Gesicht steht dir ganz gut. Hast du gesehen, was für ein Wetter draußen ist?»

«Ja.»

«Ich werde das Gefühl nicht los, dass du heute irgendwas hast.»

«Nein. Da, dein Kaffee.»

«Ich sage dir, du hast irgendwas. Du wirkst so zerstreut. Liegt's am Wetter? Ihr Frauen seid da ja … empfindlich.»

«Lass die Frauen da raus, außerdem störst du mich in meiner Konzentration. Nach deinem Besuch brauche ich immer eine halbe Stunde, bevor ich mich wieder an die Arbeit machen kann, weil ich wie eine Blöde allein weiterlache.»

«Okay, ich verstehe, ich komm also nicht mehr.»

«Wetten doch?»

«Dir kocht jetzt aber nicht wegen des Typs von heute Morgen das Blut in den Adern?»

«Mein Gott, bist du neugierig.»

«Aha! Ich bin also auf der richtigen Spur. Ich meine es ja nur gut mit dir.»

«Ich kenne ihn gar nicht und weiß nicht mal, wie er heißt. Vielleicht wohnt er in einem der kleinen Dörfer in der Gegend. Er hatte ganz nasse Füße, war durch den Fluss gewatet und roch nach Wald. Er wollte zum Zug, hatte aber gar kein Gepäck dabei, vielleicht im Schließfach ... Nein, mehr gibt's nicht zu erzählen, er hat mir ein interessantes Buch dagelassen. Ich habe angefangen, es zu restaurieren. Das ist alles.»

«O meine Liebe, da hast du dich auf was eingelassen! Also abgemacht, wenn ich was Interessantes über ihn rauskriege, geb ich dir sofort Bescheid.»

Die Bäckerei liegt genau gegenüber von meiner Buchbinderei. Am Tag meiner Ankunft in Montlaudun bin ich hingegangen und habe mir ein Croissant gekauft. Eines der besten, die ich je gegessen habe.

André reißt Witze über Gott und die Welt und fragt die Leute aus. Er ist ausgelassen und äußerst beliebt, bei den Kindern und Jugendlichen wie auch bei den alten Leuten. Trotzdem behandelt man ihn mit Vorsicht, denn so verführerisch sein Charme auch ist, so gefürchtet sind seine Wutausbrüche und so hoch angesehen seine Meinungen.

Er wusste bereits alles über mich, als er mich zum ersten Mal ansprach. Seine Informationsbrocken hatte er vom Maurer und vor allem von meinen Eltern, die am Anfang oft gekommen waren, um mir zu helfen und Einkäufe für mich zu erledigen.

Unser erstes Gespräch – er stand in seiner Backstube, ich im Laden – verlief ungefähr so:

«Sie sind also die Neue? Ihre Eltern sind nett! Glauben Sie, dass sie Ihnen das übel nehmen? So eine verrückte Idee aber auch! Von der Großstadt in das Kaff, wo meine Frau herkommt! Huch, Pardon, Gisèle! Ich habe gehört, dass Sie vor kurzem erst Diplomatin geworden sind. Die haben ja ein schönes Leben, jeden Tag Champagner und Chauffeur ... Sie sind doch nicht zur Geschäftsfrau geboren! Ich glaube, Sie werden eine ulkige Nachbarin abgeben. Pappen Sie wirklich lieber in unserer Handwerkergasse das Altpapier zusammen? Verderben Sie sich wirklich lieber die Augen und vergeuden Ihr Temperament mit Kunden, die sowieso immer alles zu teuer finden? Herrje, diese jungen Leute!»

Mir fehlten die Worte, wie versteinert stand ich angesichts der Unverschämtheit und des frechen Mundwerks dieses Mannes da, und die Vorstellung, diesen Irren zum Nachbarn zu haben, erschreckte mich. Erwartete er, dass ich auf seinen Redeschwall etwas erwiderte?

Seine Frau kam mir zu Hilfe, wenn man das so sagen kann, sie meinte lakonisch:

«Lass die Frau in Frieden, André. Er hat kein Benehmen! Da ist nichts dran zu ändern.»

Er steckte seinen Kopf mit den schelmischen blauen Augen durch die Tür der Backstube:

«Hallo! Keine Angst, ich rede nur gern, schon morgen kräht kein Hahn mehr danach. Willkommen in unserer Gasse, gnädiges Fräulein! Ach, da fällt mir ein, Frau oder Fräulein? Bloß damit ich weiß, woran ich bin.»

Seine Frau:

«Du wirst jetzt die Frau in Frieden lassen, André!»

Ich:

«Fräulein.»

«Ah, wie vorteilhaft.»

Ich bekam einen Lachanfall.

André:

«Gut, ich sehe schon, wir verstehen uns. Meine Frau ist immer so miesepetrig, darauf brauchen Sie nicht weiter zu achten. Früher, als wir miteinander gegangen sind, hab ich sie zum Lachen gebracht. Stimmt's, Gisèle? Das war eine glückliche Zeit. Seit dem Tag, an dem wir geheiratet haben, ist das vorbei, der Priester muss meine Frau verhext haben.

Ach, bei uns auf dem Land passieren merkwürdige Dinge, das werden Sie schon noch merken. Was für eine Schnapsidee von Ihnen hierherzuziehen!»

«Mir fehlt das Außenministerium überhaupt nicht, da gibt es nämlich keinen Bäcker gegenüber, nur das Grab von Napoleon. Vor allem backt keiner so eine Riesengalette fürs Schaufenster. So was hab ich ja noch nie gesehen, die könnte sogar den Hunger des guten Gargantua stillen. Wie haben Sie denn die in den Ofen reingekriegt?»

«Ich hab da so einen Spezialofen.»

«Und wenn die Galette trocken ist, kann man sie noch als Zielscheibe verwenden?»

«Das geht leider nicht, die Galette ist heilig. Vom Priester geweiht.»

«Vom selben, der Sie getraut hat?»

«Ach nein, der ist schon längst auf und davon. Und der neue ist ein Leckermaul.»

CYRANO Schwärmen Sie für Strudel?
DUENNA In der Tat,
Ich schätze sie; besonders mit viel Creme.
CYRANO Ich wickle sechs davon in die Balladen
Von Saint-Amant, und dies Poem
Von Chapelain füll ich mit Butterfladen. –
Sind Sie für Blätterteig?
DUENNA Mein Lieblingsessen.
CYRANO *(sie mit gefüllten Tüten beladend)* Dann wollen Sie da draußen dies verzehren.
DUENNA Ich …
CYRANO *(sie hinausdrängend)* Und erst, wenn Sie fertig, wiederkehren.

Viertes Kapitel

Um herzhafter in den Strudel beißen zu können, wartete ich ab, bis André weg war. Ein Teil der Zuckerstreusel rieselte auf das Parkett, den anderen Teil ließ ich mir genüsslich auf der Zunge zergehen. Ruß und Zucker. Ruß. Weder das Buch noch der Mann, auf dessen Anruf ich wartete, ging mir aus dem Kopf.

Der Deckel des Tempelbuchs lag weiterhin im lauwarmen Wasserbad. Das schöne Vorsatzpapier löste sich langsam von dem dünner gewordenen Kartonuntergrund. Ich musste mich gedulden.

Doch es gab noch andere Patienten, die auf mich warteten. Also wandte ich mich wieder dem Stapel meiner «richtigen» Arbeit zu.

Die Bücher, mit denen ich vor zwei Tagen, am Samstagmorgen, fertig geworden war, hatte ihr Besitzer am Nachmittag abgeholt. Er wollte sie so dringend wiederhaben, dass er sie auch mitgenommen hätte, wenn der Leim noch nicht ganz getrocknet gewesen wäre. Beim Bezahlen hatte er ein freundliches Gesicht gemacht.

Es ist mir immer peinlich, die Hand aufzuhalten, um Geld von den Kunden zu nehmen, mir fehlt noch die Übung. Wenn ich mich von den Büchern trennen muss, bin ich mir nie sicher, ob das, was ich verlange, viel zu viel ist oder nicht genug. Bevor sie abgeholt werden, fotografiere ich sie und klebe die Fotos in ein Album, für die künftige Kundschaft. Am ersten Tag schon vermisse ich meine Bücher, ihre Anwesenheit, ihren Geruch.

Ich schlug meine enggeschriebenen Vermerke auf, die sehr detaillierten Anweisungen der Buchbesitzer, was bei den Ledereinbänden genau auf die Buchrücken geprägt werden sollte, wo die Bünde so fest wie möglich sitzen mussten und so weiter. Die Eigentümer dieser Bücher waren nicht zum Spaß auf der Welt, das waren Kaufleute, die klein angefangen hatten, vom Einzel- zum Großhandel aufgestiegen waren und sich prächtige Häuser gebaut hatten. Sie hatten ein Anrecht darauf, sich jeden Tag wie am Sonntag zu kleiden und sich zu Hause ihre kleine Bibliothek zu leisten. Dort gab es die Bücher «für sie» und die Bücher «für ihn». Die Belohnung für den Volksschulabschluss stand neben dem Buch, das die alten Eltern, die noch nicht tot waren, zur Erstkommunion geschenkt hatten. Jeder hatte seine Bücher, aber es gab nur ein gemeinsames Haushaltsgeld, dessen Rahmen nicht gesprengt werden durfte. Was das Material und die Farben der Bücher anging, war alles haarklein bis ins Detail durchdacht: zwei Arten von Leder, ein Rot- und ein Braunton. Vier verschiedene Leinen, granatrot für sie, tannengrün für ihn.

Was soll's. Diese Arbeit war wenigstens erholsam. Ich stellte mir all diese Bücher so vor, wie sie am Ende werden sollten, perfekt vom Schnitt bis zur Rückenwölbung.

Der kartonierte Einband des ersten Buchs war am Falz eingerissen, der Rücken hing nur noch am hinteren Deckel. Der Block hatte sich gelockert, aber die Heftung hielt, auch am ersten und letzten Bogen. Das nächste Buch musste neu gebunden werden. Ich schlug es wieder zu, fühlte die Härte des Papiers unter der Nadelspitze, malte mir das Geräusch aus, das die Heftschnur machte, wenn ich sie durch die Blattfasern zog.

Ich legte mit den Büchern los, die einen dicken Einband hatten. Mit dem Messer ritzte ich die tristen Vorsatzblätter ein, die auf die Deckelinnenseiten abgefärbt hatten, und trennte sie von oben nach unten an der Heftung ab. Ein paar kurze, heftige Schläge auf die Deckel, und schon waren sie ab. Nach dieser knallharten Offensive konnte ich die Bücher zerlegen. Mit einem in lauwarmes Wasser getunkten Schwamm säuberte ich behutsam die Rücken. Die Zeit hatte nur wenig an diesen Büchern genagt, man hatte sie schief aufeinandergetürmt, wodurch sich die Rücken verformt und die Blöcke gelockert hatten. Das unterste Buch des Stapels war nicht zusammen mit den anderen gelagert worden, sondern hatte wahrscheinlich in Großmutters schlechtgelüftetem Einbauschrank gestanden. Ich begann, das Leinen von seinen Schimmelflecken zu befreien, und hielt es dazu mangels Sonnenlichts dicht unter die Lampe.

Diese Bücher waren selten gebraucht worden, aber immerhin: der Fingerabdruck eines Kindes, ein Butter- und ein Schokoladenklecks, ein totgeschlagenes Insekt, ein vierblättriges Kleeblatt. Der alte Leim löste sich brav auf. Um die Bücher auf Vordermann zu bringen, musste ich sie pressen, heften, leimen, sie neu einkleiden.

Während ich an den einen Büchern arbeitete, war ich in Gedanken bei dem anderen Buch: bei dem lilienverzierten Vorsatz, den ich bald trocknen musste, dem Rußgeruch, dem Kunden, der so namenlos wie das Buch war, dem unbekannten Autor. Ich beschloss, dass dieser Tempel im Wald fiktiv sein musste, schließlich waren keinerlei Orientierungspunkte oder Himmelsrichtungen angegeben. Das Buch selbst kam mir sonderbar vertraut vor. Weil ich das Wiedersehen mit seinem Besitzer herbeisehnte? Aufgrund der Tatsache, dass es in dieser seltenen Art gebunden war? Konnte es sein, dass der Mann das vielleicht selbst gezeichnet hatte?

Nein. Das Papier war zwar qualitativ hochwertig, aber es wies Altersspuren auf. Am auffälligsten zeigte sich die Abnutzung am Leder, das an den Ecken und am Rücken allmählich verblichen war.

Ich nahm die Pinzette, die ich zum Epilieren benutzte, und schaute nach, wie es dem Vorsatz im Wasserbad ging. Es löste sich bereits, die Unterseite schimmerte auf dem dünnen Kartonuntergrund, und ich hängte es zum Trocknen an die Leine, wie man Spitzenunterwäsche aufhängt.

Die Glocken der Kirche Saint-Lazare schlugen Mittag. Ob er schon gegessen hatte?

Wie jeden Montag zu dieser Zeit schickte ich mich an, meine Zeitungen kaufen zu gehen, und streifte meine Jacke über. Da läutete das Telefon. Ich stürzte ausnahmsweise hin, um abzuheben. Aber es war nur der Gemeindepfarrer von Saint-Lazare, Abbé Maupin, der wollte, dass ich zu ihm ins Pfarrhaus käme, er habe Arbeit für mich. Wir verabredeten uns, und ich verließ das Haus in Richtung Fluss.

Ich kaufte mir zwei Zeitungen, den *Courrier International* und *Le Monde*. Die hole ich mir immer montags, zwei Zeitungen pro Woche sind für mich genug.

Mir ist klar, dass ich einige Macken entwickelt habe: das Frühstücksritual im Atelier, meine Zeitungen, die ich nie vergesse, um achtzehn Uhr der Spaziergang zum Fluss. Das ist seit den ersten Tagen in Montlaudun so.

In Paris hatte ich immer erzählt, dass ich Gewohnheiten aus dem Weg ginge, sie zu vermeiden suchte. Die Zeitungen überflog ich nur, las mit meinem Diplomatenmonokel, was ich unbedingt lesen musste, ansonsten tat ich gern so, als ob ich alles gelesen hätte. Nun lese ich einmal in der Woche tatsächlich alles, was die Welt zu vermelden hat, jeden Artikel, den Politikteil, die Wirtschaftsnachrichten, den Lokalteil, Mode, Todesanzeigen, Vornamen, die Leute für ihre Kinder aussuchen, Werbung, Stellenangebote. Nichts lasse ich mir entgehen.

Der *Courrier International* kommt nach *Le Monde* dran, den genehmige ich mir zur Nachspeise. Meine Zeitungen kaufe ich in der Buch- und Schreibwarenhandlung, die von einer alleinstehenden Frau und ihrem Sohn, einem schwächlichen Muttersöhnchen, geführt wird. Das Geschäft dieser beiden Außerirdischen liegt auf der gleichen Seite wie die Bäckerei, zwischen zwei leerstehenden Häusern aus den dreißiger Jahren. Die Mutter ist nicht gerade gesprächig und der Sohn regelrecht stumm. Nur ab und zu gibt er karge Worte von sich, zu denen ihn seine Registrierkasse zu inspirieren scheint, ein kaum hörbares «danke», «guten Tag» oder «auf Wiedersehen».

Zur Mittagspause, um zwölf Uhr dreißig, um genau zu sein, fahren sie den Eisenvorhang unter ohrenbetäubendem Lärm nach unten. Über Mittag machen sie den Laden immer zu, die Mutter ist mit Sicherheit schon vor einer Stunde zum Kochen nach oben gegangen.

Ich beeilte mich, um an meine Nachrichten aus Paris und der Welt zu gelangen, und kam gerade noch rechtzeitig, bevor der Vorhang fiel.

Auf der Straße begegnete ich keiner Menschenseele, weder auf dem Hin- noch auf dem Rückweg. Aus den halb geöffneten Fenstern drangen der Applaus aus den Quizsendungen im Fernsehen und das Klappern des Geschirrs zu mir durch.

Der Wind hatte aufgehört, doch der Himmel blieb düster und verhangen. Vorsichtig wie eine Katze schlich ich an dem fahlen Kolonialwarenladen der zwei Schwestern vorbei. Die eine war verrückt, die andere nicht. Die beiden warteten nur darauf, dass die jüngere fünfundsechzig wurde, damit sie den Laden dichtmachen und in Rente gehen konnten. Falls die Verrückte, die ältere der beiden, nicht gerade irgendjemandem nachspionierte, saßen die zwei wohl auch beim Essen. Zwischen ihrem Haus und der Schusterwerkstatt, die an mein Atelier anschließt, liegt ein Gebäude mit immerzu verschlossenen Fensterläden.

Der Schuster heißt Sébastien, und da keine Musik nach draußen drang, unter der die Wände erbebten, zog ich den Schluss, dass er in Bordeaux sein musste. Sébastien ist ein skurriler, kluger Phantast. Ich habe ihn gern zum Nachbarn, allmählich freunden wir uns sogar an, auch wenn wir uns nicht jeden Tag sehen.

Eilig pfuschte ich mein Mittagessen hin, las diesmal nur oberflächlich die Zeitung, um schnell wieder ins Atelier runterzukommen und mich erneut in die Aquarelle und Zeichnungen zu vertiefen. Die Beschäftigung mit dem Buch war gewissermaßen der Ausgleich für mein Unbehagen, den Besitzer in einem so bedenklichen Zustand gehen gelassen zu haben. Es war lange her, dass ein Mann Neugier in mir geweckt, mich in seinen Bann gezogen hatte. Ich wollte mich in Gedanken treiben lassen, doch die Ausdünstungen des Buchs reizten mich unangenehm im Hals. Nachdem ich das liliengeschmückte Vorsatz unter meine Stockpresse gelegt hatte, ging ich einen Latexschwamm holen. Einen großen Teil des Nachmittags brachte ich damit zu, die Rußpartikel und Rauchspuren Seite für Seite mit dem Schwamm aufzusaugen. Es hätte mich nicht gewundert, wenn beim nächsten Aquarell der Wald in Flammen aufgegangen wäre.

Erst am Spätnachmittag machte ich mich wieder über die anderen Bücher her. Vier Mal läutete das Telefon. Aber es war immer jemand anderer.

Auf jeden Fall regte mich dieses Läuten auf. Immer wenn man am Leimen oder Vergolden ist, die Hände im Wasser hat oder dabei ist, Maß zu nehmen. Das Telefon klingelt nie im rechten Moment.

Meiner beiden Handys habe ich mich schon vor einiger Zeit entledigt. Ich habe sie alle zwei auf Schaumstoff gebettet, wie Insekten, denen man den Stachel zieht, und mit Mottenkugeln in einer Kiste verräumt. Die gründlich verriegelte Kiste lag irgendwo dort oben in einer Schublade. In der gleichen Schublade bewahrte ich in einer roten Samtschatulle die stehengebliebene mechanische Uhr meines Großvaters auf. Sie war im Übrigen nicht nur stehengeblieben, sie war auch kaputt. Die Aufziehvorrichtung hatte den Geist aufgegeben.

Trotz meiner Abneigung gegen das Klingeln musste ich zugeben, dass das Telefon an diesem Tag gute Neuigkeiten verkündete. Ein Kunde wollte vorbeischauen und ein paar alte Bücher bringen. Die Sekretärin des Bürgermeisteramts bat mich zu kommen, um zu schätzen, wie viel Zeit und Geld die Arbeit an den Büchern des Gemeindearchivs in Anspruch nehmen würde.

Der fremde Mann, die standbildhafte Schönheit, fürchtete das Telefon sicher nicht. Am Zeitgeist ging er gewiss nicht zugrunde. Er schien so in sich gekehrt.

Warum hatte er gesagt, dass das Buch von nun an ein aufgeräumteres Leben führen werde? Wollte er es verkaufen?

Legte er keinen Wert auf dieses Buch, das er an seine Brust gedrückt hielt? Warum war es mir so vorgekommen, als würde er es vermeiden, das Buch anzublicken?

Der Art, wie er mir den Geldschein hingehalten hatte, nach zu urteilen, wollte er es jemandem schenken. Ich hatte mich gescheut, ihn richtig anzusehen. Er war so mysteriös und direkt, und er ging mir nicht aus dem Sinn. Dieser Mann, der scheinbar so viel geheim halten wollte, hatte im Grunde vollkommen nackt dagestanden.

Sechs Uhr: Ich zog meine Stiefel an, schloss die Tür und machte mich zu meinem Spaziergang auf, wenigstens eine Stunde, das tat ich bei jedem Wetter. Oft arbeitete ich danach noch bis zum späten Abend weiter.

Das Flussbett durchwatete ich an der seichten Stelle, dort, wo es mit einigen Steinplatten ausgelegt war. In Gedanken war ich bei meinem schönen Riesen vom Morgen und stellte mir vor, wie er, gleich mir, barfuß durch die leichte Strömung ging.

Anschließend lief ich flussaufwärts. Auf der gegenüberliegenden Seite im Wald lag «La Montagne». Ein winziger Weiler, drei oder vier Häuser. Ich hatte auch davon gehört, dass es da eine Mühle gab. Vielleicht war der Mann von dort heruntergekommen?

Auf dem Rückweg machte ich halt bei der Bäckerei. André sperrte gerade in Zeitlupe sein Geschäft ab. Er hatte mich abgepasst, es wurde schon dunkel.

Er reichte mir ein halbes Baguette:

«Ich hatte dir ja versprochen, dass ich mich umhören werde, meine Liebe. Hab ich getan, aber jetzt will ich dir gar nicht so dringend Bescheid geben. Ich hab nämlich keine gute Nachricht. Hast du den Krankenwagen gehört?»

«Nein, wann?»

«Der Kerl von heute Morgen ist nie in seinen Zug eingestiegen. Mangin, der Fuhrunternehmer, hat am Bahnhof ausgeliefert und ist danach mit dem leeren Lkw wieder davongefahren. Die Abdeckung flatterte im Wind, vielleicht war er davon abgelenkt, und von den Scheibenwischern, die mit dem heftigen Regen überfordert waren und die Windschutzscheibe nicht richtig frei bekamen. Wahrscheinlich ist er nicht viel schneller als fünfzig gefahren, aber er hat den Mann nicht gesehen. Bloß gehört, wie es gekracht hat. Es hat ihn an der Schläfe getroffen, er war sofort tot. Anscheinend war er mit eingezogenem Kopf über den Platz gelaufen. Sie haben ihn ins Krankenhaus gefahren. Vielleicht hat ihn seine Familie schon als vermisst gemeldet. Na ja, wenigstens hat er nicht leiden müssen.»

Ich ging über die Straße nach Hause. Auf meiner Schwelle waren noch die gespensterhaften Abdrücke seiner nassen Füße zu sehen. Als ich mein Atelier betrat, erschien es mir wie ein fremder Raum. Das Schweigen der Bücher war beklemmender als der Rußgeruch. Ich warf das Brot auf den Tisch, knallte die Tür zu, vergaß abzuschließen und marschierte hinauf zum Krankenhaus.

ROXANE *(zu Cyrano)* Versprechen Sie, sein Leben zu bewahren!

CYRANO Ja, wenn ich kann …

ROXANE Und daß er niemals Frost
Im Kriege leiden muß!

CYRANO Ja, ja, soferne …

ROXANE Daß er mir treu bleibt!

CYRANO Wenn …

ROXANE Und eine Post
Mir täglich sendet!

CYRANO *(entschlossen)* Dies versprech ich gerne.

Fünftes Kapitel

Das Krankenhaus liegt auf einem Hügel, der so steil ansteigt, dass man mit dem Fahrrad nicht hochkommt. Diesen Anstieg zu Fuß zu bewältigen erforderte meinen ganzen Elan. Mich trieb nur ein Gedanke an: ankommen, bevor der Leichnam weggeschafft wird. Und falls man ihn bereits weggebracht hatte, wollte ich mich nach der Adresse seiner Familie erkundigen, der ich das vollständig restaurierte Buch zurückgeben würde, so wie es sein Wunsch gewesen war. Ankommen, bevor von dieser Begegnung nur der Wind blieb und ein Buch, das nicht zur Ruhe kam.

An der Rezeption plauschten zwei Frauen über die Streiche ihrer Kinder, bereits an der Eingangstür waren die beiden deutlich zu vernehmen. Sie konnten ungestört schwadronieren, in der weißen Eingangshalle herrschte wenig Betrieb. So, wie sie es sich bequem machten, bekam man einen Vorgeschmack auf ihren Nachtdienst; sie unterhielten sich, als wären sie zu Hause, die eine kratzte sich unweit ihres BH-Trägers mit dem Lineal an der Schulter, die andere lehnte sich lässig mit dem Ellbogen über den Empfangstresen, der Ausschnitt ihrer Bluse stand dabei weit offen.

Als ich mich in aller Bescheidenheit auf sie zu bewegte, dachte ich erst, sie würden ihre Unterhaltung unterbrechen, doch das Gespräch stockte nur kurz, sie warfen einen schnellen Seitenblick in meine Richtung, fuhren dann frohen Herzens fort zu plaudern und überließen es mir, ihnen ins Wort zu fallen.

«Guten Abend.»

«Guten Abend.»

Nur die eine, die am Empfangstresen vorne saß, grüßte. Die andere schaltete auf Stand-by.

«Vor dem Bahnhof ist heute Morgen ein Mann von einem Lastwagen überfahren worden. Man hat ihn hierher ins Leichenschauhaus gebracht. Der Mann war ein Kunde von mir, ich bin Buchbinderin. Nach dem, was ich gehört habe, soll er auf der Stelle tot gewesen sein.»

In mir stieg eine törichte Hoffnung auf:

«Ist es überhaupt wahr, dass er tot ist?»

«Woher soll ich denn das wissen, ich hatte keinen Dienst heute früh, ich schieb hier doch keine Sechzehn-Stunden-Schicht! Wie heißt er?»

Sie warf ihrer Kollegin einen komplizenhaften Blick zu und brachte sich in Stellung, um den Namen im Computer zu suchen. Ihre Finger kreisten bereits über der Tastatur, ihr Blick lag forschend auf meinem Gesicht, doch ich musste sie ein weiteres Mal ärgern.

«Das weiß ich nicht.»

«Wie? Die Namen Ihrer Kunden sollten Sie aber schon kennen, wenn Sie im Krankenhaus Auskünfte über sie einholen wollen.»

Neuerlich wechselte sie mit der Kollegin, die sich äußerst professionell benahm und keinerlei Regung zeigte, einvernehmliche Blicke.

«Er war heute Morgen zum ersten Mal bei mir, kurz vor dem Unfall ... Hören Sie, Madame, ich bin vermutlich die Person, mit der dieser Mann als Letztes gesprochen hat. Ich will wissen, ob er tatsächlich tot ist. Wenn ja, ob er wirklich hier im Leichenschauhaus liegt. Wenn ja, wollte ich fragen, ob ich ihn sehen kann. Überprüfen Sie doch bitte die Eintragungen von heute Morgen.»

Mit demonstrativem Widerwillen kam die Frau meiner Aufforderung nach.

«Im Leichenschauhaus gibt es zwei Registrierungen von heute Morgen. Eine alte Frau und ein junger Mann, der nach einem Verkehrsunfall sofort tot war. Er ist bislang nicht identifiziert worden, es haben sich keine Angehörigen gemeldet, die Gendarmerie wurde eingeschaltet. Der Leichnam ist noch da. Und da Sie keine Angehörige sind, können Sie ihn nicht sehen.»

«Ich lasse Ihnen meine Visitenkarte da. Wenn die Familie auftaucht, geben Sie sie ihr bitte, schreiben Sie hintendrauf, dass in meinem Atelier ein Buch für sie bereitliegt.»

Ohne jeden Wunsch, nach Hause zu gehen, steuerte ich dem Gefälle entgegen und erreichte den Fuß des Hügels.

Es bedrückte mich, wie unglaublich einsam dieser Mann im Tod war. Seine nassen Füße waren ihm vollkommen egal gewesen. Das Innere meiner geballten Fäuste erinnerte sich an das Gewicht und den Druck seines in dem Ciré-Regenumhang steckenden Ellbogens. Diese Erinnerung hatte sich in meine Hand gegossen, als ich ihm geholfen hatte aufzustehen.

Wenn ich doch keine Erinnerung hätte; wenn ich ihn nur nicht berührt und gespürt hätte!

Wenn er mir nur nichts zurückgelassen hätte; wenn er mir nur nicht dieses Buch zurückgelassen hätte.

Für dieses Buch war ich nun verantwortlich, und vielleicht noch für viel mehr.

Es hätte gereicht, ihn ein paar Sekunden länger zurückzuhalten.

Seine letzten Worte waren: «Ich rufe Sie an.»

Es war dumm von mir, aber ich wartete noch immer auf diesen Anruf, als wäre er ihn mir schuldig, wenn er sein Wort nicht brechen wollte.

«Es wird von nun an ein ruhigeres, ein aufgeräumteres Leben führen, man wird auf das Buch achtgeben.»

Er wollte es jemandem schenken, aber wem? War der Mann gebrechlich? Was für ein Gebrechen hatte er? Und die stählerne Hand, die mich am Knöchel packte? Wer war der tote König mit dem verpesteten Buch? Selbst im Tod schien er mir noch zu leiden.

Als ich in die Nähe des Bahnhofs kam, fuhr mir die Idee, in den Zug nach Paris zu steigen, durch den Kopf.

Ich war darauf eingestellt, dass ich eines Tages Lust bekommen würde, nach Paris zu fahren, doch bislang hatte ich mir derartige Gedanken verboten. Das gesamte Erbe meines Großvaters hatte ich in den Hauskauf investiert. Nun konnte ich nicht mehr zurück.

Was sollte ich mit diesem Buch weiter anstellen, das einmal mit so viel Liebe gebunden worden war und das ich nun restaurieren würde?

Unten am Fluss hielten die Straßenlaternen ihre Nachtwache. Der Ort döste auch bei Tage vor sich hin. Mein mühevoll errichtetes häusliches Nest schien erfüllt vom Geist dieses Mannes. Wieder watete ich durch den Fluss. Vielleicht war Sébastien, der Schuster, aus Bordeaux zurück? Nein, noch nicht.

Ich ging nach Hause. So muss ich diesen Ort wohl nennen. Die auf meiner Schwelle hinterlassenen Fußspuren beachtete ich beim Eintreten diesmal nicht. Ich machte kein Licht an, ließ das Atelier links im Dunkeln liegen und tappte die Treppen hinauf in die Wohnung. Ohne Abendessen legte ich mich ins Bett und ging mit weit aufgerissenen Augen noch einmal durch, wie alles gekommen war:

Ich hatte mir diese Gegend, diese Stadt, dieses Haus selbst ausgesucht und mich dabei von meinem toten Großvater und einer Figur aus einem Theaterstück leiten lassen. Nun klopfte der Tod schon wieder an meine Tür. Wo befand ich mich?

Nachdem ich vier Monate in diesem Haus in dieser Gasse gewohnt hatte, hatte es mir der Besitzer, von dem ich es gemietet hatte, zum Kauf angeboten. Obwohl ich die Brücken zwischen meinem alten und meinem neuen Leben bereits vollständig abgerissen hatte, hatte ich den Eindruck, dass es noch immer nicht genug war, ich musste auch noch über diese Hürde springen, einen Bungee-Jump riskieren. Ich sagte ja.

Wild entschlossen räumte ich das Dachgeschoss aus, schleppte Sack für Sack voller Staub und Abfall die engen Treppen hinunter. Meine Sommergäste, Freunde und Verwandte, halfen mir dabei. Zwei Ziegelwände teilen den Raum oben in zwei Zimmer mit Bad. Für den Großteil der Arbeit musste ich einen Handwerker engagieren, aber die Fliesen habe ich selbst verlegt, und gestrichen habe ich auch.

Sechs Monate lang lebte ich von meinen Ersparnissen. Tagsüber im Atelier führte ich verschiedene Telefonate, feilte an meinem Internetauftritt, und da ich mich nicht nur auf Monsieur Claverie verlassen wollte, trieb ich mich auf den Märkten herum, um bekannt zu werden. Für mich war das alles viel anstrengender, als spät in der Nacht noch eine Beschichtung zu glätten.

Doch schließlich war es vollbracht. Das Dachgeschoss oben war fertig ausgebaut, und unten trudelten allmählich die ersten Kunden ein. Meine Eltern kamen zu Besuch. Sie schienen sich keine Sorgen mehr zu machen.

In dieser Situation war morgens der Unbekannte erschienen und verunglückt. Das Haus hatte gerade erst angefangen, mir zu gehören; nicht nur, weil ich unten mein Namensschild angebracht hatte und weil dies nun das Ergebnis meiner Erbschaft war, sondern vor allem auch deshalb, weil ich mich so sehr verausgabt hatte.

Für ein Fachwerkhaus ist es ziemlich hell, es hat jede Menge kleiner viereckiger Fenster. Auf der Seite, die zur Straße hin geht, besteht die zweistöckige Fassade eigentlich nur aus Fenstern und schwarzen Holzbalken.

Böse Zungen behaupten, dass die Gasse finster sei und es im ganzen Haus ziehe, aber ich mag den Wind. Auch die kleinen Zimmer mag ich und die Art, wie man über drei oder vier Holzstufen vom einen ins andere gelangt. Die jungen Eltern unter meinen Freunden meinen, das Haus sei bezaubernd, jedoch mit Kindern unbewohnbar. Trotzdem gefällt es den Kindern immer gut bei mir.

Alles war so schön hergerichtet, ich hatte mir jede erdenkliche Mühe gegeben. Ich war bereit, jemanden bei mir aufzunehmen. Ich wollte, dass dieser Mann, der die Zukunft zu bedeuten schien, zurückkam und noch einmal an meine Tür klopfte.

Es war dunkel, und in der Dunkelheit verläuft man sich leicht und verliert die Orientierung in Raum und Zeit. Ich zwang mich, die Augen zu schließen, wälzte mich auf die Seite, krümmte mich zusammen, wickelte mich noch fester in die Decke ein. Aber ich fand keinen Schlaf.

Kaum zwei Monate, nachdem ich mich gemeinsam mit meinem Freund in Montlaudun niedergelassen hatte, war er nach Paris zurückgegangen. Ich glaube mich vage zu erinnern, dass ich in diesen Schweinehund, wie André zu sagen pflegt, eine Zeitlang verliebt war. Vielleicht hätte ich den Schritt, aus Paris wegzugehen, gar nicht gewagt, wenn er nicht behauptet hätte, er sei ganz meiner Meinung, Paris sei out, ich hätte ja so recht, er würde mitkommen. Wie lächerlich! Oder bestenfalls, wie rührend. Ich glich einem kleinen Mädchen, das mit zwölf Monaten seine ersten Schritte machen will, die zarten Fäustchen so fest geballt, dass sie zittern, und das sich verzweifelt an die eigenen Rockfalten klammert. Wenn es den Rock loslassen muss, landet es auf dem Hintern. Dieser Taugenichts, wie André sagt, diente mir als Köder, oder als Rock. Ich bin darauf nicht übermäßig stolz.

Wenn ich nicht schon immer diesen Beruf gehabt hätte, bei dem, wie gern behauptet wird, einfache Werkzeuge und geduldige Handbewegungen eine enge Liaison eingehen müssen, damit ein Buch für die nächsten hundert bis hundertfünfzig Jahre zu neuem Leben erwachen kann, dann hätte ich es zweifelsohne gemacht wie die anderen und mir eine Stelle im Ausland gesucht. In dem Moment, in dem man von mir verlangte, mich endgültig von meinen Träumen zu verabschieden, hatte ich gespürt, dass ich eine Entscheidung herbeiführen musste.

Meiner Familie verheimlichte ich zunächst, dass ich das Außenministerium verlassen wollte. Wenn man sein Leben umkrempelt, entsteht viel sinnloses Gerede, das wie Eis auf einer brennenden Wunde wirkt. Der Tod meines Großvaters, der mich anfangs gelähmt hatte, beschleunigte den Bruch. In meiner Verwirrung hatte ich erst gar nicht verstanden, dass ich nie wieder die Stimme des Großvaters hören würde, nie wieder mit ihm reden könnte.

Aus Prinzip verbitte ich mir, dass Würfel schon im Voraus fallen. Ich besuchte daher alle möglichen Großstädte im Norden wie im Süden, doch schließlich entschied ich mich, von Cyrano inspiriert, für diese Gasse in Montlaudun, einem kleinen Ort in der Dordogne. Es war kein Buchbinder in der Nähe; und in den Wäldern der Dordogne, wo die Partisanengruppen des Maquis im letzten Krieg ihre Nester hatten, konnte ich vielleicht noch etwas vom jugendlichen Elan meines Großvaters spüren.

Außer dem einheimischen Kundenkreis und den Gemeindearchiven gab es viele Fremde, die sich in der Gegend niederließen und die Bibliotheken ihrer Landsitze mit ein paar schönen Büchern schmücken wollten.

Das Atelier hatte mir sofort gefallen, es war genau das, was ich mir vorgestellt hatte, mit den schönen Stufen und der Wohnung darüber. Und da mein Auto langsam den Geist aufzugeben drohte, war es sowieso an der Zeit, der Suche ein Ende zu setzen.

Ich hatte meine Unterlagen zur Eröffnung eines Gewerbebetriebs beisammen und den erforderlichen Lehrgang in Buchführung absolviert. Für das Ganze hatte ich etwas mehr als ein Jahr gebraucht. Ein Jahr geht schnell vorüber.

Mein Freund, der Schweinehund, kam anfangs an den Wochenenden, zu einer Zeit, als wir einander schon nicht mehr brauchten. Er kam, um Wort zu halten, aber in ganz miserabler Laune.

Er war Graphiker und ist es sicher immer noch. Seine Aufgabe war es, Marken und noch gesichtslosen Produkten eine bildhafte Identität zu verleihen, und so hatte er sich von Geschäfts wegen ein paar Marotten zugelegt. Ein hübscher Junge, der gut verdiente, sich seiner zumindest zeitweiligen Unabhängigkeit rühmte, flexibel, prima ausgestattet mit elektronischen Geräten, leidenschaftlich verbunden mit seinem Headset, mit dem er aussah wie eine Garnele.

In Paris hatte er mich bezaubert. Es ist äußerst vergnüglich, jemandem zu begegnen, der zu wissen scheint, wo es langgeht, wenn man selbst so seine Zweifel hat. Er war lebenslustig, verstand es, sich nur über ästhetische Dinge Gedanken zu machen, und schoss tolle Fotos. Er hatte den richtigen Blick dafür. Er war kreativ.

In der Provinz fühlte er sich, wenn er keine Rückfahrkarte nach Paris in der Tasche stecken hatte, fehl am Platz.

Er arbeitete oben in der Wohnung, ich unten im Atelier. Die Klingeltöne seiner Telefone störten meine Ruhe. Seine Stimme hallte von den Wänden wider und drang über die Treppe zu mir herab.

Vom gedämpften Säuseln seines Druckers bis hin zu seiner epischen Berichterstattung am Telefon über seine sogenannte Niederlassung auf dem Lande, alles an ihm machte mich rasend. Mit ihm kam ich mir vor wie in einem Pariser Vorort, einem Transitraum, in dem ich dem zielsicheren Strom der Niedertracht und unseren gegenseitigen Manipulationen schutzlos ausgesetzt war.

Warum hätte ich mir also schuldvoll an die Brust schlagen sollen, als er, das Genie, aufgeblasen von seiner großen Landerfahrung, ins traute Heim zurückkehrte? Frei und um einen Bruch reicher, der ihm keine großen Umstände bereitet hatte. Er hatte seine Wohnung an zwei Studenten untervermietet, die ihm ein bisschen Platz machen würden, so lange, bis sie wieder ihre Koffer gepackt hätten.

Manchmal hatte mir mein im Trend liegender Freund eine Tasse Tee heruntergebracht. Gegen Ende sparte er nicht mit einfühlsamen Aufmerksamkeiten. Schweigend strich er mir durch die Haare und küsste mich mit einer Zärtlichkeit auf den Hals, die keine ästhetischen Ambitionen hatte, das war sein Adieu. Der Abschied war das, was uns am besten gelang.

Zwei Stunden, nachdem ich ins Bett gegangen war, konnte ich noch immer nicht schlafen, ich bekam keine Luft unter der Decke, also ging ich wieder ins Atelier nach unten und schaltete alle Lichter an. Außerdem war es gar nicht spät. Ich legte Musik auf, keinen impressionistischen Debussy, auch nicht das Requiem von Gabriel Fauré; im Moment brauchte ich die Klarheit und den Schwung von Mozart. Aus einem Karton zog ich ein altes Wörterbuch der französischen Sprache mit einem rot-goldenen Umschlag, das ich zu heften begann. Meine Eltern hatten das Warten wohl schon aufgegeben und vergessen, dass sie es mir übergeben hatten, zusammen mit den drei wunderschönen Bänden, die ich bereits mit einem bronzefarbenen Ledereinband bezogen hatte.

Warum hatte er mich in meinem Tatendrang so energisch gebremst, als ich ihm zu Hilfe eilen wollte? Was passiert mit einer nicht identifizierten Leiche? Wirft man sie in ein Massengrab?

Ich heftete Bogen um Bogen und setzte alles wieder zusammen. Es war nach ein Uhr morgens, als ich endlich müde wurde. Immerhin war die Zeit nicht sinnlos verstrichen, schließlich hatte ich ein Wörterbuch gebunden.

Er starb anonym auf einem Bahnhofsvorplatz, weil er übersehen wurde.

CYRANO «Einem Helden unterlegen,
Ruhmvoll im Herzen den geschliffnen Degen!»
Mein Schicksal wollt' es anders und gebot,
Daß einem Streiche, den ein Knecht geführt,
Und feiger Hinterlist ich unterläge!
Alles mißglückte mir, sogar mein Tod.

Bei meinem Einzug hatte eine mitfühlende Seele auf der Straße zu mir gesagt: «Diplomatin, das ist ein Beruf! Aber Buchbinderin, wie kommen Sie denn darauf? Ich hätte gedacht, diesen Beruf gibt es gar nicht mehr!»

RAGUENEAU *(unter Tränen)* Ich … ich bin Lampenputzer bei Molière.

Sechstes Kapitel

Am Morgen hatte sich meine Ruhelosigkeit gelegt. Das Buch würde mich zu den Hinterbliebenen des toten jungen Mannes führen, und vielleicht würde sich auch im Zuge der Restaurierungsarbeiten noch irgendein Anhaltspunkt ergeben.

Ich telefonierte mit dem Krankenhaus. Die Leiche war nach wie vor da, und es waren noch keine Angehörigen erschienen.

Kaum hatte ich aufgelegt, rief der Chef der Gendarmerie von Montlaudun an und ließ mich wissen, dass er selbst oder einer seiner Kollegen im Laufe des Tages bei mir vorbeischauen wollte. Was die Identität des Toten anbelange, habe man nämlich bei ihm lediglich meine Visitenkarte und die Quittung gefunden. Wieso zitterte meine Hand, als ich den Hörer auflegte? Ich hatte mir doch nichts vorzuwerfen.

Ich machte Musik an, Bach für den frühen Morgen. In der Musik ging ich ganz auf und legte mich bei der Arbeit ins Zeug. Ich behandelte das Vorsatz des Tempelbuchs, stärkte es am Falz mit Japanpapier und schraubte es unter die Stockpresse. Höchstens mit einer Lupe hätte man noch den Riss ausmachen können. Außer mir sah den keiner mehr.

Warum war das Buch in einem Stil gebunden, der in Deutschland verbreiteter war als in Frankreich?

Nach dem Krieg hatten sich in der Gegend hier keine Deutschen mehr aufgehalten. Vielleicht ein aus der Kriegsgefangenschaft heimgekehrter Franzose, der in Deutschland seinen Beruf erlernt hatte? Mein ehemaliger Nachbar in Paris hatte Zwangsarbeit in einer deutschen Druckerei verrichtet. Ich fand, das wäre eine einleuchtende Erklärung.

Und der Brandgeruch? Vergangenen Sommer hatte es in der Nähe von Lalande einen fürchterlichen Brand gegeben, bei dem ein Feuerwehrmann ums Leben gekommen war. Und das Buch war dem Brand gerade noch entkommen. So könnte es gewesen sein.

Dass sich dieser Rußgeruch im Buch festgesetzt hatte, konnte ich mir nämlich nicht anders erklären, als dass es für kurze Zeit dicken Rauchschwaden ausgesetzt war. Hätte es längere Zeit etwa an einem rauchenden Kamin gelegen, wäre der Ledereinband schwer beschädigt, was aber nicht der Fall war.

War er aus Paris, oder kam er hier aus der Gegend? Besaß seine Familie ein Haus in der Nähe? Machte sich in Paris jemand Sorgen um ihn? Wusste jemand, wo er das Wochenende verbracht hatte?

Am allermeisten rätselte ich über die Verbindung zwischen dem Mann und dem Buch. Wieso hatte er es so fest gegen seine Brust gepresst? Warum schien es ihm peinlich zu sein, es in meiner Gegenwart anzusehen? Er kannte sein Buch doch sehr gut und erteilte genaue Auskünfte darüber.

Für wen musste das Buch, das er im letzten Moment unbedingt so schnell restaurieren lassen wollte, in sechs Tagen fertig sein?

Paradoxerweise war dieses Buch, das, dem Zustand des Einbands nach zu urteilen, jemand über Berge und durch Täler geschleppt haben musste, sehr selten aufgeschlagen worden. Ansonsten hätte ich nicht ganze Rauchzungen, kleine schwarze Steinchen und all diesen Staub darin vorgefunden.

Mir war das alles ein Rätsel. Doch musste ich meine Zeit auch den anderen Büchern, meiner «richtigen» Arbeit widmen. Ich maß Deckel und Rücken aus, schnitt Kartons zurecht. «Zweimal messen, einmal schneiden» ist so eine Buchbinderweisheit.

In Gedanken arbeitete ich trotzdem am Tempelbuch weiter, an dem Leder für den Baum, den ich wieder befestigen musste. Was hatte der Mann mit dem Buch angerichtet, was hatte den ungleichen Zustand von Deckel, Gefüge und Innerem herbeigeführt?

«Von nun an wird *man* auf es achtgeben.»

Ich schob den Gedanken, der mich zunächst deprimiert hatte, weit von mir und arbeitete: den Gedanken an seine Einsamkeit im Tod, den ich jedoch zunehmend auch verlockend fand. Es passte mir, dass niemand ihn für sich beanspruchte.

Um Schlag zehn stieß André – sein mehlbestäubtes Gesicht hatte eine gesunde Farbe – in vertrauter Weise die Tür auf und kam mit flinken Schritten pfeifend auf mich zu. Mein Großvater hatte immer improvisiert und sorglos eine abstrakte kleine Melodie nach der anderen gepfiffen. Andrés weißgepudertes Ohr dagegen schnappte in seinem Backstubenradio irgendwelche Refrains auf, Hip-Hop, Disco, Operetten, Arien.

Er hielt mir eine weiße, mit einer sonnenfarbigen Windmühle bedruckte Papiertüte vor die Nase.

«Greif in die Tüte. Beiß rein, meine Liebe, es ist noch warm!»

Mir blieb nur noch Zeit, den Kopf zu senken. Mein teerosenfarbenes Haar, wie André sagte, verhüllte das Gesicht.

Ich streckte einen Arm aus und hielt den Daumen nach oben. Schweigen.

Seit dem Tod meines Großvaters habe ich nicht mehr so geweint. André ging verunsichert nach Hause, es war kein Gespräch möglich. Er hatte aufgehört zu pfeifen.

Nachdem ich mir kaltes Wasser übers Gesicht hatte laufen lassen, setzte ich Falze an den ersten Bögen am gerissenen Rücken des Tempelbuchs an.

Eine Stunde später kam André wieder:

«Hast du jetzt das Croissant gegessen?»

«Nein, aber das mach ich gleich, setz dich doch, willst du einen Kaffee?»

«Ach, mach mir lieber einen Tee heute. Warum hast du so geweint? Was nimmt dich so mit? Was diesem Kerl passiert ist, der dir gefallen hat, bereitet dir das solchen Kummer? Anscheinend weiß keiner, wer er war?»

«Nein. Doch die Gendarmerie wird die Angehörigen schon noch finden. Jemand kommt und will mich verhören.»

«Wieso das denn?»

«Das Einzige, was man bei ihm gefunden hat, sind meine Karte und die Quittung. Er hat die Restaurierung des Buchs bezahlt, das er mir dagelassen hat.»

«Er muss offensichtlich hier in der Gegend eine Unterkunft gehabt haben. Im Sommer laufen auch Leute rum, die nur für kurze Zeit hierherkommen, aber zu dieser Jahreszeit, am Montagmorgen, mit einem dicken Buch unterm Arm … Das war jedenfalls kein Tourist.»

«Magst du das Buch sehen?»

«Zeig mal her. Hey, sieht wirklich aus wie gedruckt, sehr schön! Das sind die Wälder aus der Umgebung hier!»

«Glaubst du?»

«Bist du nicht auch auf dem Land aufgewachsen? Die Wälder, in denen du aufgewachsen bist, erkennst du die nicht sofort wieder? Die Farbe des Erdbodens, die Bäume, die Formen, das kennt man doch! Ich bin zwar kein Botaniker, aber ich drehe in den umliegenden Wäldern seit fünfunddreißig Jahren mehrmals die Woche meine Runden, und ich sage dir, diese Zeichnungen sehen haargenau so aus wie unser Wald hier.»

«Du meinst, er wollte ein Buch mit Motiven der Umgebung restaurieren lassen? Vielleicht hat er es ja bei einem Trödler gekauft?»

«Ich fahre jetzt los und werde mich mal in den umliegenden Ortschaften erkundigen, in den kleinen Dörfern. Da kennt man jede Katze, die herumstreunt. Wenn da ein ordentliches Mannsbild mit einem dicken Schinken unterm Arm vorbeikommt, auch noch zu Fuß, dann halten die Leute den gleich für den Teufel persönlich! Brauchst du morgen das Auto?»

«Ja, wenn's geht. Das wäre nett. Ich muss nach Lalande zum Bürgermeisteramt.»

«Du kannst auch am Bürgermeisteramt mal nachfragen, ob die was von ihm wissen. Hast du nicht gesagt, dass er nach Wald gerochen hat? Von Lalande hierher, das ist gar nicht weit, wenn man den Weg obenrum nimmt. Wie sah der arme Kerl nochmal genauer aus?»

«Ich würde sagen, mindestens einen Meter neunzig groß, breite Schultern, halblange braune Haare, tiefschwarze Wimpern, eher helle, vielleicht graue oder grüne Augen, schöne Gesichtszüge, er trug einen weiten khakibraunen Regenmantel, ein schweigsamer Mensch.»

«Okay. Und das Croissant hat dir geschmeckt, auch wenn's kalt war?»

«Ja.»

«Dir wird doch nicht der Appetit vergehen, mit einem Bäcker von internationalem Ruf gegenüber! Eine Schande wäre das für mich! Das würde ich dir nie verzeihen.»

Als André fort war, suchte ich nach dem winzigen Splitter, von dem ich dachte, er wäre aus Holzkohle, den ich tags zuvor gefunden und mit der Hand vom Tisch gewischt hatte. Wenn dieses kleine verkohlte Stück Holz von einer einheimischen Baumart stammte, würde das André in seinem instinktiven Gefühl bezüglich des Waldes und meine Überlegungen hinsichtlich des Feuers bestärken.

Suchend krabbelte ich auf allen vieren. Der Splitter musste irgendwo liegen. Und da – tatsächlich machte ich ihn unter meinem Arbeitstisch ausfindig und steckte ihn in einen Umschlag.

Ich wusste, wer mir sagen konnte, ob er wirklich aus Holz war oder nicht. Der Uhrmacher und Juwelier aus der Straße, er war mit allen erdenklichen Arten von Vergrößerungsgläsern ausgestattet. Monsieur Roche hatte Erfahrung im Umgang mit Mineralien und konnte im Ausschlussverfahren sicher etwas über den Splitter herausfinden. Am nächsten Tag um die Mittagszeit würde ich ihm einen Besuch abstatten.

Siebentes Kapitel

Ich hatte am letzten Bogen den Falz angesetzt. Nach der Restaurierung der Vorsatzblätter würde ich zu heften beginnen. Sobald ich von Monsieur Roche zurück wäre.

Ihn mittags beim Essen zu stören musste ich nicht fürchten, er nahm nämlich nur einmal täglich seine Mahlzeit ein, und zwar um neunzehn Uhr. Gewiss würde er nun gerade Pause am Flussufer machen, dort, wo wir uns kennengelernt hatten.

Mit dem Umschlag in der Hand ging ich die Gasse hinunter. Sein Laden lag ganz unten, rechts an der Ecke, zwei Häuser nach der Buch- und Schreibwarenhandlung. Er hatte sich eine Bank am Wasser aufgestellt.

Seine Augenbrauen strahlten etwas Argwöhnisches aus, doch die Art, wie er aufmerksam und geduldig das Kinn hochzog, flößte mir wiederum Vertrauen ein. Monsieur Roche war ein akkurater, stets glattrasierter Mann, der sich seine spärlichen Haare mit Pomade quer über den Eierkopf klebte. Er war schlank und trug zu jeder Jahreszeit kurzärmlige karierte Hemden unter einem grauen Pullunder. Wenn er in seiner Werkstatt arbeitete, schimpfte er, über neu zusammengefügte Räderwerke gebeugt, auf seine Uhren und auf den Wetterumschwung.

Die Uhren sind seine liebste Gesellschaft. Vor den Menschen nimmt er sich in Acht. Ohne die seichte Stelle am Fluss hätten wir niemals Freundschaft geschlossen. Der Fluss stellt eine Oase der Ruhe dar, bietet ideale Bedingungen für einen höflichen Austausch.

Monsieur Roche litt schwer an den Kompromissen, die er zeit seines Lebens eingegangen war. Er begeisterte sich ausschließlich für Präzisionsmechanik und war von seiner Mutter dazu gedrängt worden, den Juwelier zu spielen, Edelsteine zu fassen und Ringe zu verkleinern. Schließlich hatte sie ihn so weit gebracht, dass er auch «Juwelier» auf sein Ladenschild schrieb, im Gegenzug kümmerte sie sich um die Werbung.

Die Mutter liebte es, in Gesellschaft zu sein, sie war voller Unternehmungsgeist, interessierte sich für Mode, redete gern mit den Kunden. «Juwelierin» hätte es eigentlich auf dem Ladenschild heißen müssen. «Meine Mutter kannte sich mit Schmuck hervorragend aus, konnte echte und falsche Edelsteine so gut unterscheiden wie echte und falsche Kunden. Was soll man sagen, wertes Fräulein, wie man mit Leuten umgeht, das kann man nicht lernen, für menschliche Beziehungen ist man entweder geschaffen, oder man ist es nicht. Meine Mutter jedenfalls hatte diese Kunst ganz für sich gepachtet. Nach ihrem Tod ist die Kundschaft ausgeblieben. Ich habe viel verloren, als sie gestorben ist, so viel steht fest.»

Monsieur Roche dagegen liebte die Uhrmacherei, genau wie vor ihm sein Vater und sein Großvater, und die damit einhergehende Stille, in der nichts außer einem rhythmischen Ticktack zu vernehmen war, in dem er allein feine Unterschiede herauszuhören vermochte. Alles andere schien für ihn nur Krach zu sein.

Die Innenausstattung seines in Rot und Schwarz, genauer, in Rotbraun und Grauschwarz gehaltenen Ladens, den seine alternde, aber starrköpfige Mutter Anfang der siebziger Jahre eingerichtet hatte, würde irgendwann wieder modern werden. Im Moment stand er noch unter dem Schock des Schicksalsschlags und lebte von seiner kleinen treuen Kundschaft, von denjenigen, die ihre Kinder taufen ließen, die Erstkommunion feierlich begingen und die Hochzeiten der Nachkommen arrangierten.

«Warten wir's ab, wertes Fräulein, nicht bloß Mamas Dekoration wird eines Tages wieder in Mode kommen, alle alten Traditionen, es ist ja nichts Besseres dafür erfunden worden.»

Er verkaufte also Gliederarmbänder, Armreife, Kreuze, Trau- und Verlobungsringe und ein wenig Modeschmuck, der gar nicht gut ging. Kein Wunder, denn Modeschmuck bei Monsieur Roche zu kaufen, darauf musste man wirklich erst mal kommen. André gegenüber hatte ich einmal meine Verwunderung über die vielen alleinstehenden alten Leute in der Straße geäußert, woraufhin er mir erzählte, dass Monsieur Roche, als er jung war, mit der Kolonialwarenhändlerin verlobt gewesen war, jedoch wegen ihrer Schwester, der «Gestörten», die den beiden wie ein Schatten überallhin gefolgt war, die Verlobung wieder gelöst hatte.

Zu den Höhepunkten seines Lebens zählten die Momente, in denen Sammler bei ihm aufkreuzten und ihm ihre Fundstücke zum Reparieren brachten: «Echte Uhren, richtige Standuhren, wertes Fräulein, da lohnt es sich, maßgearbeitete Ersatzteile herzustellen, sich mit den Uhrwerken auseinanderzusetzen, damit man die Besonderheit der jeweiligen Mechanik begreift. Ich habe ungefähr zehn solcher Uhrwerke bei mir, und es vergeht kein Tag, an dem ich sie nicht ansehe. Nun, man lernt nicht aus nach all den Jahren.»

Auch wenn seine Mutter sich im Grab umdrehen wird, freute sich Monsieur Roche auf die Rente im nächsten Jahr, darauf, dass der Vorhang vor seinem todgeweihten Geschäft für immer fallen würde und er die Zeit, die ihm noch blieb, einzig und allein seiner Kunst widmen könnte. Nachdem er etwa ein Jahr bevor ich nach Montlaudun gekommen war, einen Herzinfarkt gehabt hatte, hatte er schon gefürchtet, diese goldene Zeit nicht mehr erleben zu dürfen. Davon, dass sein Herz bereits seit Jahren langsamer schlug, hatte er nichts gewusst. Es brauchte Unterstützung, man hatte ihm einen Schrittmacher eingesetzt. «Die Batterie wird mit Lithium betrieben, das ist der Gipfel für einen Uhrmacher der alten Schule. Die Leute sagen, ich soll mich spezialisieren, und dabei wollen sie bloß, dass ich Schund verkaufe! Da danke ich lieber ab.»

Am ruhigen Ufer des Flusses hatte er sich erregt: «Ich verkaufe keine Lithiumbatterien, ob es meinem Schrittmacher passt oder nicht. Heute kam jemand und wollte, dass ich ein Uhrengehäuse öffne, die Batterie auswechsle und wieder zumache. So was ist eine heikle Operation, das ist das Ärgerliche an dem Schwachsinn, weil diese Gehäuse nämlich so schlecht gebaut sind, dass das Glas leicht brechen kann. Und in den Augen des Kunden ist am Ende der arme Uhrmacher schuld an dieser Fahrlässigkeit. Eine Schande ist das, in doppelter Hinsicht.»

Und mit verschwörerischer Miene hatte er mir ins Ohr geraunt: «Was für das Gedächtnis ein gutes Papier ist, ist für die Zeit die Mechanik einer Uhr, wertes Fräulein. Diese kleinen Legierungen auf den Mikrochips, in den Uhren und Computern, wissen Sie, was die für eine Lebensdauer haben? Die zerfallen so schnell, wie ich mit dem Finger schnalze, in null Komma nichts, das hat mir ein alter Uhrensammler, seines Zeichens Informatiker, anvertraut. Man speichert kolossale Massen von Informationen auf Datenträgern, denen man beim Dahinschmelzen quasi zusehen kann.»

Als ich ihn an jenem Dienstag suchte, fand ich ihn nicht am Ufer des Flusses. Ich stieß die Tür zu seinem mit dem roten und schwarzen Kunststoff tapezierten Geschäft auf, das mit seinen Lichterspielen so unheimlich wie eine Privatdisco wirkte.

Es dauerte nicht lange, bis er aus seiner Werkstatt hervorkam, den Blick auf ein kleines gelochtes Zahnrad geheftet. Er trug eine merkwürdige Brille, auf der eine Uhrmacherlupe festgeklemmt war, die er senkrecht nach oben über die Stirn geklappt hatte, wodurch er wie ein Maikäfer aussah.

Als er mich erblickte, nahm er die Brille ab, und ich konnte ihn begrüßen, ohne lachen zu müssen. In den schönen Augen dieses schmächtigen Mannes las ich Erleichterung darüber, dass ich es war und nicht irgendjemand anderes.

Ich öffnete den Umschlag und erklärte ihm, dass ich herausfinden wollte, aus welchem Material der kleine Splitter war, den ich in einem rauchvergifteten Buch gefunden hätte. Das Buch sei gerade noch den Flammen entkommen.

«Ein Feuer, um Himmels willen!»

«Das war vielleicht vor vielen Jahren, Monsieur Roche.»

Ich wollte mir von ihm versichern lassen, dass dieses harte kleine schwarze Ding kein Mineral war. Wenn es aus Holz war, würde ich es analysieren lassen.

«Sie haben doch Vergrößerungsgläser, Monsieur Roche, und Erfahrung im Umgang mit Metallen und Steinen. Wenn der Splitter aus Holz wäre, würden Sie das erkennen?»

«Aber ganz bestimmt, kommen Sie, kommen Sie rein. Es ist ein bisschen unordentlich. So, kommen Sie nur rein, Vergrößerungsgläser, davon hab ich wirklich viele. Mit den Uhrmacherlupen kann man das schnell überprüfen, die eignen sich ausgezeichnet dafür, zeigen Sie mir, wie groß dieses … Nein, entschuldigen Sie, ich muss kurz meine Brillenlupe aufsetzen. Mal sehen. Oh, ein Feuer, um Himmels willen … Ja, das sieht ganz nach Holz aus, jedenfalls ist es weder ein Mineral noch ein Metall, es hat die Struktur von Holz, sehen Sie selbst, setzen Sie sich und nehmen Sie das Taschenmikroskop mit dem Blaufilter, das ist sehr angenehm, wunderbar, um die Oberfläche von Mineralien und Fossilien zu beobachten. Es kann dreißigfach vergrößern, das ist interessant, sehen Sie, an dem Knopf können Sie die Schärfe einstellen.»

Ich sah ein unförmiges Etwas aus faserigem Material.

«Wie nennt man einen Spezialisten, der Holzkohle analysiert, Monsieur Roche? In Bordeaux muss es doch so jemanden geben. Ein kleiner Splitter von knapp fünf Millimetern Länge, ist der groß genug für eine Analyse?»

«Aber sicher. Hier, nehmen Sie ihn wieder.»

Ich steckte das kleine verkohlte Klötzchen zurück in den Umschlag und beobachtete Monsieur Roche, wie er sich in seiner von der Außenwelt abgekapselten Werkstatt, seinem Schneckenhaus, hin und her bewegte. Er würde mich nicht fragen, wieso ich mich dafür interessierte, aus welchem Holz dieses Klötzchen war. Umso überraschter war ich daher über die persönliche Frage, die er mir ohne Umschweife stellte:

«Wie alt sind Sie eigentlich, wertes Fräulein?»

«Achtundzwanzig.»

«Oh, bravo, bravo!»

«Ich habe recht wenige Vorzüge, Monsieur Roche!»

Er lachte etwas verlegen.

Ich half ihm: «Ihre Werkzeuge und vor allem diese kleinen Zahnräder da faszinieren mich. Besteht eine Uhr nur aus solchen Zahnrädern?»

«Die alten ja, und aus einer einzigen, zusammenhängenden Verbindung. Eine mechanische Uhr hat zwischen hundertdreißig und hundertfünfzig solcher Teile, ich meine eine gute, einfache Uhr.»

«Deswegen müssen Sie nicht anfangen zu zittern.»

«Ich zittere nicht.»

Über der Unmenge von Räderwerken, die, in kleinen runden Schachteln sortiert, auf dem großen Arbeitstisch ausgebreitet lagen, thronten zwei Uhren in aufsehenerregendem Design. Die eine war mindestens einen halben Meter hoch, aus blauer und weißer Keramik, die andere ein bisschen kleiner, aus schwarzem Marmor und mit zwei um das runde Zifferblatt drapierten Frauenfiguren, die sich umschlungen hielten.

«Das sind ja zwei prächtige Uhren!»

«Das Äußere interessiert mich nicht, aber mit einer Mechanik sind die ausgestattet! Ah! Das war das goldene Zeitalter der Mechanik! Das ist nun vorbei. Es ging, na ja, drei Jahrhunderte lang? Vielleicht kommt es zurück, die Mechanik ist nämlich eine zuversichtliche Wissenschaft, wertes Fräulein. Wir leben in einem riesigen Universum, aber unser Vorstellungsvermögen, unser physisches Vorstellungsvermögen ... Der Fortschritt spielt sich heutzutage in einer unsichtbaren, immateriellen Welt ab, Gene, Atome, schwarze Löcher. Das heißt, alles, was man mit bloßem Auge abschätzen, mit seinen Händen leisten kann, ist unendlich lächerlich, auch wenn ein spezielles, eigens entworfenes Werkzeug die Arbeit tausendfach optimiert. In früheren, von Unwissenheit geprägten Zeiten war die Menschheit wie jugendlich verblendet. Aber heutzutage sind wir genauso verblendet, weil wir zu sehr auf das unendlich Kleine und unendlich Weite fixiert sind. Ich bin ein Mechaniker von gestern, meine innere Uhr geht nach. Eine Lithiumbatterie oder eine atomare Oszillation kommt gut ohne mich aus. Ich gebe gern zu, es ist ein aufregendes Abenteuer, die Dinge werden ihren Lauf nehmen, das müssen sie sogar, aber ohne mich.»

«Sehen Sie, das war auch ein Grund, weshalb ich mein Leben ändern wollte: Ich wollte mit Werkzeugen arbeiten, die ich verstehe, zu denen ich eine Beziehung habe, bei denen ich die Konsequenzen und Auswirkungen meines Handelns abschätzen kann.»

«Was im Übrigen nicht heißt, dass diese alten Werkzeuge einfach zu handhaben sind, oder?»

«Nein, es gibt nur keinen Knopf, wo man draufdrücken kann. Bei den Werkzeugen ist alles klug durchdacht, aber man muss sie eben von Hand bedienen. Ein Laie kann mit ihnen nichts anfangen. Man braucht Geduld und Zeit. Nun, danke für die Auskunft, dass das kleine schwarze Klötzchen aus Holz ist. Ich werde mich bemühen, einen Spezialisten aufzutreiben, der mir hoffentlich mehr sagen kann. Vielen Dank.»

«Nein, ich habe zu danken, dass Sie gekommen sind, wertes Fräulein.»

«Vielleicht wollen Sie mich auch mal besuchen und mein Atelier und meine Werkzeuge ansehen?»

«Ganz bestimmt. Ich komme. Danke, wertes Fräulein.»

Als ich davonging, stand der Uhrmacher in der Tür und machte eine kindliche Geste mit der Hand in meine Richtung.

So viel Einsamkeit in dieser Straße.

CYRANO In schwachen Stunden zwar, wenn heitrer Abend
Aus einem Park mir seine Düfte labend
In dieses große Riechorgan entsendet
Und ich beim Strahl des Mondes muß erlauschen,

Wie Liebespärchen Flüsterworte tauschen,
Dann denk ich mir: es wäre doch ergötzlich,
Im Vollmond, Arm in Arm, ein Schäferspiel.

Achtes Kapitel

Nach kurzer Suche ermittelte ich eine in Bordeaux ansässige Spezialistin, die imstande war, einen Holzsplitter zu analysieren und sein Alter zu bestimmen. Umgehend rief ich die Anthrakologin an und erzählte ihr, das Haus meiner Familie sei abgebrannt und ich wolle auf dem Grundstück wieder Bäume anpflanzen. Die Frau erkundigte sich, wie groß die Probe sei, und versicherte mir, sie würde den ganzen Samstag im Labor verbringen, ich dürfe gern vorbeikommen.

Die Resultate würde ich sofort erhalten. Mir blieb also nichts weiter zu tun, als vier Tage zu warten. Den verschlossenen Umschlag mit dem Holzsplitter legte ich zu der Namensliste, die ich hinten im Buch gefunden hatte.

Ich zog das blaue Vorsatz mit den roten und ockerfarbenen Partien aus der Presse, fügte sie mit dem Block zusammen und verwandte den Nachmittag auf das Heften. So eifrig machte ich mich daran, das Buch über die galloromanische Kultstätte wieder vollständig zusammenzusetzen, als hinge die ewige Ruhe seines Besitzers davon ab.

Gegen sechzehn Uhr wurde ich von zwei Gendarmen in meiner Arbeit unterbrochen:

«Man hat uns mitgeteilt, dass Sie im Krankenhaus waren und nach dem Mann gefragt haben, der auf der Straße gestern früh tödlich verletzt wurde. Das Einzige, was wir bei ihm gefunden haben, sind Ihre Visitenkarte und eine Quittung, die Sie an dem Morgen, an dem sich der Unfall ereignet hat, ausgestellt haben. Was wissen Sie über den Mann? Kennen Sie seinen Namen?»

«Nein. Er hat sich mir nicht vorgestellt. Er hat mir nur ein Buch zum Restaurieren gebracht. Zuvor hatte ich ihn nie gesehen. Am Wochenende wollte er das Buch abholen, so waren wir verblieben.»

«Was war das für ein Mann?»

«Wie meinen Sie das?»

«Ein Landstreicher?»

«Nein, aber ich glaube, er war es gewohnt, allein zu sein. Er machte einen erschöpften Eindruck, schien mir seine Gesundheit zu vernachlässigen. Ich weiß, dass er mit dem Zug nach Paris wollte. Hatte er wirklich gar keine Papiere bei sich? Keine Fahrkarte? Keine EC-Karte? Geld?»

«Doch, Geld hatte er bei sich, ungefähr fünfzig Euro in Münzen und kleinen Scheinen, einfach so in der Tasche stecken. Und Ihre Karte eben. Wir haben eine Untersuchung eingeleitet, weil als Erstes nachgewiesen werden muss, dass es sich um fahrlässige Tötung handelt, was ja der Fall zu sein scheint. Der Lkw-Fahrer ist am Boden zerstört.»

«Und es gibt wirklich niemanden, der den Toten vermisst?»

«Niemand vermisst ihn. Außer Ihnen. Wir haben eine Personenbeschreibung rausgegeben. War er Franzose?»

«Er war jedenfalls französischsprachig, mir ist kein besonderer Akzent aufgefallen. Ist er schon in das Totenregister eingetragen?»

«Ja.»

«Wenn sich niemand meldet, wann wird die Beerdigung sein?»

«Innerhalb von zehn Tagen, das heißt spätestens nächsten Donnerstag. Die Bestattung wird vom Krankenhaus veranlasst, in einem Rahmen, der vereinbar ist mit dem, was der Verstorbene hinterlassen hat.»

«Mit den fünfzig Euro?»

«Es werden die Bestimmungen für die Notleidenden angewandt. Mindeststandard. Ist das von Wert, was er Ihnen zum Restaurieren dagelassen hat?»

«Ich weiß es nicht.»

«Was soll das heißen?»

«Es ist ein Buch mit Bleistift- und Aquarellskizzen, ein Einzelstück, kein Druckerzeugnis, anonym, und es hat auch keinen Titel. Wenn sich nicht herausstellt, dass da ein großer Künstler am Werk war, hat es wohl keinen großartigen Geldwert.»

«Ob es nun viel oder wenig wert ist, für Leute, die im Krankenhaus sterben und bei denen die Kosten für die Bestattung übernommen werden, gilt jedenfalls: Ihr Eigentum geht von Rechts wegen auf die Staatliche Fürsorge über. Aber die Familie hat ja noch ein paar Tage Zeit, um in Erscheinung zu treten.»

«Für den Fall, dass die Familie sich nicht meldet: Könnte man der Staatlichen Fürsorge das Eigentum abkaufen?»

«Ja, das ist wohl möglich, da werden öffentliche Versteigerungen abgehalten. Ich glaube, nach dem Tod ist eine Frist von einem Jahr einzuhalten.»

«Verstehe. Können Sie mir bitte Bescheid geben, wenn sich Angehörige melden? Wegen des Buchs, das ich restaurieren soll.»

«Ist in Ordnung. Ich schreibe mir das auf. Wir halten Sie auf dem Laufenden.»

«Ist in Ordnung.» Ich nahm den Heftfaden wieder auf, meine Gedanken waren bei ihm. Ich heftete. Nach etwa einer Stunde stapfte der Bürgermeister von Montlaudun, Monsieur Claverie, ins Atelier. Er betrat meine Werkstatt so, wie er das Bürgermeisteramt betrat, so, wie er jedes Haus in seinem Verwaltungsbezirk betrat, mit weit ausgreifenden Schritten, ein Gutsherr, der seine Ländereien besichtigt.

Ohne jede Rücksicht trat er einfach in meinen Arbeitsbereich, durchbrach die Grenze, die meine lange Ladentheke bildete, eine Grenze, die nicht einmal mein Freund André überschritt.

«Bonjour, wie geht's dir? Ich wollte nur mal so vorbeischauen. Ich hab die Gendarmen getroffen, die haben mir schon berichtet. Man hat Ermittlungen eingeleitet. Armer Raymond – das ist der Lkw-Fahrer –, Raymond ist vollkommen fertig! Aber soweit die Ermittlungen ihn betreffen, ist das reine Formsache. Es ist sein gutes Recht, da langzufahren. Der Mann, der überfahren wurde, war noch ganz jung, das ist natürlich blöd! Allerdings stimmte mit dem Kerl sowieso etwas nicht, er lief ohne Ausweis rum, unglaublich. Das wird sich bis nach Paris rumsprechen, wie es bei uns zugeht. Ist das das Buch von ihm, das du gerade restaurierst?»

Er trat so dicht an mich heran, dass er mich leicht berührte. Ich wollte ein Stück zur Seite rutschen, doch er beugte sich über mich, tat so, als wollte er mir bei der Arbeit zusehen, und ließ mich seinen warmen Atem in meinen Haaren spüren. Ich hielt es nicht mehr aus, versuchte aufzustehen, täuschte vor, etwas holen zu wollen. Doch war er derjenige, der zuerst zurückwich.

«Ach! Sag mal …»

«Was verwundert Sie so?»

«Was ist denn das für ein Stück Papier da?»

Er deutete auf das linierte und verblichene Blatt, das ich hinten im Tempelbuch gefunden hatte. Es lag unter dem kugelförmigen Briefbeschwerer aus Glas, durch das die Namensliste erheblich vergrößert hindurchschien.

«Das ist hinten aus dem Buch gefallen, als ich es auseinandergenommen habe. Ich weiß nicht, was es ist, aber ich hebe es gewissenhaft auf, so sind die Regeln der Kunst. Ich werde es den Erben übergeben, zusammen mit dem restaurierten Buch.»

«Ja, ja, diese Mode, alles ins Museum stellen zu wollen, nur weil es der Vergangenheit angehört, das artet aus. Man muss sich auch von Sachen trennen können. Das kann man doch wegschmeißen – einen hingekritzelten Schmierzettel, so was wie eine Einkaufsliste, aufheben, bloß weil er alt ist, so ein Unfug!»

«Aber ich bitte Sie! Das Blatt Papier gehört zum Buch, es steht mir nicht zu, es wegzuwerfen.»

Ich drehte mich, immer noch im Sitzen, zu ihm hin. Er wirkte ungehalten.

«Nun gut, Mathilde, ich lass dich in Ruhe arbeiten. Schönen Tag noch!»

Die Tür meines Ateliers fiel laut ins Schloss. Erstaunlich, dass das Glas nicht zu Bruch ging.

Ich musste das Buch ein paar Minuten beiseitelegen, um mich wieder zu fangen. Mir fiel der Tag ein, an dem ich auf Monsieur Claveries Aufforderung hin das erste Mal im Bürgermeisteramt gewesen war. André hatte auf mich gewartet.

«Hier, meine Liebe, deine Eltern haben mir deinen Zweitschlüssel dagelassen. Sie sind gefahren, kurz nachdem du weg warst. Am Abend, wenn sie zu Hause angekommen sind, werden sie dich anrufen. Dein Vater hat noch eine Schublade abgeschmirgelt, die ganz unten links, wo die kreuzförmigen Stempel zum Vergolden drin sind. Also, was wollte Monsieur Claverie von dir?»

«Er will mir helfen, Kunden zu gewinnen.»

«Da bleibt einem doch die Luft weg: Kunden gewinnen. Lass dir ein bisschen Zeit, bevor du wieder hingehst, der Kerl spielt sich fürchterlich auf. Ich hab ihn nie leiden können, diesen Spinner. Aus einem Bauchgefühl heraus, aber ich könnte dir tausend reichlich pikante Geschichten über ihn erzählen, die ich aus dem Mund von ehrbaren Leuten gehört habe. Gisèle kennt ihn am besten. Aber sie hat immer den Kopf eingezogen. Die beiden waren zusammen im Religionsunterricht, haben sich tüchtig eingeschleimt, heimlich krumme Dinger gedreht und die Kinder gegeneinander aufgehetzt. Die Hausaufgaben haben sie sich von den anderen machen lassen, denen sie irgendwelche Schleckereien versprochen haben, davon hatte er die Taschen ja meist voll. Die Familie Claverie, weißt du, was die hier ist? Weißt du das, du Unschuld aus der Stadt? Erst waren sie Großbauern, dann sind sie Getreide- und Viehhändler geworden, bald darauf die größten Land- und Forstbesitzer in der Region und die größten Immobilienbesitzer der Stadt. Was meinst du, wieso bei uns die Grundsteuer so niedrig ist? Der Großvater Claverie war Bürgermeister von Montlaudun, der Vater Claverie war Bürgermeister von Montlaudun, der Apotheker Claverie ist Bürgermeister von Montlaudun. Sieht allerdings so aus, als hätte er es geschafft, Kinder zu zeugen, die keine solchen Kretins sind, die wollen nämlich nichts wissen von der Bürgermeisterei. Ach, was rege ich mich so auf, ich besorge uns zwei kleine Quiches, schöne saftige, nicht zu hell und nicht zu dunkel. Hol den Portwein raus!»

Er ging über die Straße, schlich sich an seine Bäckerei heran, in der seine Frau zwei Kindern und einer alten Frau die letzten Baguettes reichte. Ich sah, wie er auf Zehenspitzen hinter den Tresen trippelte. Den Finger auf den Mund gelegt, als würde er bei Nacht und Nebel wertvolle Juwelen entwenden, packte er zum Amüsement der Kinder und der Alten und unter den stumpfen Blicken seiner Frau die beiden letzten Quiches vom Tage ein und kam damit schnurstracks in die Buchbinderwerkstatt zurück, deren Tür er offen gelassen hatte.

Ich hatte uns den Portwein bereits eingeschenkt. André schnitt die Quiches in Würfel und richtete sie auf einem Tablett an. Dann nahm er seinen Platz vor dem Ladentisch wieder ein und ich den meinen dahinter, von wo aus ich die Quiches und die Fortsetzung seines Monologs genoss.

«Also gut, wo war ich ... Genau. Es gibt viele Leute, in meiner Generation oder auch der vorigen, die der Familie Claverie irgendetwas verdanken. Och, nichts Großartiges, Leute, die kein Herz haben, sind eben nur bereit zu geben, was sie selber wenig gekostet hat. Aber sie haben gegeben, und zwar gerade genug, um sich der Verbundenheit der anderen sicher sein zu können. Alles wird ermöglicht, vom Praktikum für die Tochter bis zum Ferienjob für den Sohn, von der billigen Wohnungsmiete, die der Kleine zahlt, bis zu den Subventionen, die die Schraubenfabrik bekommt. Er verfügt über Kontakte zum Generalrat und zum Regionalrat, ist gut Freund mit ein paar Abgeordneten und mit der Frau Gattin vom Herrn Senator. Ihm gehen alle ins Netz. Die alten Weiber sind verrückt nach ihm: ‹Ach, dieser Monsieur Claverie, wie freundlich er ist, wie schön er redet, und dabei so einfach!› Einige von diesen Omas sind so verkalkt, dass sie nicht einmal mehr Claverie senior und Claverie junior auseinanderhalten können. Ich rege mich schon wieder auf, gib mir noch ein bisschen Portwein, meine Liebe.»

Ich schenkte ihm nach und fragte ihn:

«Weißt du, was mich wundert, André? Dass er sich nicht aufstellen ließ. War nicht der Vater Abgeordneter?»

«Was redest du denn da, schöne rothaarige Frau? Der Vater Abgeordneter? Na ja, immerhin hatte er breitere Schultern als sein Sohn, das stimmt schon. Aber während des Krieges hatte er bei so vielen Geschichten seine Finger mit im Spiel, dass er den Aufruhr fürchten musste, als der Wind dann wieder aus der anderen Richtung blies. Sein Sohn, dieser Strolch, ist politisch nicht so begabt. Aber er hätte eine Chance, gewählt zu werden, diese Flasche, das ist ja das Schlimme, doch er scheut das Risiko, will keinen Reinfall erleben, das würde seinem Ruf schaden! Er hat nämlich eine hohe Meinung von dem Ruf und dem Ansehen, das er genießt! Und er hat recht, er besteht nur aus seinem Ruf und den Gefälligkeiten, die er den Leuten antut. Nein, es auf eine Wahl ankommen zu lassen, wo er auch noch die Gemeindemitglieder von sich überzeugen müsste und diejenigen, denen er zu Dank verpflichtet ist, das wäre unmöglich. Für ihn ist es besser, wenn ein paar Blauäugige sich wundern, dass er nicht kandidiert. So kann man sagen: ‹Aber wirklich, wie bescheiden dieser Monsieur Claverie ist.› Er spaziert erhobenen Hauptes herum, weil seine Familie eine lange Tradition im Ort hat, weil er so reich ist, dass man heulen könnte, er ist ein bedeutender Mann, aber innen hohl und schmierig, wie ein Donut aus dem Supermarkt.»

Sich an Andrés Vorwürfe an den Herrn Bürgermeister zu erinnern hatte etwas Entspannendes und Erheiterndes. Ich machte mich wieder an die Arbeit, wurde von nichts und niemandem mehr unterbrochen und hatte im Laufe des Abends das Tempelbuch fertig gebunden. Den gehefteten Buchblock klemmte ich zwischen zwei Spannrahmen aus Holz, schraubte ihn unter die Stockpresse und war nicht mehr ganz so traurig.

Ich legte mich hin, um an ihn und an alles, was hätte werden können, zu denken.

Als das Telefon klingelte, fuhr ich auf. Meine Mutter. Es fiel mir schwer, mit ihr über Gott und die Welt zu plaudern. Hätte ich ihr gebeichtet, dass ich um einen Mann trauerte, dessen Namen ich nicht einmal kannte und der trotzdem mir allein sein gesamtes Vermächtnis hinterlassen hatte, wie es im Moment aussah, dann hätte sie mir wohl geantwortet: «Du bist wie dein Großvater, liebe Tochter, gerätst im Leben immer an das Außergewöhnliche.»

Bevor ich nach oben ging, nahm ich noch den gehefteten Block aus der Presse, leimte den Rücken, klebte die Kapitalbänder und die Heftgaze an. Zum Überziehen der Rückenleimung nahm ich Dünndruckpapier. Anschließend schraubte ich den Block zwischen den Spannrahmen wieder unter die Presse.

Ich rief erneut im Krankenhaus an. Die Empfangsdame vom Vortag hatte wieder Stellung bezogen, ich konnte sie förmlich vor mir sehen. Sie sah im Computer nach, ob der Tote immer noch in der Leichenhalle lag. Ja, und niemand hatte nach ihm gefragt. Endlich ging ich zu Bett.

Am nächsten Tag, Mittwoch, würde ich lange unterwegs sein. Wenn ich zurückkäme, wollte ich mich erst an meine «richtige» Arbeit machen, dann das Fixieren der Baumapplikation vorbereiten und den Einband des Tempelbuchs restaurieren.

In der Nacht habe ich geträumt, und an einen Traum erinnere ich mich noch: Tatkräftig binde ich an der Seite meines Großvaters Bücher. Plötzlich halten wir einvernehmlich inne. Übergangslos werden wir an ein Flussufer befördert, wo wir nach Gründlingen fischen. Mein Großvater sagt, das Wasser sei zu klar, es würde keiner anbeißen.

Gleichwohl warten wir im Schatten hoher Bäume gespannt und sehen zu, wie unsere Schwimmer im Strom treiben.

Bevor ich das Licht gelöscht hatte, hatte ich noch gelesen:

CYRANO Nur singen, wenn Gesang im Herzen wohnt,
Nicht achtend Geld und Ruhm, mit flottem Schwunge
Arbeiten an der Reise nach dem Mond
Und insgeheim sich sagen: Lieber Junge,
Freu dich an Blumen, Früchten, selbst an Blättern,
Die du von deinem eignen Beet gepflückt!
Wenn dann vielleicht bescheidner Sieg dir glückt,
Dann mußt du nicht ihn teilen mit den Vettern;
Dann darfst du König sein in deinem Reiche,
Statt zu schmarotzen, und dein Schicksal sei,
Wenn du der Buche nachstehst und der Eiche,
Nicht hoch zu wachsen, aber schlank und frei.

Neuntes Kapitel

Am nächsten Morgen suchte ich im Internet nach einem Archäologen oder Historiker in Bordeaux, der auf römische Architektur oder die Römerzeit allgemein spezialisiert war.

Was wollte ich herausfinden? In der Nacht hatte ich mir überlegt, wenn der Wald tatsächlich existierte, warum nicht auch dieser Ort? Ich wollte diesen Schatz herzeigen, hören, was Experten dazu sagten. War die im Buch beschriebene Stelle historisch glaubwürdig? Ich wollte mich mit dem Buch befassen. Mit dem Mann konnte ich mich nicht mehr befassen. Die Chance hatte ich ein für alle Mal verpasst.

Schließlich stieß ich bei meiner Recherche auf einen Archäologen, der für das Nationale Archäologische Forschungsinstitut arbeitete und auf einer Ausgrabungsstätte in Bordeaux, die beim Bau eines Parkhauses entdeckt worden war, eine leitende Funktion innehatte. Er war auch da, doch am Telefon erhielt ich keine weiteren Auskünfte. Immerhin hatte ich nun die Adresse der Ausgrabungsstätte, sie befand sich hinter der Kathedrale. Am Samstag würde ich hinfahren.

Und selbst wenn die galloromanische Kultstätte eine Ausgeburt der Phantasie war, so blieb auf jeden Fall die Schönheit der Zeichnungen und Aquarelle. Ich würde Gelegenheit haben, sie Fachleuten zu zeigen, die die Arbeiten einschätzen konnten, vielleicht erinnerte sich jemand an einen Maler aus der Gegend.

Im Krankenhaus wollte ich erst wieder anrufen, wenn ich aus Lalande zurück war.

André brachte mir die Schlüssel für den Lieferwagen und eine Tüte mit Gebäck, in der die Rechnung fehlte.

«Muss ich heute nichts bezahlen?»

«Nein, ich hab beschlossen, dass du nichts zahlst, wenn du am Mittwoch den Lieferwagen nimmst. Wenn du damit in der Gegend rumfährst, machst du umsonst Werbung für mich und kommst Straßen entlang, wo ich normalerweise nicht langfahre.»

«Ach, stimmt!»

«Na also! Und ich hab die Adresse neu malen lassen, in schönen geschwungenen Lettern, du wirst es gleich sehen.»

Ich ging zu dem Briefbeschwerer auf meinem Schreibtisch:

«André, magst du mal einen Blick auf diese Liste werfen? Schau ...»

«Das sind Namen aus der Gegend hier, außer einem oder zwei. ‹Mangeon›, ‹Segnac›, – ‹Lucas› ist der Familienname unseres hochverehrten Schusters Sébastien.»

«Was hat das zu bedeuten?»

«Wo hast du den Zettel denn gefunden?»

«Hinten im Buch.»

«Ich hab dir doch gesagt, die Bäume sind auch aus der Gegend hier.»

«Und der ganz unten hingekritzelte Name?»

«Unleserlich. Zeig das mal Sébastien.»

«Ist dir sonst was Neues zu Ohren gekommen?»

«Nein, das hätte ich dir doch sofort gesagt. Mit der Beschreibung des Kerls konnte niemand etwas anfangen. Aber vielleicht hab ich trotzdem eine Idee. Es gibt oben im Wald ein abgeschiedenes kleines Dorf, La Montagne.

Wenn du auf der großen Straße Richtung Lalande fährst, kommt irgendwann ein Schild auf der rechten Seite, da, wo der Wald allmählich richtig dicht wird. Der unterste Ortsname auf dem Schild ist La Montagne. Da biegst du ab, fährst immer geradeaus, noch durch zwei kleine Ortschaften, bevor du oben ankommst. Wenn du in La Montagne bist, folgst du dem Weg bis zum Ende, bis du auf eine große Lichtung stößt. Da steht eine Mühle. Es ist auch noch eine Baracke da und der Mühlenturm, der keine Flügel mehr hat. Vor vielleicht dreißig Jahren haben Leute aus Paris die Mühle gekauft, es muss drei oder vier Eigentümer geben. Sie oder ihre Familien oder Freunde von Freunden verbringen die Wochenenden und manchmal den ganzen Sommer hier. Jeder zahlt einen kleinen Beitrag, damit die Mühle instand gehalten werden kann. Es wird viel gefeiert, heißt es immer, die Leute tanzen und singen, rauchen, trinken, alles, was dazugehört. Ein Ort, an dem viele Menschen ein- und ausgehen. Kannst du mir folgen? Vielleicht kam er ja von dort.»

«Und auf dein Brot stehen diese Leute nicht?»

«Sie fahren zum Brotholen nach Lalande, die Unglückseligen! Sie hatten eben von Anfang an schlechte Angewohnheiten! Frag in Lalande in der Bäckerei nach. Diese Mühle gehört nämlich ein bisschen allen und niemandem, ein guter Ort, wo man sogar auf dem Land anonym leben kann. Die Besucher ziehen oft in kleinen Gruppen los, und auch wenn mal einer allein im Wald spazieren geht, achtet man nicht so darauf, das ist eben ‹einer von der Mühle›. Es ist übrigens gar nicht weit, von dort zu Fuß durch den Wald bis zum Bahnhof zu laufen. Du hast doch gesagt, dass er stark nach Wald gerochen hat! Tu, was ich dir sage, mach einen Abstecher dorthin. Ansonsten stehen da oben noch drei Häuser, die bewohnt sind. Das eine von einem Rentnerehepaar, das andere von Leuten aus Bordeaux, in dem dritten wohnt eine alleinstehende alte Frau.»

«Ach, Leute aus Bordeaux?»

Ein Privatkunde, ein höflicher Jurist im Ruhestand, betrat das Atelier und brachte mir alte Ausgaben einer Buchreihe über das bürgerliche Recht in französischen, italienischen und jugoslawischen Küstengebieten. André hatte sich brav in eine Ecke gesetzt und hielt die Hände über seinem dicken Bauch verschränkt. Als der Kunde gegangen war, meinte er:

«Es stimmt also doch! Du hast richtige leibhaftige Kunden!»

«André!»

«Hör mal, du bist ganz schön teuer! Für die Kröten, für die du ein Buch einwickelst, muss ich aber viele Brötchen backen! Das eigentliche Problem ist ja, meine Liebe, dass du in Geld schwimmen könntest. Ich werde nie begreifen, warum so ein hübsches Mädchen wie du, mit dieser Ausbildung, sich hier in Montlaudun vergräbt und nicht in der Welt der Stinkreichen herumreist, Cocktails schlürft und Petits Fours verdrückt. Immerhin, meine Liebe, geschieht es wenigstens zu meinem Vorteil. Eine Diplomatin, die mit meinem Auto herumkurvt, das soll mir mal einer nachmachen!»

«Du bist ein echter Freund. Sollte ich je vergessen, dass ich aus freien Stücken hierhergekommen bin, und sollte mir das je wie ein Fehler vorkommen, dann wirst du mich daran erinnern, warum ich es getan habe!»

Das Telefon klingelte, und André schüttelte den Kopf:

«So ein Auflauf hier!»

Es war die Sekretärin des Bürgermeisters. Sie sagte das Treffen ab, zu dem wir uns eine Woche zuvor verabredet hatten. Ich hätte mit dem Kostenvoranschlag für das Gemeindearchiv vorbeikommen sollen. Höflich bat ich sie um einen neuen Termin.

«Im Augenblick nicht. Der Gemeinderat denkt über eine andere Lösung nach. Vielen Dank. Auf Wiederhören.»

Andre sah mein beleidigtes Gesicht.

«Das ist die Höhe, jetzt bekomme ich doch keine Aufträge vom Bürgermeisteramt Montlaudun. Und ich habe gar nicht nachgehakt. Ich hatte mich denen angeboten, wie ich das in vielen Gemeinden gemacht habe, und Claverie überschlug sich mit Zusagen und brüllte immer ‹klar doch›. Und nun hat der Gemeinderat den Vorschlag abgelehnt.»

«Wahrlich eigenartig, dass der Gemeinderat Claveries Vorschläge ablehnt.»

Ich ratterte über das holprige Pflaster, überquerte den rauschenden Fluss, ließ die letzten Häuser des Orts hinter mir, und vor mir baute sich die Dichte des Waldes auf. Das Wetter an diesem ersten Oktober war schön und die Temperatur sehr mild.

Jeden zweiten Mittwoch hatte ich dazu auserwählt, restaurierte Bücher auszuliefern und neue Kunden anzuwerben. Ich vereinbarte Termine mit den Bürgermeisterämtern in der Region und machte mich dann dorthin auf, um meine Arbeiten vorzustellen. So hatte ich es die letzten sechs Monate gehalten, und die Methode begann sich zu bewähren. Die Bürgermeisterämter gaben meine Adresse auch an Privatleute weiter, sofern sie meine Dienste nicht selbst beanspruchten.

Die Gemeindearchive auf Vordermann zu bringen, das soll den größten Teil meiner zukünftigen Einkünfte ausmachen. Andenken an frühere Zeiten zu bewahren ist in Mode. Verbände und Gemeinden wetteifern darum, wer das am besten pflegt, was man für die Vergangenheit hält. Das Restaurieren der Archive ist die stumme Rolle, die dabei für mich abfällt, weitab von den Klang- und Lichtspektakeln der Patronatsfeste. Ich trage zusammen, hefte, montiere, bastle Kisten für die gebundenen Verzeichnisse, die ich mit dem appetitlich nach Mehl und frischem Brot duftenden Bäckerauto ausliefere.

Der 2 CV-Lieferwagen, der auf diesen Fahrten zum Einsatz kommt, ist das Sahnehäubchen der Mittwoche. Eigentlich handelt es sich mehr um ein nostalgisches Dampfschiff als um ein Auto. Die ursprüngliche Sitzfederung wurde von André durch eine Mini-Trampolin-Federung ersetzt, und gegen den Schalthebel mit dem dicken Knauf, den man mit allen Kräften anpacken muss, kommt keine andere Schaltung so schnell an. Man darf an den Wagen keine hohen Ansprüche stellen, er hat eine schlechte Straßenlage und bricht bei der geringsten Kleinigkeit nach rechts oder links aus. Auf Steigungen gesteht er sein ganzes Leid, in den Kurven fühlt er, dass er den Asphalt nicht so gut zu fassen kriegt, aber dafür schaukelt er mich sanft. Er wiegt mich wie einst der Wagen meines Großvaters, wo ich auf der Rückbank inmitten von Angelruten auf einer Decke lag und zwischen der Kühltasche und meinem roten Ball schlief.

Am Anfang, als ich mit den Büchern meine Runden drehte und durch die kleinen Dörfer kam, dachten die Leute, André hätte am Tag zuvor eine Lieferung vergessen. Sie wunderten sich und grüßten den Wagen erneut, dann bemerkten sie den Irrtum und dachten, der Bäcker habe einen Lehrling eingestellt.

Doch dank André wussten alle schnell Bescheid. Mittlerweile grüßen sie uns beide, den Wagen und mich. Ich antworte, wenn jemand André ruft, und erwidere die freundschaftlich vertrauten Gesten der Passanten, hupe, lächle, gebe die Handzeichen der Eingeweihten, ohne den anderen je die Hand geschüttelt zu haben.

Wenn ich Bögen aneinanderhefte, lese ich mitunter laut die Namen der Kinder, Frauen und Männer, «geboren in, gestorben in». Womöglich waren das die Vorfahren von denjenigen, die ich mittwochs immer grüßte. Ich fuhr durch die Dörfer, deren Namen sich durch all diese Bücher zogen, die anstelle von Brot nun auf der Ladefläche hin- und herschwankten.

Endlich entdeckte ich auf der rechten Straßenseite die Tafel, auf der La Montagne als letzte von vier oder fünf kleinen Ortschaften ausgeschildert war. Auf dem Rückweg würde ich dort vorbeifahren.

Ich atmete die von Humusduft erfüllte frische Luft ein, die durch die offenen Fenster drang und sich in meinen Haaren verfing. Hinter mir, im Laderaum des Lieferwagens, wirbelte die durchziehende Brise Mehl- und Hefegerüche auf. Fern von meinem mittelalterlichen Häuschen und dem frischgestrichenen Atelier überkam mich eine unbändige Lust zu lachen.

Auf wundersame Weise erreichte ich Lalande. Ich parkte auf dem Hof der Grundschule, gegenüber dem Bürgermeisteramt. Es blieb mir also kaum Zeit, wieder nüchtern zu werden.

Die Kinder auf dem Pausenhof sahen eine höchst eigenartige Bäckersfrau dem Lieferwagen entsteigen, mit einer Mähne wie aus Tausendundeiner Nacht. Einige kleine Mädchen unterbrachen ihr Spiel, um mir dabei zuzusehen, wie ich hastig meine langen rotbraunen Locken in

Ordnung brachte. Ich habe sie mir schon oft abschneiden lassen, aber sie wachsen so schnell nach. Nun drehte ich sie zu einem Zopf, band sie über dem Nacken zusammen und holte die Kiste mit den Verzeichnissen hinten aus dem Auto hervor.

Ein großer roter Ball flog über den Zaun, gefolgt von aufgeregtem Kindergebrüll. Ich stellte die Kiste auf den Boden und rannte unter dem Hurrageschrei der Kinder dem davonhüpfenden Ball hinterher.

Im Sekretariat der Bürgermeisterei empfing mich der Akzent von Marie-Line, einer freundlichen Dame um die vierzig, die strohblonde Dauerwellen hatte und am Handgelenk ein Gliederarmband mit einer Namensplakette von ihrer Erstkommunion trug. Als ich das letzte Mal vorbeigekommen war, war sie krank gewesen. Wir hatten zuvor nur am Telefon miteinander gesprochen, und ich hatte sie sofort an der Stimme erkannt.

«Na, das ist aber schön, was Sie gemacht haben! Es sieht gleich ganz anders aus! Das wird den Bürgermeister freuen! Wir haben jede Menge davon, Sie kriegen noch mehr, Sie brauchen nicht mit leeren Händen abzufahren.»

«Haben Sie schon herausgesucht, was ich als Nächstes binden soll?»

«Ja, das hab ich noch vor meinem Englischkurs erledigt. Die Engländer, ojemine, die haben gar keine richtigen Konsonanten. Wie soll man überhaupt Wörter bilden mit diesem Brei, danach raucht mir immer der Kopf! Hier ist es, ich mache Ihnen Licht, kommen Sie rein, so, möchten Sie vielleicht einen Kaffee?»

«Ja, sehr nett, danke.»

«Der Herr Bürgermeister wird gleich kommen, keine Sorge!»

«Ich mache mir doch gar keine Sorgen.»

Der kleine, gutbelüftete Raum mit den dicken Neonröhren, die metallene Gestelle bestrahlten, maß vielleicht zwanzig Quadratmeter, und es gab einen Luftfeuchtigkeitsmesser darin. Die Sekretärin, die in ihrem engen tomatenroten Rock, ihrem knappen weißen Jersey und den marmorierten weißen Strümpfen lecker wie ein Bonbon aussah, war aufgestanden und kam nun mit kurzen, trippelnden Schritten wieder, darauf bedacht, nichts von dem guten heißen Kaffee, den sie mir angeboten hatte, zu verschütten.

«So, es darf nichts danebengehen, man muss hier vorsichtiger sein als in der Kirche!»

«Ich werde mir Mühe geben. Schön ist das geworden hier, wirklich wahr!»

«O ja, das kann man wohl sagen! Endlich sind die Bauarbeiten abgeschlossen. Alles ist funkelnagelneu, jetzt können die Verzeichnisse, die Sie binden, hier reinkommen. Und wenn ich die nicht richtig ordne, kriege ich eins auf die Finger, es wird alles von oben überwacht, dies ist vor 1945 und jenes nach 1945, vor 1790 kommt hierhin und nach 1790 dorthin, oje, oje, man wird noch ganz verrückt. Mit Verlaub, liebes Fräulein, wenn es nach mir ginge, hätte das Département-Archiv den ganzen Krempel ruhig haben können. Eigentlich Fräulein oder Frau?»

«Fräulein.»

«Aha! Haben Sie sich gut eingelebt in Montlaudun?»

«Ja.»

«Montlaudun ist ganz schön klein, nicht wahr? Noch kleiner als Lalande. Dafür haben Sie den Bahnhof, da können Sie von Glück reden.»

«Ja.»

«Das muss doch ein komisches Gefühl sein für jemanden, der aus Paris kommt! Na ja, Sie werden Ihre Gründe gehabt haben. Das geht mich nichts an. Gut, ich muss gehen, vorne warten zwei junge Leute auf mich, ich soll für das Paar das Aufgebot bestellen. Sehen Sie die Register auf dem Tisch in der Ecke? Mit den ramponierten Rücken? Die sind alle für Sie. Karteien, die bis in die zwanziger Jahre zurückgehen. Das kann ich gerade noch lesen. Aber was älter ist, von vor der Revolution, oje. Die Schrift sieht reizend aus, sehen Sie sich das an. Aber ich kann nichts entziffern, ich hab nicht mal meinen eigenen Familiennamen erkannt! Meine Familie ist doch seit Ewigkeiten hier in der Ecke zu Hause! Wissen Sie was? Was glauben Sie, was auf so einem Amt die meiste Arbeit macht? Na, das kann ich Ihnen flüstern: die Leute, die Ahnenforschung betreiben – wir stehen sowieso schon den ganzen Tag am Kopierer, und dann auch noch die. Wir verbringen unser Leben mit Fotokopieren, und die kommen sich wichtig vor, kann ich Ihnen sagen, wie die Professoren, und immer in Eile. ‹Erzählen Sie mir doch nicht, dass das nicht noch fünf Minuten warten kann.› Wir Sekretärinnen sind die Fotokopierköniginnen, wir können die Maschine nicht nur reinigen, wir können auch Dringlichkeitsreparaturen ausführen. Ach ja, gleich kommt der Bürgermeister. Oh, haben Sie den Kaffee ausgetrunken? Dann nehme ich die Tasse mit.»

Ich griff nach der Kartei mit den Geburtsurkunden, die oben auf dem Stapel lag. Die Verzeichnisse aus den zwanziger und dreißiger Jahren mussten gründlich überholt werden: beschädigte Rücken, Eselsohren, zerrissenes Papier. Da die Papierqualität seit dem neunzehnten Jahrhundert immer mehr abgenommen hat, war es um diese Karteien schlechter bestellt als um manche andere, die viel älter waren. Für die zwanziger und dreißiger Jahre musste ich pro

Jahrzehnt jeweils drei Personenstandsbücher binden, eins für die Geburten, eins für die Eheschließungen und eins für die Sterbefälle.

Ich schrak zusammen, als der Bürgermeister eintrat.

«Na, da ist noch einiges zu tun, nicht wahr? Wollen wir uns wieder an die schönen früheren Zeiten erinnern?»

«Guten Tag, Monsieur Gallien. Hier sind als Erstes die gebundenen Akten, die ich wiedergebracht habe.»

«Schön sehen die aus! Hat man Ihnen schon den Vorschuss ausbezahlt?»

«Ja, danke.»

«Sie wissen ja, wie das hier läuft, das dauert jetzt ein bisschen, bis Sie den Rest bekommen.»

Der Bürgermeister begleitete mich zum Auto. Bevor ich abfuhr, sagte ich mit nachdenklicher Miene zu ihm:

«Monsieur Gallien ... Ich bin im Besitz eines Buches, das ein Kunde bei mir abgegeben hat. Er hat es nicht wieder abgeholt, und ich weiß nicht einmal, wie er heißt. Der Mann war etwas eigenartig, wortkarg, um die dreißig, groß, braune Haare, gutaussehend. Ich dachte mir, womöglich ist es einer aus der Mühle bei La Montagne, da oben, wissen Sie? Kennen Sie ihn vielleicht?»

«Nein, die Beschreibung sagt mir nichts. Aber ich kenne die alle vom Sehen, das ist mehr oder weniger immer dieselbe Bande, die im Café gegenüber sitzt, die ist alles andere als wortkarg, die macht fröhlich einen drauf. Nein, das sagt mir nichts.»

«Macht nichts, danke.»

«Ich kann mal Marie-Line fragen.»

«Das ist nicht nötig, danke.»

«Sagen Sie, ich wollte Ihnen auch noch etwas sagen. Mir sind abfällige Äußerungen über Sie und Ihre Arbeit zu Ohren gekommen. Ich habe Sie in Schutz genommen, weil Sie auf mich einen sehr guten Eindruck machten. Und ich bin froh, dass ich das gemacht habe, weil Sie wirklich sehr sorgfältig arbeiten.»

«Aber wer hat denn so etwas über mich gesagt?»

«Ich weiß nicht, woher das kommt. Aber der Bürgermeister von Bigeac wollte etwas bei Ihnen in Auftrag geben. Und dann hat ihm jemand gesagt, dass Sie schlecht arbeiten.»

«Bigeac, genau, ich habe dem Bürgermeisteramt ein Angebot gemacht.»

«Keine Ahnung, wer Sie dort in Verruf gebracht hat.»

«Hören Sie, ich verstehe das nicht, der nächstgelegene Buchbinder ist sechzig Kilometer entfernt. Und der Bürgermeister kennt mich noch gar nicht. Meine Werkstatt besteht erst seit einem halben Jahr. Es gab noch nie irgendwelche Beschwerden.»

«Man erzählt sich, dass nach dem Tod eines jungen Mannes in Montlaudun die Gendarmen bei Ihnen waren. Ich nehme an, der Tote ist der, den Sie mir gerade beschrieben haben? Man sagt, dass die Ermittlungen andauern und dass Sie die Einzige sind, die bei der Polizei auf der Liste steht.»

«Aber das ist lächerlich! Die Leute bringen alles durcheinander – die Qualität meiner Arbeit, und ein Mann, der bei einem Unfall stirbt.»

«Sie müssen herausfinden, woher das kommt, und die Gerüchte im Keim ersticken. Auf dem Land ist es nämlich leider ganz wichtig, dass man als Handwerker einen guten Ruf hat. Und in Ihrem Fall ist es besonders wichtig, Sie hatten ja noch gar keine Zeit, sich einen Namen zu machen.»

Verdattert stieg ich wieder ins Auto. Ich hatte noch nicht viele Kunden, ich ging sie alle in Gedanken durch und konnte mir nicht vorstellen, warum einer von ihnen mir Schaden zufügen wollte.

Vor der großen Bäckerei am Hauptplatz von Lalande hielt ich an, um meine Nachforschungen fortzusetzen:

«Guten Tag, ein Baguette, bitte. Sagen Sie, ich habe gehört, es gibt eine Gruppe von jungen Leuten, die in der Mühle von La Montagne ein und aus geht, ein Pulk aus Paris, der gern am Wochenende zum Feiern hierherkommt, wissen Sie, wen ich meine?»

«Ja, was wollen Sie denn genau wissen?»

«Ich suche jemanden von der Gruppe und wollte fragen, ob Sie die Leute kennen.»

«Vom Hörensagen. Und was man hört, motiviert nicht gerade dazu, sie näher kennenlernen zu wollen. Sie kommen zum Brotkaufen nicht hierher, sie gehen immer zu der Bäckerei, die an der großen Straße Richtung Montlaudun liegt. Hier am Platz gehen sie nur ins Café. Und was ist das für eine Person, die Sie suchen?»

«Ein gutaussehender Mann, um die dreißig, groß, braune Haare, wortkarg … Jemand, der nicht so wirkt, als würde er ständig feiern.»

«Nein, die Beschreibung sagt mir nichts.»

Ich betrat die angegebene Bäckerei am Ortsausgang von Lalande. Der Chef erinnerte mit seinem rotangelaufenen Gesicht, seinem stoßweise hervorgebrachten Atem, seinen zerzausten halblangen schwarzen Haaren und seinem wie ein Schlauch über den fetten Bauch gespannten schwarzen T-Shirt mehr an den Pächter einer gottverlassenen Kaschemme als an einen Bäcker.

André hatte mir von ihm erzählt und mir verraten, dass

er ausgezeichnetes Brot backe und man am Wochenende bei ihm Schlange stehen müsse. Er genieße zwar einen zweifelhaften Ruf, verstünde sich aber vortrefflich auf seine Zunft.

«Guten Tag, ich bin Buchbinderin in Montlaudun, bei mir hat ein Kunde ein Buch abgegeben, ohne seinen Namen zu erwähnen. Ich würde gern Kontakt mit ihm aufnehmen und habe mir sagen lassen, dass er möglicherweise in der Mühle in La Montagne wohnt und dass die Leute von der Mühle bei Ihnen ihr Brot kaufen. Wenn ich den Mann beschreibe, können Sie mir eventuell seinen Namen sagen?»

«Dann legen Sie mal los.»

«Um die dreißig, gutaussehend, groß, braune Haare, wortkarg, nicht gerade ein Partylöwe.»

«Ach ja, das reicht schon, ich weiß Bescheid. Das heißt, na ja, ich weiß nicht Bescheid, ich hab den Typen nie zu Gesicht bekommen. Aber seine Kumpels von da oben haben mir von ihm erzählt. Er ist oft übers Wochenende da. Ein redlicher Kerl, der mit Feiern nichts am Hut hat und auch nie teilnimmt, wenn die Gruppe irgendwas zusammen macht. Er verkriecht sich lieber in den Wäldern. Ein höflicher Mensch, keine Frage, zuvorkommend und alles. Er zahlt auch seinen Unkostenbeitrag. Die anderen haben ihn ab und zu nach Montlaudun zum Bahnhof mitgenommen, ich glaube, manchmal sogar bis nach Paris. Das ist ein echter Bär, hartgesotten. Aber keine Techtelmechtel mit den Mädels, wohlgemerkt. Den Kollegen ist das recht, er würde ihnen ja bloß Konkurrenz machen. Vielleicht ist er schwul, kommt allerdings nicht so rüber, nach dem, was die anderen erzählen.»

«Ein Baguette, bitte.»

«Sie müssen sich da zu nichts verpflichtet fühlen … Sie fahren ja mit Andrés Auto rum.»

«Ja, ich wohne gleich gegenüber von seiner Bäckerei, er borgt mir seinen Lieferwagen, damit ich meine Dienstfahrten machen kann.»

Er musterte mich.

«Was sind Sie gleich nochmal?»

«Buchbinderin.»

«Echt? Bücher, na, warum nicht! Sagen Sie dem alten Fuchs einen schönen Gruß von mir.»

«Ich hätte doch gern ein Baguette, bitte.»

Er war kein Unbekannter! Keine Geisterscheinung, nicht einfach nur ein toter Körper! «Ein redlicher Kerl», «ein Bär, der mit Feiern nichts am Hut hat»!

Ich vergaß darüber ganz die unheilverkündenden Nachrichten, die mir Monsieur Gallien übermittelt hatte.

Wenn man den Lieferwagen ein wenig trat, gab er auf gerader und ebener Strecke alle erdenklichen Geräusche von sich, irgendwas zwischen Flöte und Blechbüchse. Jedes Wort aus dem Mund dieses Bäckers war wie geweihtes Brot für mich. Er wusste, wer der aus dem Nichts aufgetauchte Mann war. Sein Tod verunsicherte mich nun weniger. Spätestens am Freitag würde ich seinen Namen erfahren.

Ich hätte an dem Tag eigentlich auch zurück ins Atelier fahren und mich wieder an die Arbeit machen können. Mitten unter der Woche würde bei der Mühle in La Montagne niemand sein. Doch an dem Schild, auf das André mich aufmerksam gemacht hatte, bog der Wagen wie von selbst links ab. Er driftete an den Straßenrand, kippte beinahe um. Hinter mir gerieten die Gemeindeakten von Lalande durcheinander.

Schließlich fand der wackere 2 CV sein Gleichgewicht wieder, und wir stießen in den Wald vor. Er rollte eine Zeitlang gemächlich und behutsam dahin, bis die Steigung begann. Vom Himmel war nichts mehr zu sehen.

Ich fuhr zwischen den Bäumen hindurch, eingehüllt in eine schwere, von Gerüchen nach Humuserde, Farnkräutern und Trauben gesättigte Wolke. Als ich das Fenster herunterkurbelte, um die Luft besser einziehen zu können, spürte ich plötzlich seine Gegenwart. Als hätte er mich in seine Arme geschlossen. Diese Erd- und Waldgerüche sagten mir, dass ich auf dem rechten Weg war, um meinem Hünen auf die Spur zu kommen.

Die Gegenleistung des Todes war das Wissen darum, dass der Mann aus La Montagne für mich im Waldgeruch gegenwärtig blieb.

Die blendende Sonne überflutete die weite Lichtung, an der ich aus dem Wald kam. Ich erreichte den Weiler und sah die drei Häuser. Eine alte Frau, die sich hinter ihrem Vorhang versteckte. Ich parkte und ging zu Fuß weiter, dem Pfad folgend, an dem ein Sackgassenschild postiert war und der in einen großen, grasbewachsenen Hof mündete, in dem ich plötzlich vor einer langen, niedrigen Baracke stand. Links lag die Mühle, ein Bergfried, der weder Flügel noch ein Dach über dem Kopf besaß.

Das lange Haus war verschlossen. An der Rückseite war es zum Teil renoviert, und in der Mitte gab es einen Durchgang, durch den man geradewegs auf die Tür des Mühlenturms auf der anderen Seite des Hofes sehen konnte. Die Mühle selbst war unmöglich zu umrunden, weil sie, abgesehen von einem schmalen Ausschnitt, von wildem Gestrüpp umringt war. An der massiven schwarzen Tür mit ihrem sich spaltenden Holz blieb ich stehen. Durch die breiten Ritzen sah ich die Ruine und einen triumphierenden Baum, der mitten aus den Trümmern emporragte und sich einen Ast zu lachen schien.

Ich überquerte die Lichtung und schlug mich ins Gebüsch, dem Geruch folgend, der für mich typisch für den Einzelgänger von La Montagne war. Dabei geriet ich auf einen Pfad, der wohl hinunter nach Montlaudun führte. Ungefähr einen Kilometer lief ich, das tiefe Geäst entlang, bis ein anderer Pfad meinen Weg kreuzte. Damit war der Faden meiner Träume gerissen, ich drehte um. Ich musste schnell raus aus dem Wald und in meine Gasse zurück.

Möglicherweise war er heute Morgen abtransportiert worden, möglicherweise war er bereits von dem Hügel gegenüber verschwunden, auf dem das mächtige weiße Krankenhaus wie eine Akropolis über die Stadt herrschte.

Ein Buch und ein Geruch: Viele Liebhaber bereiten einem schlechtere Abschiedsgeschenke.

Lieber wäre ich im Gehölz geblieben. Doch ich stieg wieder in den Lieferwagen.

Wo habe ich mich je zu Hause gefühlt? Bedeuten die Gewohnheiten, die man an einem Ort annimmt, Freiheit? Ist man zu Hause angekommen, sobald sich solche Fragen nicht mehr stellen?

Im Augenblick rollte ich durch den Wald, war am rechten Ort und in guter Gesellschaft.

CYRANO Das ist zu viel! So hoch verstieg sich nie
Mein kühnstes Hoffen. Könnt' ich jetzt nur sterben!
Die Liebeskraft, die meinen Worten eigen,
Läßt IHN dort zittern zwischen blauen Zweigen!
Ja, ja, Sie zittern wie das Laub im Wind!

Zehntes Kapitel

Ich stellte das Auto in der Garage neben der Bäckerei ab. Mademoiselle Billon, die ein Eisenwarengeschäft in der Gasse unterhielt, kam soeben aus Andrés Laden.

«Bonjour! Ich wollte Sie besuchen, ich hatte ganz vergessen, dass Mittwoch ist. Ihr Schärfmesser ist da und die gebogene Schere, wann kommen Sie die Sachen abholen?»

«Ich bin gleich da, ich lade nur schnell das Auto aus. Haben Sie schon zu Mittag gegessen?»

«O ja, André auch, es ist zwei Uhr, wir machen schon wieder auf. Das halbe Baguette ist fürs Abendessen und fürs Frühstück morgen. Ich bin so ein Schussel, manchmal vergesse ich, dass die Bäckerei am Abend zumacht. Ich vergesse sogar regelmäßig, dass ich mein eigenes Geschäft zumachen muss! Ich sortiere meine Schrauben, gebe Bestellungen auf, finde an irgendwas Geschmack, und schon ist es um mich geschehen. Dabei führe ich ein geregeltes Leben, aber ich sträube mich gegen jede Gewohnheit! Um sich noch zu ändern, ist es wohl zu spät, nicht wahr? Also bis gleich.»

Cécile Billon betrieb ihr Eisenwarengeschäft mit großer Beflissenheit und viel Stolz. Über das Rentenalter war sie längst hinaus, ein Thema, über das zu sprechen sie sich glatt weigerte. Ihr Gang war gebückt, ihre zittrige helle Stimme versagte bisweilen. Sie war meist mit einem langen grauen Lagerarbeiterkittel bekleidet, ihre graumelierten Haare waren im Stil der zwanziger Jahre gekämmt, eine

Frisur, die sie einfach immer beibehalten hatte. Im Sommer trug sie leichte Strümpfe, im Winter bis zu den Knien hochgezogene Wollsocken, dazu die immergleichen Gartenschuhe.

Die Papierschneidemaschine, die Beschneidepresse, Schärfmesser, Pinzetten, Glätteisen – dieses Werkzeug benütze ich jeden Tag. Um es zu ölen oder zu schärfen oder wenn ich einen kleinen runden oder großen spitzen Hammer brauche, gehe ich zu ihr.

Mademoiselle Billon hat wie Monsieur Roche das Geschäft vom Vater übernommen, der es bereits seinerseits von seinem Vater übernommen hatte. Wie der Uhrmacher war sie unverheiratet. Die Leute kommen von weit her wegen ihrer Schrauben und Muttern, «die es nirgendwo mehr gibt», wie sie gern verkündet, während sie diese Schrauben und Muttern aus ihrer Hand in eine Schachtel gleiten lässt.

Kürzlich hat sie mir ihr Lager gezeigt, das nicht recht viel größer als der Laden ist, ungefähr zwanzig Quadratmeter. Überall Kisten, große und kleine, die sich in perfekter Ordnung auf flächendeckenden Regalen bis zur Decke stapeln. Schrauben und Nägel hier, Hämmer, Zangen und Rollgabelschlüssel da, und dort alles für den Garten, wirklich alles.

Mademoiselle Billons Lagerbestand ist auf handgroßen, vorder- und rückseitig beschriebenen Karteikarten festgehalten. Sie bewahrt sie in einem seiden schimmernden, prallen schwarzen Lederordner auf. Bis zur letzten Schraube hin ist alles erfasst, das Inventar ist immer auf dem neuesten Stand.

Maschinenschlosser und Bastler, Gärtner und Gärtnerinnen, die alle Baumärkte dieser Welt abgegrast haben, kommen zu der außergewöhnlich kleinen Frau. Sie stellt für diese Leute die letzte Hoffnung dar. Ihre Treulosigkeit hält sie ihnen nie vor. «Was wollen Sie, so sind die Gesetze der Natur.»

Bevor ich ihr meinen Besuch abstattete, rief ich im Krankenhaus an. Er war noch da, und niemand hatte sich für ihn interessiert. Ich gewöhnte mich allmählich daran, die immer gleiche Auskunft zu erhalten.

Das Geschäft von Mademoiselle Billon? Eine Nachkriegsszenerie, vom Kittel der Ladeninhaberin bis hin zur Glocke über der Tür. Lediglich am Eingang standen einige hübsche blaue und rote Plastikeimer aus moderneren Zeiten.

«Kommen Sie rein. Setzen Sie sich auf den Hocker da, den zwischen der Bockleiter und den Zinkkübeln. Ich trage das nur eben in die Küche.»

Als sie wiederkam, ergriff sie flink und behände wie ein junges Mädchen mit beiden Händen die Holzleiter, stellte sie hinter ihrem in die Jahre gekommenen Ladentisch auf, stieg, ohne sich dabei an den Regalen festzuhalten, hinauf und holte von oben meine Bestellung herunter.

«Bitte schön, damit sind Sie gut versorgt, es hat gedauert, aber das sind die besten. Ich arbeite seit Urzeiten mit diesem Haus zusammen und bin nie enttäuscht worden. Also die Schere kostet …»

In dem Moment galt es, sich das Lachen verkneifen. Mademoiselle Billon bietet nie Anlass zum Lachen, außer wenn sie den Kopf in ihren kleinen Ordner steckt. Ihr Auge klebt förmlich an ihrer Handlupe, bevor die Karteikarte das Geheimnis lüftet: was das Ding kostet. Sie trägt keine Brille, und niemand wagt sie zu fragen, warum.

Mademoiselle Billon wird nie persönlich. Einige Großmütterchen klassischer Prägung setzen sich zuweilen zwischen der Bockleiter und den Zinkkübeln hin, um ein kleines Schwätzchen mit ihr zu halten. In Wirklichkeit reden jedoch nur die alten Kameradinnen aus der Volksschule, während Mademoiselle Billon raus- und reinrennt und zum Gespräch höchstens kurze schneidende Ausrufe beiträgt: «Fabelhaft.» «Was für ein Idiot aber auch!» «Kopf hoch, die Zeit heilt Wunden.»

Das Privatleben der Eisenwarenhändlerin ist Privatsache. Sie lebt allein in der kleinen, an den Laden grenzenden Wohnküche. In ihrer persönlichen Rangliste scheinen Respekt vor den anderen und Achtung vor sich selbst die obersten Prinzipien zu sein. Sie geht nicht zur Kirche und hat den Lokalanzeiger abonniert, über den ich sie nie einen Kommentar habe abgeben hören. Sie spricht über Eisenwaren, über die Qualität der Artikel, die sie verkauft, und über die Fabriken, die sie herstellen. Sie jammert nie und wird ungeduldig, wenn andere den Zustand der Welt beklagen:

«O nein, Berthe, hör auf, nicht hier!»

«Aber Cécile, du bist herzlos, ich habe doch das Recht, das zu erzählen.»

«Erzähl es jemand anderem!»

«Also bei dir hat man wirklich den Eindruck, dass dich das Leben überhaupt nicht berührt. Das wird sich nie ändern.»

«Du wirst dich auch nie ändern.»

Sie hat weder eine Registrierkasse noch eine Rechenmaschine.

«Hier Ihre Rechnung, bitte rechnen Sie nach.»

«Aber nein, das ist doch nicht nötig.»

«Ich bestehe darauf, rechnen Sie nach.»

«Stimmt.»

Beim Bezahlen fragte ich sie:

«Die Mühle in La Montagne, kennen Sie die?»

«Ja.»

«Können Sie mir etwas darüber sagen?»

«Was interessiert Sie denn, die Mühle oder die Leute, die mal darin gewohnt haben?»

«Beides.»

«Die Mühle war bis 1919 oder 1920 in Betrieb. Sie hätte durchaus auch früher schließen können, schon vor dem ersten großen Krieg, aber dem alten Müller stand nicht der Sinn danach, ein neues Leben anzufangen. Er hat immer versucht, den Betrieb zu vergrößern, besseres Mehl zu mahlen. Ich habe ihn nicht kennengelernt, aber mein Großvater hatte mit ihm zu tun. Und zwar oft und gern. Zusammen da raufzugehen, das war unser Sonntagsspaziergang. Kennen Sie diesen Weg, durch den Wald?»

«Ja, ich glaube, den kenne ich.»

«Als der Müller also 1919 oder 1920 starb, wurde die Mühle geschlossen. Der Sohn war an der Front gefallen, und die Schwiegertochter, die junge Witwe, ist mit dem kleinen Jungen nach Paris gegangen, wo sie Familie hatte. Sie hat die Mühle nicht verkauft. Ich erinnere mich, dass ein Nachbar die Flügel abgenommen hat, um Brennholz daraus zu machen, weil mein Großvater darüber aufgebracht war. Aber das war bestimmt nur zum Schutz der Mühle geschehen, denn wenn solche großen Flügel bei einem Sturm in Schwung geraten ... Solange mein Großvater noch gehen konnte, bin ich mit ihm jeden Sonntag da hinaufmarschiert. Ich war zehn, als mein Großvater starb. Er hatte die schlaue Idee, im Frühjahr 1940 zu sterben, kurz vor der schmachvollen Niederlage. Ist meine kleine Geschichte aufschlussreich für Sie?»

«Ja, und vielleicht fällt Ihnen noch mehr ein.»

«Schon, nur einen Augenblick, stört es Sie, wenn ich beim Reden meine Lieferung von heute Morgen einräume?»

«Nein, gar nicht.»

«Gut, wo war ich stehengeblieben … Die Schrauben für Monsieur Lacroix … Also die Mühle: Bei einem der letzten Male, als ich dort war, das war wohl 1939, hatte sich ein junger Mann um die zwanzig auf dem verlassenen Gelände niedergelassen und auf dem Hof sein Lager aufgeschlagen. Er stand da und sah sich um. Um die Mühle herum hatte er Gemüse angebaut, die Tür stand offen. Wissen Sie, ich erinnere mich daran, weil dieser Mann einen tiefen Eindruck bei mir hinterlassen hat. Ich war ja noch ein kleines Mädchen, aber er war so schön. Das war der Enkel des Müllers, der Sohn des armen Soldaten, der an der Front gefallen war. Kommen Sie mit? Er hat sich mit meinem Großvater unterhalten, das Wohnhaus und der Mühlenturm waren innen vollkommen unversehrt und funktionstüchtig. Darüber hat sich mein Großvater gefreut.»

Sie holte Luft und fuhr dann fort:

«Dieser junge Mann war zusammen mit seiner Frau und seinem kleinen Töchterchen im Zweiten Weltkrieg in die Mühle gezogen. Hier hatten sie es besser als in Paris. Die junge Mutter lebte sehr unauffällig, kam nur selten in die Stadt runter, zweimal die Woche, um Lebensmittel einzukaufen. Es gab Gerüchte, er hätte beruflich in Paris zu tun gehabt. Anderen Gerüchten zufolge verschanzte er sich in den Wäldern, weil er der Résistance angehörte. Der Turm war zu der Zeit also bewohnt und wurde in Schuss gehalten. Nach dem Krieg kam die Familie einmal im Jahr und verbrachte hier die Sommerferien. Sie haben ein, zwei Mal bei mir irgendwelches Werkzeug gekauft, wir haben ein bisschen miteinander geredet, das waren ehrenwerte, unaufdringliche Leute. So ging das bis vor ungefähr zwanzig Jahren, da hatten wir einen ausgesprochen trockenen Sommer, und im Turm hat der Blitz eingeschlagen. Die Leute hatten sich drin aufgehalten, der Vater und seine Tochter, die damals selber schon mindestens ein Kind hatte. Den Flammen sind fürs Erste alle entkommen, aber ‹mein junger Mann›, der zu dem Zeitpunkt vielleicht sechzig war, wollte nochmal zurück in die brennende Mühle, weil er hoffte, irgendwas retten zu können. Er starb an den Folgen einer Rauchvergiftung. Wissen Sie, das Gemeine an der Sache ist, dass es nach dem Krieg gewaltige Brände in der Region gab, aber die Mühle, mit der dieser Mann so sorgsam umgegangen war, die er so gewissenhaft in Ordnung gehalten hatte, war immer verschont geblieben. Aber was soll man machen – bei Blitzschlag? Die Ruine ist jedenfalls an die jetzigen Eigentümer verkauft worden.»

Sie machte eine lange Pause, bevor sie weitersprach:

«Wissen Sie, der junge Mann, der am Montag am Bahnhofsvorplatz überfahren wurde – ich hab schon mit André darüber gesprochen –, der war hier, in meinem Laden, vor gut einem Jahr. Er sah ihm ähnlich.»

«Wem?»

«Dem Enkelsohn des Müllers, der an den Folgen des Blitzeinschlags starb. Es waren nicht bloß die Augen und der Körperbau, er hatte auch die gleiche Art, war nicht allzu gesprächig. Das war ein seltsames Gefühl für mich, wissen Sie. Er hat eine Hacke, einen Rechen und eine Gartenschere gekauft. Ich habe mir seine Hände angesehen und ihm vorgeschlagen, sich auch ein Paar Arbeitshandschuhe zuzulegen, denn offensichtlich war er es nicht gewohnt, mit den Händen zu arbeiten. Aber das wollte er nicht.»

«Hat er mit Scheck bezahlt?»

«Nein, in bar.»

«Wie lautet denn der Familienname von diesem Mann, den Sie gekannt haben?»

«Lucas.»

«Aha ...»

«Erkundigen Sie sich doch mal bei unserem Freund, dem Schuster, das ist die gleiche Familie, und zu Lebzeiten meines Großvaters hielt die Verwandtschaft noch eng zusammen: Der Lucas von der Mühle und der Schuster, das waren Vettern. Vielleicht weiß Sébastien, wohin die andere Familie Lucas nach dem Blitzschlag gezogen ist. Vor allem die Tochter, die zweifellos die Mutter sein muss von dem Mann, dem Sie nachspüren. Ich will Ihnen Mut machen, hoffentlich nicht vergeblich.»

«Sie wissen schon, nach wem ich suche? Ich wollte es Ihnen eigentlich gerade sagen.»

«Nicht nötig, André hat mir schon erzählt, dass Ihnen der Tod des jungen Mannes nahegegangen ist. Ich bin auch sehr bedrückt. Kein Familienmitglied, kein Freund, der den Toten identifizieren kann, eine solche Verlassenheit! Ich habe seine Verwandtschaft ja ein bisschen gekannt. Wenn das wenigstens oben bei der Mühle passiert wäre, aber auf einem Bahnhofsvorplatz ...»

«Am späten Freitagabend gehe ich hinauf nach La Montagne, die Besitzer können mir bestimmt sagen, wie er hieß, und mir seine Adresse in Paris geben.»

«Ja, tun Sie das und besuchen Sie mal Sébastien.»

Auf dem Rückweg machte ich vor der Schusterwerkstatt von Sébastien Lucas halt. Fünfzehn Uhr, es war geschlossen.

Sébastien hielt unbeirrt an seinen ausgesucht eigenwilligen Öffnungs- und Schließzeiten fest. Und um noch größere Verwirrung zu stiften, teilte er an den Markttagen sogenannte Passierscheine aus. Er arbeitete dann in seiner Werkstatt hinter dem Laden und war so gnädig, einen

Notdienst anzubieten. Die Kunden mit Passierschein, die ihre reparierten Schuhe abholen wollten, durften die Tür forsch aufdrücken, während diejenigen ohne Passierschein schüchtern anklopfen mussten.

Ich las, bevor ich zurück an die Arbeit ging, die Anschläge, die Sébastien auf buntem Lösch- oder Bristolpapier im Schaufenster angebracht hatte, und entdeckte ein paar neue. Das hier war seine Privatgazette:

«Junger Schuhmacher mit hervorragenden Anlagen führt Reparaturen an heißgelaufenen Schuhen durch.»

«Schlechtgelaunte Kunden und solche, die auf 50er-Jahre-Rockmusik stehen, müssen leider draußen bleiben.»

«Nein, Madame Michaud, ich heirate nicht die Buchbinderin, die vor kurzem hergezogen ist, sie ist mir als Freundin lieber. Bitte weitersagen.»

«Herr Gärtner, Sie Elender! Nein, ich bin kein Kinderschänder, ich habe allerdings schon mal einen Gedanken darauf verwendet, so wie ich auf alles schon mal einen Gedanken verwendet habe, sogar auf Sie, oder vielmehr auf Ihre Schuhe, diese armen Dinger.»

«Monsieur Dupuis, wie es scheint, sind Sie ein Tüftler und interessieren sich für Technik. Dann sollten wir uns mal über Segel- und Dampfschiffe unterhalten. Ich kann Ihnen Pläne zeichnen, kommen Sie doch vorbei.»

«Lügen haben kurze Beine. Deswegen sollten Sie hohe Absätze tragen.»

Schlagartig kam mir die Verleumdungskampagne gegen mich, der ich ohnmächtig gegenüberstand, wieder in den Sinn, und ich bewunderte Sébastiens Methode, sich vor solchen Diffamierungen zu schützen. Ich las weiter:

«Neulich habe ich mir ein Schreibpult angeschafft. Von dort aus werde ich künftig meine Verdikte aussprechen und die Rechnungen schreiben. Die Schuhe inspirieren mich dazu, also bringt sie mir!»

«Schuhe sind mein Ein und Alles. Auf all ihren Wegen tragen sie die Last der lahmenden Menschheit und holen sich mit der Zeit Schwielen. Deswegen habe ich, lieber André, noch lange keinen Vogel. Schau dir doch deine Quadratlatschen an, die du mir regelmäßig bringst, sobald sie erste Anzeichen von Ermüdung zeigen. So wohl fühlst du dich in denen, dass du dir beim Gedanken, sie könnten bald in die ewigen Jagdgründe eingehen, vor Angst in die Hosen scheißt. Doch eines Tages werde ich, der Gott der Mokassins, dir Ungläubigem mitteilen müssen, dass selbst ich ihnen kein neues Leben mehr einhauchen kann.»

Der eigenwillige junge Schuhmacher schlug sich brillant. Sein Vater war auch schon ein Original gewesen, sodass die Leute hier auf einen Exzentriker gefasst waren, als Sébastien von seiner Walz zurückkehrte. Seine Gazette, das Schaufenster, hält ihm üble Nachreden und Vergeltungsmaßnahmen vom Leib, denn alle fürchten sich davor, in einem seiner Anschläge vorzukommen. Ich wäre zu so etwas nicht fähig.

Und vielleicht schützt ihn auch die Zuwendung vieler Dorfbewohner aufgrund der wiederholten Trauerfälle in seiner Familie. Er war sechs Jahre alt, als seine Mutter an einer geplatzten Arterie starb. Für den Großvater und die Großmutter war binnen eines Jahres die Zeit gekommen, als Sébastien ein Teenager war. Und den Vater hatte ein Krebs dahingerafft, ein Jahr, bevor Sébastien auf die Walz ging.

Mich schützt nichts. Ich bin im Gegensatz zu ihm nicht von hier. Zudem ist er als Schuster unverzichtbar, er wird gebraucht. Gegen Verleumdungen muss man sich wehren, doch gegen wen? Und wer braucht schon einen Buchbinder?

LE BRET O Schurkenstreich!

RAGUENEAU Ich eile schnell herbei …

LE BRET Nun?

RAGUENEAU Unser Dichter liegt am Boden, bleich,
Die Stirn gespalten wie von einem Hammer!

LE BRET Tot?

RAGUENEAU Nein; jedoch … Sein Bewußtsein ist geschwunden.

Den ganzen Nachmittag verließ ich das Atelier nicht. Ich nahm die anderen Bücher wieder in die Hand, leimte die Rücken, verzierte sie mit Kapitalbändern und klebte Gazen und Rückeneinlagen an. Ich arbeitete mechanisch, gab mir Mühe, einen Rhythmus für meine Bewegungen zu finden und dabei nicht nachzudenken. So kann ich mich am besten entspannen. Die abscheulichen Verleumdungen konnten mir gestohlen bleiben; ich war in Gedanken bei ihm, er kam zurück, nahm Gestalt an, bald würde ich seinen Namen aussprechen.

Wie jeden Abend machte ich meinen Spaziergang am Fluss. Ich hatte keine Lust, zum Einkaufen bis zum Kaufhaus im Zentrum zu laufen. Also kehrte ich auf dem Rückweg bei dem Kolonialwarenladen in der Gasse ein. Die zwei Schwestern saßen aufgeräumt hinten bei der Kasse. Die

Närrische betrachtete belustigt ihre Füße und ließ sie wie eine Schlittschuhläuferin in ihre neuen Pantoffeln gleiten. Die andere trennte etwas Gestricktes auf und wickelte die Wolle zu einem steinharten Knäuel.

«Die andere», wie ich sie oft nannte, also die mit dem Knäuel, meinte:

«Wie geht's Ihnen, Sie haben sich schon seit Tagen nicht blicken lassen. Essen Sie nichts mehr?»

Die Schwester:

«Verräterin, Verräterin!»

«Hören Sie nicht auf sie, Sie wissen ja, was das für eine ist! Ich hab eben noch mit einer Kundin gesprochen, einer treuen Stammkundin, die kein Auto hat. Also durch diese Supermärkte sterben die kleinen Läden aus.»

Die Schwester:

«Ich zünd diesen Großkotzigen alles an!»

«Das geht zu weit, Yvonne, reg dich ab!»

«Ich sag, ich zünd denen alles an, wenn wir den Laden zumachen müssen!»

Ich erledigte meine kleinen Besorgungen und kaufte, weil mich das schlechte Gewissen plagte, etwas mehr als nötig. Als ich den beiden Damen adieu sagen wollte, leierte die gestörte Schwester mir anstelle eines Grußes noch hinterher:

«Verräterin, Verräterin, die Rothaarige, die kauft woanders ein.»

Ihre Schwester wies sie nicht zurecht:

«Auf Wiedersehen, Fräulein, auf bald hoffentlich.»

Ich ging bei André vorbei, nur um hallo zu sagen, Brot brauchte ich keins für heute Abend. Seine Frau war schon vor einer Weile nach oben gegangen, André war am Schließen, er bediente die letzten Kunden. Ich berichtete ihm von meinem Tag und bestellte die schönen Grüße vom Bäcker aus Lalande.

«Hast du Brot bei ihm gekauft?»

«Ja, ein Baguette. Die Verrückte von gegenüber hat mich eben schon als Verräterin beschimpft. Fängst du jetzt auch damit an?»

«Im Gegenteil, meine Liebe, der Kerl macht zwar immer einen recht mürrischen und ungepflegten Eindruck, aber er backt vorzügliches Brot.»

«Ich war auf dem Rückweg bei der Mühle oben. Und anschließend habe ich mich mit Cécile Billon getroffen. Ich glaube, wir sind auf der richtigen Fährte. Cécile Billon hat behauptet, dass mein Kunde dem Mühlenbesitzer von vor zwanzig Jahren ähnlich sah, der bei einem Brand ums Leben kam. Er hieß Lucas, wie Sébastien.»

«Das hat sie mir auch erzählt. Und unser Mann liegt immer noch oben im Krankenhaus?»

«Ja. Niemand scheint sich um ihn Sorgen zu machen. André, irgendjemand verbreitet böse Geschichten über mich. Ich würde schlechte Arbeit leisten. Und wäre in seinen Tod verwickelt.»

«Wer sollte ein Interesse daran haben, so was in die Welt zu setzen?»

«Ich weiß es nicht.»

«Nur keine Aufregung, wir werden die Ohren spitzen.»

Elftes Kapitel

Donnerstagmorgen. Mit meinen E-Mails verbrachte ich mehr Zeit als gewöhnlich. Die Nachrichten der Freunde ließen mich nicht gleichgültig, aber sie trösteten mich auch nicht. In meinen Antworten erwähnte ich nichts von dem, was mir durch den Kopf ging.

Anfragen von potenzieller Kundschaft gab es wenige. Die meisten waren nur neugierig und wollten Preise wissen. Es waren auch Spinner dabei, die Unmögliches von einem verlangten und fragten, ob ich ein Buch für einen Euro fünfzig restaurieren könne, und andere, die ich einfach nur auf meine Website verweisen musste, wo die Antworten auf ihre Fragen bereitstanden.

Eine geschlagene Stunde lang verschickte ich fleißig Mitteilungen, verlorene Zeit, wie mir schien. Der Einzige, dem ich wirklich hätte schreiben wollen, war mein Großvater. Doch der war zu weit weg, unerreichbar.

Dann wandte ich mich meiner «anständigen» Arbeit zu und überzog die Buchumschläge mit dem am Vortag vorbereiteten Leder und Leinen.

Um zehn Uhr klopfte der Abbé an, um mich daran zu erinnern, dass ich versprochen hatte, am Abend in die Kirche Saint-Lazare zu kommen.

Ich schaute auf einen Sprung bei Sébastien vorbei und fragte ihn, ob wir zusammen mittagessen könnten. Er lud mich in seinen Laden zum Picknick ein und bat mich, doch «eine Galette und ein Butterdöschen» mitzubringen. Wegen des Blätterteigs ging ich also gleich weiter zu André, der nicht in seinem Geschäft war, sondern «Gegenüber! Bei Ihnen, zum Kaffeetrinken!», wie mich seine Frau mit undurchdringlicher Miene wissen ließ.

Ich fand André vor, wie er vor meinem Ladentisch saß.

«Salut! Ich lese zwar nie, aber ich fühle mich hier sauwohl.»

«Vielen Dank.»

«Was willst du denn bei mir, wenn ich hier wie ein Hornochse auf dich warte, mit der Tüte in der Hand?»

«Ich picknicke heute Mittag mit Sébastien und wollte bei dir was einkaufen. Er hat gesagt, ich soll eine Galette mitbringen.»

«Was soll denn das, eine Galette?»

«Und ein Butterdöschen.»

«Der ist doch verrückt geworden! Du wirst schon sehen, was er dir für einen Cocktail auftischen wird! Er zündet Räucherstäbchen an, bis man nichts mehr sieht und den Käsefußgeruch aus der Nase hat, lässt dich aus Holzpantoffeln trinken und dreht seinen Boogie-Woogie so laut auf, dass dir das Trommelfell platzt. Das wird ein hübsches Stelldichein!»

«Hast du vielleicht zwei Quiches?»

«Soll ich dir die für Mittag warm machen?»

«Ja. Danke.»

«Hör auf, dich zu bedanken.»

«Magst du einen Kaffee?»

«Na los!»

«Wie findet es eigentlich deine Frau, dass du immer zu mir kommst?»

«Woher soll ich das wissen? Ich bin doch kein Hellseher!»

«Ach, Entschuldigung … Ich wollte nur die Quiches bei ihr bestellen, aber ehe ich den Mund aufmachen konnte, richtete sie mir schon aus, dass du bei mir bist. Ende der Durchsage. Sie hat mir nicht mal Zeit zum Guten-Tag-Sagen gelassen.»

«Sie kommt eben gleich zur Sache, sie verschwendet keine Zeit, das war schon immer so. Man darf ihr das nicht übel nehmen. Sie ist eine intelligente Frau. Als wir miteinander gegangen sind, haben wir viel zusammen gelacht. Aber weißt du, es ist meine Schuld, dass wir keine Kinder haben. Jetzt beseelt sie nur noch eine Leidenschaft, die Oper. Sie erzählt mir ganze Opern, und sie spielt mir sogar Ausschnitte vor. Was meine Stippvisiten bei dir angeht, da mach dir keine Sorgen. Die Eifersucht ist ein Übel, das sie schon lange nicht mehr umtreibt! Sie hat einen hellen, klaren Kopf. Schau mich an. Ich bin so alt wie dein Vater.»

«Okay. André, morgen Abend kommen in La Montagne bestimmt ein paar von den Eigentümern an, ich würde gern hinfahren.»

«Nimm den Lieferwagen. Oder willst du lieber mit meinem Sonntagsauto fahren?»

«Lieber mit dem Lieferwagen, an den bin ich gewohnt.»

«Wie du magst.»

«Danke.»

«Ich hab gesagt, du sollst aufhören, dich zu bedanken.»

«Danke.»

Donnerstag ist Markttag. Vor meinem Schaufenster weilten ein paar Neugierige, die warten mussten, bis sie gegenüber bei André drankamen. Die Bäckerei wurde und wurde nicht leerer. Von meiner Werkstatt aus beobachtete André amüsiert die Hineingehenden und Herauskommenden und die Wartenden, wobei er nicht aufhörte, auf mich einzureden.

Ein Pärchen wagte sich auf Zehenspitzen in das Atelier vor.

André:

«Wohlan, meine Liebe, ich muss gehen. Gegenüber ist ausverkauft, Zeit für meinen kleinen Auftritt!»

Rasch warf er den Kopf zurück, trank den letzten Schluck Kaffee aus, grüßte meine Klientel in spe, setzte seine weiße Mütze wieder auf, ging wiegend in die Knie, um sich die Hose hochzuziehen, spazierte zur Tür hinaus und betrat, indem er die Menschenmenge mit einem vorfreudigen «Ah» in der Mitte auseinanderschob, seine Bäckerei.

Zwischen zwei weiteren Besuchern, die meinen Vormittag zierten, bereitete ich die Lettern vor, mit denen ich die Stempel für die Einbände meiner Bücher bestücken wollte.

Kurz vor Mittag telefonierte ich mit dem Krankenhaus. Der Mann befand sich immer noch dort oben, was mich nun nicht mehr in Erstaunen versetzte. Ich rief nur mehr an, um mich zu vergewissern, so wie man sich nach einem Patienten erkundigt, dessen Genesung gut voranschreitet.

Um zwölf holte ich meine Quiches ab und legte sie zu der guten Flasche Bordeaux und dem Butterdöschen in meinen Korb. An Sébastiens Tür bimmelte ich nicht, indem ich an dem Zapfen zog, sondern – Markttag verpflichtet – indem ich die Glocke schwenkte.

Die Tür öffnete sich im Nu, und Sébastien stand vor mir, in seiner Dreizimmerwohnung, die groß genug für ein verheiratetes Paar wäre, mit Pomade im Haar und schwarzen Lackschuhen an den Füßen, prachtvoll und zugleich beunruhigend. Ich brachte keinen Ton hervor. Ich kannte ihn nur in Turnschuhen, kurzen Hosen und mit dem Dress der Fußballmannschaft von Montlaudun, oder an Feiertagen in Jeans und Unterhemd. Er verneigte sich stumm, nahm mir den Korb ab und führte mich ins Nebenzimmer, wo seine Werkstatt war. Betroffen musste ich mit ansehen, wie er einen wilden Boogie-Woogie auflegte, wie er die Glocke abnahm, sie im Besenschrank verräumte und den Haustürschlüssel zweimal umdrehte, bevor er sich mir zuwandte.

Silberne Kerzenleuchter auf einer Ledernähmaschine sorgten im Arbeitszimmer für Stimmung. In der Mitte eines mit Damenschuhen beladenen Regals zehrten sich Räucherstäbchen auf. Auf dem Boden war eine pastellblaue Synthetikdecke ausgebreitet. Darauf setzten wir uns. Bei weitem nicht so vergnügt, wie ich eigentlich hätte sein wollen, beobachtete ich, wie er andächtig erst die Quiches, dann das Butterdöschen und schließlich den Wein auspackte. Er entkorkte den Wein auf der Stelle, goss ihn in Champagnergläser und hielt mir mit seinen rosigen Händen, deren Nägel Spuren schwarzer Schuhwichse trugen, ein Glas hin.

Auf Steintellern hatte er Mandeln, Pasteten und Weintrauben arrangiert.

«Sébastien, kannst du die Musik ein bisschen leiser stellen?»

«Gefällt sie dir nicht?»

«Doch, aber man versteht sein eigenes Wort nicht.»

«Was willst du mir denn sagen? Willst du mich fragen, ob ich dich heiraten will? Da muss ich erst mit Madame Michaud reden.»

«Noch nicht. Hat man dir von diesem Mann erzählt, der am Montagmorgen am Bahnhof von einem Lastwagen angefahren wurde?»

«Ja.»

«Weißt du, wer das war?»

«Keine Ahnung. Ein Freund von dir?»

«Schön wär's, ich weiß noch nicht mal, wie er hieß. Mademoiselle Billon hat gemeint, er hätte dem Enkelsohn des ehemaligen Mühlenbesitzers von La Montagne ähnlich gesehen.»

«Ach!? Sieh da, ein Verwandter! Dann wundert es mich nicht, dass er gestorben ist. Bei uns in der Familie wird jung gestorben. Der Großvater war ein Lucas, so wie der meine, das waren Vettern. Ich bin mit meinem Großvater einmal da raufgegangen.»

«Kennst du die Tochter von diesem Vetter?»

«Nein, als ich zu Besuch war, war bloß der Alte da. Aber ich habe Kinderspielzeug gesehen. Es standen sogar zwei Fahrräder rum, und ganz schöne! Ich war damals vielleicht sechs oder sieben Jahre alt, kurze Zeit später ist das alles abgebrannt.»

«Hat dir dein Großvater etwas von seinem Vetter erzählt, wo er gelebt hat?»

«In Paris. Ich glaube, die Tochter war auch in Paris, weil sie immer zusammen im gleichen Auto gekommen sind. Sie mochten sich gern, mein Großvater und er, aber sie haben sich nicht sehr oft gesehen. Der Vetter kam nur selten in die Stadt, aber wenn er runterkam, schaute er immer bei meinem Großvater in der Werkstatt vorbei. Er war kein besonders redseliger Mensch. Mein Großvater hat gemeint, es wäre ihm im Krieg nicht gut bekommen, allein wie ein Eremit in den Wäldern zu hausen, unterzutauchen, tagsüber zu schlafen und nachts herumzuziehen.»

«Mademoiselle Billon meinte, es wäre nicht sicher, ob er den Krieg wirklich da oben verbracht hat.»

«Von meinem Großvater hat sich das schon so angehört. Wieso interessierst du dich überhaupt für meine Familie? Ist dir der Mann begegnet?»

«Er hat am Montag sehr früh am Morgen, um halb acht, bei mir geklopft.»

«Und was wollte er?»

«Mir ein Buch zum Restaurieren bringen. Ein sehr schönes Buch, mit Zeichnungen von einem galloromanischen Kultort. Ich weiß nicht, ob dieser Ort erfunden ist und ob ein Spezialist, ein Archäologe oder ein exzellenter Zeichner und Maler, am Werk war, der sich für die Antike begeisterte. Unmittelbar bevor sich dein Verwandter in Richtung Bahnhof aufgemacht hat, hat er das Buch bei mir abgegeben.»

«Wie hieß er denn, mein Verwandter?»

«Das weiß ich eben nicht. Er hatte überhaupt keine Papiere bei sich, nur meine Visitenkarte, die Quittung und Bargeld. Seine Mutter hieß Lucas mit Nachnamen, aber sein Vater?»

«Was wirst du mit dem Buch anstellen?»

«Ich weiß es nicht, das ist auch so ein Thema. Es haben sich bislang keine Angehörigen gemeldet. Er liegt immer noch im Leichenschauhaus. Wenn kein anderer Verwandter auftaucht, dann bist du der Erbe!»

Sébastien, der bis hierher so getan hatte, als ginge ihn das alles nicht viel an – ein Toter, gibt es noch etwas Gewöhnlicheres? –, nahm einen Bissen von seiner Quiche und entrüstete sich:

«Er liegt im Leichenschauhaus, bei uns im Krankenhaus? Und niemand schert sich um ihn? Seit vier Tagen? Stell dir das vor. Würde sich denn einer um mich scheren? Keine Papiere. Der arme Kerl, der war wohl nicht mehr ganz dicht. Ich muss zu ihm! Kommst du mit? Wir können ihn da nicht alleine lassen.»

Schon war er aufgesprungen, zog mich an der Hand und ließ nicht mehr los. Im Marathonlaufschritt gingen wir den

Hügel an, Sébastien nahm mich ins Schlepptau, damit wir nichts an Geschwindigkeit einbüßten. Die Passanten rissen bei unserem Anblick weit die Augen auf, er war im Sonntagsstaat, ich stieß im Minutentakt den Stoßseufzer «Ich komme ja, aber nicht so hastig!» aus, was keinerlei Wirkung zeigte. Die pittoreske Postkartenansicht des Stadtkerns hinter mir wurde kleiner, der weiße Koloss näherte sich.

Sébastien stürmte den Empfangstresen. Er sprach abgehetzt und ruderte mit den Armen. Er, Sébastien Lucas, wolle seinen Verwandten sehen, von dem ihm jedoch weder Vor- noch Nachname bekannt sei, der Tote sei nämlich lediglich der Enkel des Vetters seines Großvaters väterlicherseits. Er schloss mit der Drohung, den Gendarmen Jean-Pierre anzurufen, seinen Kumpel und Verteidiger in der Fußballmannschaft von Montlaudun! So weit kam es aber nicht.

Wir fanden uns in einem leeren weißen Saal wieder, wo man uns bat, einen Augenblick zu warten. In einem benachbarten Raum waren die Rollen einer Bahre zu hören, die plötzlich verstummten, und wir wurden aufgefordert einzutreten.

Da lag er. Zunächst wich ich seinem Gesicht aus, richtete meinen Blick auf den akkurat umgeschlagenen Kragen seines Regenmantels.

Verflogen war der Geruch nach Wald und Regen, ausgelöscht der Hauch von Humus und Farn, den er verströmt hatte, gefroren das Salz seiner Haut, gefangen unter dem weißen Hemd, an dessen Gewebe, das durch meine Finger geglitten war, ich mich erinnerte. Sosehr ich auch die Nase reckte, er roch nach nichts mehr. Ich verwahrte die Erinnerungen in mir, den Duft und die letzten Augenblicke im Leben eines Mannes, den niemand vermisste.

So viel Trauer aufgrund ein paar gemeinsam verbrachter Minuten zwischen Tür und Angel. Was wäre wohl gewesen, wenn ich erst Zeit gehabt hätte, ihn kennenzulernen.

CYRANO Das war etwas mager.
Fällt Ihnen nichts mehr ein? – Mir vielerlei,
Und auch die Tonart läßt sich variieren!
(...)
Anmutig: «Sind Sie Vogelfreund, mein Bester,
Und sorgten väterlich mit dieser Stange
Für einen Halt zum Bau der Schwalbennester?»
(...)
Naiv: «Wann wird dies Monument besichtigt?»
(...)
Recht kläglich:
«Weil sie das Gleichmaß im Gesicht getötet,
Ist sie voll Schuldbewußtsein und errötet.» –

Endlich wagte ich es, sein Gesicht zu studieren. Doch die geschlossenen Lider, die seinen unwiderstehlichen Blick verschleierten, waren nicht lange zu ertragen. Das Leichentuch verbarg seine schönen großen Hände.

Ich fragte den Pfleger, ob ich das Tuch zurückziehen dürfe. Er tat es für mich. Die Hände waren nicht gefaltet, sondern lagen am Körper an. Auch sie hatten sich in mein Gedächtnis eingeprägt.

Am Anfang konnte ich noch keine Spur von blauen Flecken erkennen, doch dann sah ich sie, um das Ohr verlief eine violette Kurve, die über den Hals bis zur Brust ging.

Sébastien gab einzelne Worte wie «Mühle», «Großväter» oder «Fahrrad» von sich, strich der Leiche durchs Haar und wiederholte: «Er sieht aus wie der Großvater, stimmt, er ist mit mir verwandt, er ist mit mir verwandt.»

Schließlich drehte sich Sébastien zu mir um und sagte: «Wenn die Familie nicht kommt, verkörpern wir für ihn Bruder, Schwester, Mutter, Vater, alles. Fass ihn doch an, wenn du willst, berühr ihn! Was war das für ein schöner Mann!»

Berühren wollte ich ihn nicht, lieber zu ihm sprechen.

Ich verspürte sogar ein heftiges Bedürfnis, mit ihm zu reden, beugte mich zu seinem Ohr hinunter, sagte ihm, dass ich mit dem Restaurieren des Fanumbuchs gut vorankäme, und blickte an ihm vorbei. Mit meinem Großvater hatte ich es auch versucht, das hatte ich vergessen. Ich kann nicht mit Toten sprechen.

«Du musst seine Haare anfassen, wo die Verwesung noch nicht eingesetzt hat.»

Beim Anblick des aus heiterem Himmel gefallenen Verwandten durchfuhr Sébastien noch einmal der ganze Verlustschmerz seines Lebens, von Sekunde zu Sekunde versank er tiefer in Kummer. Er wollte auf dieser Zeitreise nicht alleine sein. Entschlossen packte er meine Hand, schob sie in die kalten Haare und ließ meine Finger dort umherirren.

Auf dem Rückweg in unsere Gasse trotzten wir mit schweren, langsamen Schritten dem Gefälle. Als wir an der Schusterwerkstatt vorbeikamen, blieb Sébastien stehen, während ich weiterging.

«Wo gehst du hin? Wir sind noch nicht mit unserem Picknick fertig.»

«Ich muss die Buchbinderei aufsperren. Komm mit, ich will dir was zeigen.»

Ich zog die Liste mit den Namen unter dem gläsernen Briefbeschwerer hervor.

«André hat mir den Rat gegeben, dir diese Liste zu zeigen. Die steckte hinten im Buch, zwischen Deckel und Block. Da steht dein Familienname. Kennst du auch die anderen Namen? Hast du eine Ahnung, welche Verbindung zwischen den hier genannten Personen bestehen könnte?»

«Es sind Namen von Leuten aus der Umgebung. Das waren aber nicht direkt Freunde meines Großvaters, eher Bekannte des Vetters von der Mühle.»

Zum Abschied meinte er:

«Ich hab keine Lust, alleine zu Ende zu picknicken. Magst du wirklich nicht mitkommen?»

«Nein, wirklich nicht.»

«Dann dreh ich wenigstens die Musik so laut auf, dass wir beide was davon haben.»

Nachdem er gegangen war, knotete ich mir die Haare im Nacken zusammen und band mir meine Schürze um. Einen Moment lang ließ ich erschöpft die Schultern hängen und kam mir recht verloren vor. Dann begann mein Schaufenster unter den rhythmisch treibenden Blechbläsern des Boogie-Woogie von nebenan zu vibrieren. Im Hintergrund bretterte ein rasendes Piano in Schnellzuggeschwindigkeit dahin, die Bläser wiesen ihm mit pochendem Herzen den Weg.

Ich räumte meinen Arbeitstisch auf und breitete den Einband des Tempelbuchs darauf aus. Ohne ihn anzufassen, betrachtete ich das helle karamellfarbene Ziegenleder sowie die zwei glatten Bäume, deren Stämme vom Kartonuntergrund abblätterten. Diese Art Intarsien hätte meinem Großvater gefallen. Früher hatte ich ihm dabei zugesehen, wie er noch viel gewundenere Formen intarsiert hatte.

Das Leder lag nur noch auf einem dünnen Karton auf, den ich gespalten hatte, um den Vorsatzspiegel zu retten. Ich machte mich an die Arbeit, schliff den Karton ab, bis ich wieder eine glatte Oberfläche hatte. Der Einbanddeckel war flexibel, das schokoladenbraune Leder, aus dem die Bäume geformt waren, war fest und dadurch umso bequemer zu bearbeiten. Ich befestigte die Stämme an der Vorder- und Rückseite. Dann machte ich mich an den Baumkronen zu schaffen. Schließlich drückte ich mit einem Baumwolllappen das Leder an, bis die Bäume wieder einheitlich eingepasst waren.

Das Ergebnis konnte sich sehen lassen. Die beiden Lederarten gingen fließend ineinander über. Durch das Polieren erstrahlten sie wieder in ihrem vollen Glanz. Nebenan war Sébastien zum Blues übergegangen. Doch seine und meine Einsamkeit betrübten mich nicht mehr. Die Berührung des Leders hatte meine Hände gewärmt und meine Finger von der Erinnerung an das trockene, kalte Haar befreit.

Das Telefon läutete. Das Bürgermeisteramt in Bigeac unterrichtete mich darüber, dass man sich mit meinem Angebot nicht befassen würde. Die Sekretärin hoffte zuvorkommend, dass ich meine Zeit nicht damit verschwendet hatte, es auszuarbeiten.

Gegenüber machte André Feierabend. Ich brauchte kein Brot. Ich ging auch nicht zum Spazierengehen hinaus, sondern fuhr mit meiner Arbeit fort. Das war das Einzige, was mich beruhigen konnte.

Ich hatte die Schaufensterläden zugezogen. Bei Sébastien war der ganze Laden hell erleuchtet, seine kleinen Plakate erbebten nun zu einem schluchzenden Fünfziger-Jahre-Rock: *Blue Suede Shoes*.

Jeder hat seine eigenen Methoden. Ich setzte mich wieder hin, in der Absicht, bis zum Umfallen zu arbeiten, da klopfte jemand an der Tür.

Es hätte mich gefreut, wenn Mademoiselle Billon oder André mich besucht hätten. Es kam Monsieur Roche.

«Guten Abend, so eine Überraschung! Kommen Sie rein!»

Monsieur Roche war wie immer tadellos gekleidet, zu seiner unfehlbaren Hose trug er ein weißes Hemd mit gestärktem Kragen und darüber eine gelbbräunliche Strickweste. Aufgrund dieses besonderen Werts, den er auf sein Äußeres legte, wirkte sein Besuch anfangs peinlich. Es dauerte ein wenig, bis wir uns dareingefunden hatten, dass zwei so schüchterne Wesen wie wir sich an einem anderen Ort als dem Flussufer begegneten.

Aufmerksam lauschte Monsieur Roche meinen Erläuterungen über den Zweck der verschiedenen Werkzeuge. Er trank sogar ein bisschen Portwein, ohne zu erröten. Bevor er ging, holte ich von oben aus der Mottenkiste die stehengebliebene Uhr meines Großvaters, eine mechanische Lip mit römischen Ziffern. Ich überreichte ihm die «Alltagsuhr» mit der nicht mehr funktionierenden Aufziehvorrichtung. Das Kästchen behielt ich, vielleicht, um irgendetwas von meinem Großvater zu behalten. Monsieur Roche stand in der Tür, und ich hielt meine leere rote Schatulle in der Hand. Offen stellte ich sie an den Rand meines Arbeitstischs.

Zwölftes Kapitel

Als ich am nächsten Morgen, dem des Freitags, aufwachte, war mir nur eines klar: Abends würde ich nach La Montagne fahren.

Die Ereignisse vom Vortag holten mich wieder ein: die kalten toten Haare im Leichenschauhaus, der Anruf des Bürgermeisteramtes von Bigeac, ein sehr schlechtes Zeichen. Wenn die Wiederherstellung des Fanumbuchs sich auch auf dem besten Weg befand, so schwebte die Zukunft meiner Werkstatt doch in Gefahr.

Ich schüttelte diesen Gedanken ab, sprang mit einem Satz aus dem Bett, als mir einfiel, dass ich gestern Abend das Treffen mit dem Abbé um neunzehn Uhr vergessen hatte.

Alles ging schief, ich verursachte eine Überschwemmung im Bad, streifte mir die Kleider verkehrt herum über und vergaß die Milch am Herd. Für einen Augenblick hielt ich inne, doch dann ging ich stur zum Frühstücken nach unten ins Atelier, wie gewöhnlich, und schaltete mit einer wütenden Bewegung den Computer an.

Als ich mich zurücklehnte, um von meinem Marmeladenbrötchen abzubeißen – schließlich wollte ich es vermeiden, auf die Tastatur zu krümeln –, schüttete ich die volle Tasse mit dem heißen Kaffee um. Prima.

Ich steckte die Tastatur aus und ließ sie über dem Waschbecken abtropfen. Vielleicht überlebte sie ja. Die Maus war den Fluten entronnen. Wenn ich auch keine Nachrichten verfassen konnte, so konnte ich doch immerhin welche lesen.

Als ich im Krankenhaus anrief, wurde ich von der Telefonistin freundlich und namentlich begrüßt. Ohne meine noch gar nicht gestellte Frage abzuwarten, flötete sie munter ins Telefon: «Ihre Leiche ist immer noch da, keine Sorge, Mademoiselle!»

Ich hätte sie erwürgen können.

Mit der Lupe betrachtete ich den Einband, den ich am Tag zuvor restauriert hatte, und war darauf gefasst, dass das Gefühl von Perfektion, das ich nach der Arbeit gehabt hatte, sich nun als Illusion herausstellen könnte. Millimeter für Millimeter tastete ich die Ränder des hellen und des dunklen Leders ab. Ich pustete. Alles war fest miteinander verbunden, ohne Fehl und Tadel.

Ich ging wieder zu meinem tastaturamputierten Computer zurück. Eine Nachricht der Anthrakologin aus Bordeaux, sie wollte sich unserer Verabredung am nächsten Tag, dem Samstag, vergewissern und schlug mir vor, um elf Uhr dreißig zu kommen. Ich rief sie an, um zu bestätigen.

Allein die Stimme dieser Frau hatte etwas Entwaffnendes. Sie redete offen und angenehm höflich, und es entstand ein Gesprächsfluss ohne jegliche Zwänge. Sie schien sich für meine Eindrücke von Bordeaux zu interessieren, doch ich kannte die Stadt kaum. Ich erzählte ihr nun, dass ich Buchbinderin war und das Stückchen Holz, das ich analysieren lassen wollte, in einem Familienbuch gefunden hätte. Da die Unterhaltung damit noch nicht beendet war, erklärte ich ihr, dass ich nach unserem Treffen zu einer Ausgrabungsstätte in der Innenstadt von Bordeaux musste und hoffte, dort einen Archäologen anzutreffen, dem ich Skizzen und Aquarelle eines Bauwerks zeigen wollte, das ich nicht einordnen konnte. Sie kannte die Ausgrabungsstätte hinter der gotischen Kathedrale und auch deren Leiter. Sie würde mich begleiten und mich ihm vorstellen.

Als ich auflegte, war ich für eine Zeitlang mit der Welt versöhnt. Ich schnitt für das Tempelbuch zwei dünne Kartons, die den zu sehr nachgebenden Einband innen verstärken sollten, von der Größe der Buchdeckel zurecht, leimte sie zusammen und legte sie unter meine Stockpresse. Damit waren die Ausbesserungsarbeiten am Einband dieses schönen Buchs abgeschlossen. Jetzt musste ich nur noch Einband und Buchblock aufeinander abstimmen.

Endlich rief ich Abbé Maupin an. Der Gemeindepfarrer der Kirche Saint-Lazare war mir gar nicht böse. Nachdem er eine Stunde auf mich gewartet und auf meine Unpünktlichkeit geschimpft hatte, hatte er damit begonnen, in der Sakristei Ordnung in seine Unterlagen zu bringen, eine Arbeit, die er schon lange vor sich hergeschoben hatte und die nun, dank meiner Vergesslichkeit, erledigt war. Im Übrigen sei er auf etwas Interessantes gestoßen, das er mir zeigen wolle.

An die Tür hängte ich einen Zettel, auf dem stand, dass ich mich in der Kirche Saint-Lazare aufhielt. Ich war neugierig, diesen Abbé Maupin besser kennenzulernen. Er trug stets eine hellgraue Trevirahose und eine enge marineblaue Jacke, die ihm zu kurz war, und redete unbefangen und frei von der Leber weg. Dazu lugte er finster und direkt unter seinem Barett hervor, mehr konnte ich nicht über ihn sagen.

Ich drückte die zerfurchte, ungeschliffene Holztür der im vierzehnten Jahrhundert erbauten Kirche auf und trat ein. Mein Blick streifte das Becken mit dem Weihwasser, dessen Duft in der Luft lag. Der Abbé Maupin kam vom anderen Ende des Kirchenschiffs mit festen Schritten auf mich zu und schlug die Hände über dem Kopf zusammen. Eine Unmutsbekundung, so viel verstand ich. Hatte ich etwas falsch gemacht? Doch er drehte sich, ohne seine Geschwindigkeit zu drosseln, zweimal nach einer Dame um, die, durch einen Blumenstrauß behindert, unbeholfen um den Altar wie um eine Feuerstelle herumscharwenzelte.

Von weitem streckte er mir die Hand entgegen:

«Bekreuzigen Sie sich nicht?»

Er drückte energisch meine Hand.

Etwas perplex entgegnete ich ihm:

«Nein. Als ich Sie kommen sah, habe ich kurz überlegt, aber ich habe der Versuchung widerstanden.»

«Gut, dann weiß ich wenigstens, woran ich bin. Im Übrigen frage ich mich sowieso, ob mir die kopflastigen Widerspenstigen nicht lieber sind als die vielen Frösche, die im Weihwasserbecken rumhüpfen.»

Er machte kehrt, wir liefen im Sturmschritt durch das Kirchenschiff, an der Sakristei und dem einfältigen Frosch vorbei, der immer noch um den Altar herumirrte und grübelte, wo er seine Blumen ablegen konnte.

Der Pfarrer keuchte in vollem Lauf:

«Stellen Sie sich vor, am Sonntagnachmittag findet hier ein Konzert statt, man hat mir versprochen, dass Lieder gesungen werden, die die Ehre Gottes preisen, so viel hätte ich gar nicht verlangt, allerdings habe ich verlangt, mir das Programm mal ansehen zu dürfen. Verstehen Sie, da ist doch nichts dabei, ich kann nicht einfach alles schlucken, als wäre es der Leib Christi. Die Kirche steht zwar allen offen, aber unter der Voraussetzung, dass man ihr Achtung entgegenbringt, und so soll es auch am Sonntag sein. Eine Kirche ist in erster Linie ein Ort des Gebets, man kann hier nicht irgendwelchen Blödsinn veranstalten und nur yeah yeah yeah singen. Stimmt's etwa nicht, Fräulein Heide?»

Die Dame blühte auf, weil sie endlich eine einzelne Blume in eine der zahlreichen Vasen gesteckt hatte, die zu ihren Füßen standen. Sie erhob sich voller Hochachtung, um zu sagen:

«Sehr wohl, Herr Pfarrer.»

Wir kamen links am Altar vorbei, der Abbé Maupin kniete nieder, bekreuzigte sich und flitzte weiter in Richtung Sakristei.

«Na ja, die Kirche wird bestimmt voll werden am Sonntagnachmittag, wenn sie es schon am Morgen zum Gottesdienst nicht ist.»

«Dafür füllt der Papst ganze Fußballstadien, Herr Pfarrer, das gleicht das wieder aus.»

Der Abbé Maupin blickte gen Himmel und brach in Gelächter aus.

Um das schwere, in helles Schweinsleder gebundene Buch – es war etwa fünfzig mal dreißig Zentimeter groß und sieben oder acht Zentimeter dick – aus seinem mit abgewetztem leuchtend rotem Samt verstärkten Behältnis zu ziehen, brauchte man zwei Leute. Die ersten Blätter waren von Schimmel befallen. Das gewaltige Buch enthielt Transkriptionen gotischer Choräle, auf Lateinisch.

Es handelte sich um eine Abschrift der von Guillaume de Machaut komponierten Messe zu Notre-Dame, erklärte mir der Abbé und machte mich auf ein Blatt aufmerksam, das an dem hinteren Buchdeckel innen angebracht war. Darauf stand zu lesen: «Diese Abschrift wurde im Jahre 1602 von mir, dem Priester Jean Maheu, Diener des Herrn, angefertigt.» Der Abbé Maupin hatte nachprüfen lassen, ob dieser Priester in der Gemeinde damals tatsächlich im Amt gewesen war.

Der vierstimmige Choral galt als das große Meisterwerk des vierzehnten Jahrhunderts. Zum ersten Mal hatte jemand eine Messe mit ihren fünf Teilen *Kyrie, Gloria, Credo, Sanctus* und *Agnus Dei* als kompositorisches Ganzes verstanden.

Der Abbé:

«Sehen Sie, dem Original drohte möglicherweise auch der Schimmelbefall, daher wird der Priester dieses Manuskript angefertigt haben, damit die Messe nicht verloren geht. Oder aber er wollte, dass seine Kirche in den Besitz einer Abschrift kommt. Das Original wird er sich geborgt haben.»

«Das ist eine schöne Geste, am Ende des Buchs anzugeben, dass es sich um eine Abschrift handelt, die zu dieser oder jener Zeit erstellt wurde. Man hinterlässt am Buchkorpus selbst keine Spuren, sondern nimmt ein kleines, separates Blatt. Daraus lässt sich schließen, dass das eine originalgetreue Abschrift sein muss.»

«Kann sein, im Mittelalter war Montlaudun eine relativ bedeutende Stadt. Aber ob es einen vierstimmigen Chor gab, der diese Messe gesungen hat?»

«Vielleicht war er einfach selbst Musiker und wollte deswegen eine Abschrift von der Messe, auch wenn er sie in seiner Kirche nicht zur Aufführung bringen konnte.»

«Ich habe einen Kollegen aus dem Priesterseminar, er ist ein regelrechter Geschichtsfanatiker, mit ihm werde ich im Auftrag Jesu bei Gelegenheit Kontakt aufnehmen, wenn ich eine müßige Stunde habe, davon gibt's ja wenige. In jedem Fall bedarf das Buch Ihrer Behandlung. Machen Sie einen Kostenvoranschlag.»

«Hören Sie … Es gehen Gerüchte um, dass ich meine Arbeit schlecht mache. Kommen Sie doch in mein Atelier, da können Sie sich alles ansehen und sich selbst ein Urteil bilden.»

«Lassen Sie die Leute nur reden. Machen Sie mir einen

Kostenvoranschlag. Wenn das Buch restauriert ist, würde ich es gerne hierbehalten und richtig aufbewahrt wissen. Sie werden mir dann sagen, was zu tun ist. Gut, jetzt habe ich noch an die zehn Messbücher, sehr alte Messbücher, hier, die habe ich gestern Abend in einem Karton gefunden, während ich auf Sie wartete, sie lagen ganz unten und hinten in diesem Schrank. Sie müssen mir sagen, ob sich das überhaupt zu restaurieren lohnt. Den Kostenvoranschlag für die Restaurierung müssen wir dem Bürgermeisteramt und dem Kirchenverein vorlegen. Nehmen Sie die Dinger erst mal mit. Gut, und schließlich und endlich habe ich hier noch Stundenbücher, die man zur Kommunion geschenkt bekam, auch Stundenbücher von meiner eigenen Großmutter und sogar von meiner Urgroßmutter, und *Das kleine Gebetbuch für Soldaten* von meinem Großonkel, der 1917 im Krieg gefallen ist. Er hat es wohl zu Hause liegen lassen, als er 1916 Fronturlaub hatte. Der arme Mann! Man hat nicht mal Überreste von ihm gefunden. Für ihn bete ich noch immer, mehr als für alle anderen. Das ist mein ganzes Erbe, diese Stundenbücher. Ich stamme aus einer Familie von Ungläubigen, die die Großzügigkeit besaß, dem einzigen Gläubigen in der Familie einen Packen Bücher zu vermachen, die sonst keiner haben wollte. Daher fühle ich mich für diese Sachen umso mehr verantwortlich. Wie soll ich Ihnen das erklären? Ich kann den Kult um das Andenken und das Herumwühlen in alten Sachen eigentlich nicht ausstehen. Aber wenn ich tot bin, werden die Stundenbücher in den Besitz der Diözesanbibliothek übergehen, da sollen sie vorher ein bisschen auf Vordermann gebracht werden!»

«Dieses hier finde ich ganz großartig.»

«Das hat meine Urgroßmutter zu ihrer Erstkommunion 1862 geschenkt bekommen. Als ich es zum ersten Mal gesehen habe, war ich verblüfft, dass etwas so Kostbares zum Familienbesitz gehörte. Lauter Spießer, gutsituierte Bauern, aber geizig bis dorthinaus, ich kann Ihnen sagen, ein Albtraum!»

Bei diesen letzten Worten warf er den Kopf zurück und brach in ein überwältigendes Lachen aus.

«Dann wundert mich nicht, dass ihr das eine entfernte Verwandte geschenkt hat. Sehen Sie sich diesen Doppelverschluss an. Der sieht aus wie neu. Man hat Ihrer Urgroßmutter und den nachfolgenden drei Generationen garantiert verboten, das Buch mit in den Gottesdienst zu nehmen, damit es nicht verschleißt.»

Das Stundenbuch hatte einen elfenbeinfarbenen Einband und war mit Blumenmotiven bemalt.

«Der Einband ist in einwandfreiem Zustand. Ich kann mich erkundigen, wie man Elfenbein nachpoliert.»

«Machen Sie nur.»

«Ist das ein jahreszeitliches Stundenbuch?»

«Genau. Das Stundenbuch für Fortgeschrittene, wenn Sie so wollen. Ich habe darin geschmökert, es ist phantastisch. Und es hat eine tadellose Hülle, nur an einer Stelle ist das Leder abgegangen. Schauen Sie, es sind nur zwei Bände ein wenig abgenutzt, der Herbst und der Winter, die sollten Sie sich vorknöpfen. Der Frühling und der Sommer sind dagegen intakt. In der schönen Jahreszeit hatte Jesus eben frei, die Pilger waren draußen bei der Ernte auf den Feldern. Obwohl sie schon mal auf ein Stündlein in der Kirche hätten vorbeischauen können, um sich abzukühlen. So weit, so gut, junge Frau, das können Sie alles mitnehmen. O nein, das ist zu schwer! Ich werde Sie begleiten, ich nehme die zwei Kisten und Sie die Messe von Notre-Dame. Geht das so? Na dann los!»

Fräulein Heide stand immer noch geknickt mit ihren Blumen da. Der Abbé rief ihr im Vorbeigehen zu:

«Lassen Sie's gut sein, Fräulein, lassen Sie's gut sein, hören Sie auf, die Blumen zu befummeln, das sind Geschöpfe Gottes. Er hat alles bedacht, als er sie erschaffen hat. Gehen Sie nach Hause, die Kirche ist schon sauber. Ruhen Sie sich aus, und dass Sie ja nicht mehr hier sind, wenn ich wiederkomme! Auf Wiedersehen!»

«Auf Wiedersehen, Herr Pfarrer.»

Er flüsterte mir zu:

«Sie tut so, als würde sie folgen, aber in Wirklichkeit bin ich ihr Knecht. Die spukt jetzt noch eine gute Stunde lang in der Kirche herum und entfernt dabei höchstens drei Staubkörner, das ist echte Tyrannei. O Herr, segne mich mit Geduld!»

Wieder durchmaßen wir eilends das Kirchenschiff. Der Abbé Maupin stieß die Tür mit dem Fuß auf, und wir gingen wortlos die Gasse hinauf. Auf halber Strecke kam uns der Herr Bürgermeister entgegen, und ich machte einen Schritt zur Seite. Er bedachte den Abbé und mich mit einem knappen, aber höflichen Gruß. Dieser Schmierenkomödiant, sagte ich mir, hat den unglückseligen Zettel, den er gern in den Papierkorb geworfen hätte, bestimmt längst vergessen.

Der Abbé nahm wieder Fahrt auf, und ich mit ihm. Der Mann hätte Langstreckenläufer werden sollen. Und das sagte ich ihm auch.

«Langstreckenläufer und Pfarrer ist das Gleiche, meine Liebe, beide warten auf das Himmelreich und befinden sich in einem Wettlauf gegen die Zeit.»

Im Atelier nahm er sein Barett ab und startete mit unversehens gemächlichen Schritten einen Rundgang.

«Hier herrscht große Ruhe, eine hübsche Atmosphäre. Es ist stiller als bei mir in der Kirche. Nun gut, ich wünsche Ihnen noch einen schönen Tag, Fräulein, und ich stehe Ihnen jederzeit zur Verfügung, wenn ich Ihnen in irgendeiner Sache Gehör schenken darf oder wenn Sie meines heiteren Gemüts oder des tüchtigen Mundwerks bedürfen, das mit Hilfe des Allmächtigen eine Antwort auf alles parat hat!»

Nach diesem Zwischenspiel nahm ich mir – bevor ich mich wieder an die Arbeit machte – teilnahmslos meine Termine für die nächsten drei Wochen vor und strich die Verabredung in Bigeac.

Was für mich zählte, waren der heutige Abend und der Zug morgen früh nach Bordeaux. Weiter konnte ich gar nicht denken. Der Terminkalender lag auf meinen Knien, mein Blick ging ins Leere, und mir erschien nichts bedeutsam, was über den nächsten Morgen hinausging.

Doch als das Telefon klingelte, sah ich mich genötigt, über den nächsten Morgen hinauszudenken. Der Bürgermeister von Brive-la-Gaillarde teilte mir persönlich mit, dass auch er auf das Projekt der Aufarbeitung des Gemeindearchivs verzichte. Der Gemeinderat habe beschlossen, die Zuständigkeit für die Verwaltung und Pflege der Archive dem Département zu übertragen. Man wolle sich nicht mehr damit befassen. Damit fielen meine letzten wichtigen Aufträge weg. Meine Zukunftsaussichten und mein geregeltes Einkommen für die nächsten Jahre lösten sich in Luft auf. Als ich gegenüber dem Bürgermeister, der ja selbst auf mich zugekommen war und zu dem ich einen sehr guten Draht gehabt hatte, meine Verwunderung ausdrückte, stammelte er, es wäre nicht der richtige Zeitpunkt, zumal nach dieser Geschichte, die sich in Montlaudun abgespielt hätte.

«Welche Geschichte? Drücken Sie sich deutlicher aus!»

«Dem Gemeinderat ist zu Ohren gekommen, dass die Gendarmen bei Ihnen waren, weil der Verstorbene unmittelbar vor seinem Tod bei Ihnen war. Verstehen Sie, solange kein Licht in diese Angelegenheit gebracht ist, wartet man lieber ab.»

«Ich habe doch gerade erst mein Gewerbe angemeldet, ich kann es mir nicht erlauben abzuwarten.»

Es war nichts zu machen. Ich strich auch das vereinbarte Treffen in Brive-la-Gaillarde. Meine Vorschüsse waren bis auf den letzten Cent verbraucht. Wenn die Arbeit für die Gemeindearchive wegfiel, mit der ich meine Unkosten decken konnte, würde in Kürze die Existenz des Ateliers auf dem Spiel stehen. Abgesehen von Lalande zog eine Gemeinde nach der anderen ihre Zusage wieder zurück. Um Kunden in Bordeaux oder Périgueux anzuwerben, brauchte ich erst mal die Mittel, mir ein Auto anzuschaffen, und außerdem gab es in diesen Städten bereits alteingesessene und etablierte Buchbinderwerkstätten. Nun setzte ich meine ganze Hoffnung auf den Handwerkermarkt, auf dem die Gemeinde Montlaudun mir einen Stand versprochen hatte und wo die ganze Region zu Gast war, wie es hieß. Wenn sich dort nichts ergab, drohte meine Karriere in Montlaudun zu scheitern.

Sollte ich mir das alles angetan haben, um nach zwei Jahren aufgeben zu müssen? Wobei es zu spät war, dahin zurückzukehren, woher ich gekommen war.

Um neue Kräfte zu sammeln, schlug ich das große Buch der Messe zu Notre-Dame auf. Ich vertiefte mich in das Werk von Jean Maheu, der so viel Mühe darauf verwandt hatte, mit Fettfarbe all diese Linien zu ziehen und Abertausende von schwarzen Notenköpfen zu malen. Diese Messe, aus unzähligen Punkten zusammengesetzt, auf gut drei Kilo schönsten Papiers gebannt, war aus Baumwollfasern hervorgegangen, die man auf dem Rücken getragen und sich um die Hüften geschnürt hatte, bevor sie zu Papier verarbeitet wurden. Ich träumte davon, dass dem Spross des Müllers beim Begräbnis diese Messe gesungen würde.

Dreizehntes Kapitel

Mir traten Tränen in die Augen, als ich mir die Musik und die feierliche Beisetzung vorstellte. Da kam André herein und warf mir einen fragenden Blick zu.

«Hallo, was hast du denn? Hast du den Abbé Maupin auf den Mund geküsst?»

«Erbarmen.»

«Schau, dein Croissant. Aber nun im Ernst – manchmal trifft man gerade in der Kirche den Teufel.»

«Magst du einen Kaffee?»

«Wenn es dich nicht stört.»

«Gar nicht.»

«Und wie war's mit Sébastien? Konntest du bei ihm etwas in Erfahrung bringen? Schließlich ist er auch ein Lucas, wie die Mutter unseres Mannes.»

Ich stand auf, um Kaffee zu kochen.

«An viel konnte er sich nicht erinnern, aber an zwei gegen die Mühle gelehnte Kinderfahrräder. Unser Mann hat also einen Bruder oder eine Schwester. Außerdem bekräftigte Sébastien nochmals, dass der Großvater, wie seine Tochter, in Paris gelebt hat. Wenn ich heute Abend zur Mühle fahre, werde ich seinen Namen herausfinden.»

«Und das Picknick?»

«Die Quiches haben gut geschmeckt, danke.»

«Die ganze Stadt hat euch gesehen, einmal zum Krankenhaus und zurück. Hatte der Dummkopf einen Frack an?»

«Ja.»

«Zur Ehren des Toten?»

«Ja.»

«Ach, diese jungen Leute heutzutage. Seit gestern Morgen herrscht hier übrigens Aufregung. Mademoiselle Billon wusste auch, dass der Verunglückte in der Gegend Familie hatte. Die Alten haben sich das Hirn zermartert, um Einzelheiten aus dem Leben des alten Müllers, also des Vaters des Großvaters des Toten, auszugraben. Das hättest du hören sollen, es war filmreif. Es kam sogar zu Wortgefechten, weil sie sich nicht einigen konnten, mit wem er verheiratet war. Mit der Schwester von Gaston? Oder mit der von Alfred, die in der kleinen Gasse hinter dem Eisenwarenladen gewohnt hat? Wie sich die Gemüter erhitzten! Am schlimmsten waren die Jüngeren, die um die sechzig. Sie wollten auch ihren Senf dazugeben, aber sie wurden von den Alten als Rotzlöffel abgekanzelt. Wenn es darum ging, sich an die heiklen Geschichten zu erinnern, waren vor allem die Frauen gefragt. Ich hab jedenfalls meinen Spaß gehabt! Übrigens ist ihnen nicht eingefallen, wie die Tochter hieß, als sie verheiratet war. Also beeil dich, sonst kommen sie dir zuvor! Diese Woche braucht keiner in Montlaudun irgendwelche Aufputschmittelchen. Der Trubel im Sommer ist nichts gegen die Aufregung, die im Moment herrscht. Die grauen Zellen der Alten werden kräftig durchblutet. Unglaublich, wie es die Leute in Schwung bringt, wenn ein Nachfahre des alten Müllers verstirbt. Sie stürzen sich förmlich auf die Neuigkeiten. Hat sich eigentlich jemand von den anderen Bürgermeisterämtern bei dir gemeldet?»

«Ich arbeite jetzt nur noch für den Bürgermeister von Lalande. Der hat meine Arbeit auch gesehen. Den Gerüchten zufolge habe ich etwas mit dem Tod meines Kunden zu tun. Zum Lachen ist das, absurd.»

André setzte sich gerade hin, spreizte die Beine, ließ seine Wampe heraushängen, schlürfte vorsichtig seinen Kaffee und machte einen nachdenklichen Eindruck.

«André? Bläst du Trübsal? Hast nun du den Abbé Maupin geküsst oder ich?»

«Erinnerungen können einen in missliche Stimmungen bringen, in des Teufels Küche, wie in einen Kuhstall, in dem nie Ruhe herrscht. Welches Bürgermeisteramt ist eigentlich als erstes abgesprungen?»

«Montlaudun.»

«Dann ging das Ganze also von hier aus.»

«Claverie war daran gelegen, das städtische Archiv restaurieren zu lassen. Er ermahnte mich mehrfach, bei dem Markt in ein paar Tagen ja pünktlich zu sein. Wo ich ihn doch um nichts gebeten habe. Warum sollte nun ausgerechnet er ein Interesse daran haben, mich zu ruinieren?»

«Was hast du Claverie bloß angetan? Hast du etwa seine Annäherungsversuche abgeschmettert?»

«Ach was, das ist lächerlich.»

Mühsam wie ein alter Mann stand André auf.

«Ist dir aufgefallen, dass Alzheimer der neue Trend ist? Man stirbt verkalkt, nicht mehr an Krebs, das ist aus der Mode gekommen. Kannst du von hier den Lagerplatz sehen? Wo die ‹weisen Alten› sitzen? Ich geh gleich mal mein Tässchen abwaschen, damit du mich morgen wieder einlädst, ich habe mich nämlich an unsere morgendlichen Rendezvous gewöhnt. Und solange ich mich auf die freue …!»

André spülte gewissenhaft seine Tasse ab.

«Sag mal, der Typ da oben, wie wird er bestattet, Feuer- oder Erdbestattung, und wer entscheidet das eigentlich?»

«Erdbestattung.»

«Hast du das beschlossen?»

«So will es das Gesetz. Mangels anders lautender Vorschriften werden Tote in der Regel erdbestattet, wenn kein Familienmitglied rechtzeitig vorstellig wird.»

«Klingt so, als fändest du das ganz gut.»

«Für mich ist es eine schaurige Vorstellung, eine Leiche zu verbrennen. Wozu denn?»

«Ich für meinen Teil lasse mich verbrennen, Asche zu Asche. Seit ich meinem Ofen Brote und Kuchen in den Rachen schiebe, gefällt mir die Vorstellung, dass mir einmal das gleiche Schicksal widerfahren wird. Aber weißt du, was ich mir denke, wenn ich den Klatsch der Kunden im Laden höre? Die Familie Lucas war ein ganz spezieller Fall, vielleicht werden wir da noch Überraschungen erleben. Was hat denn Sébastien zu dieser Namensliste gesagt?»

«Er hat sie der Familie Lucas von der Mühle zugeordnet. Das ist auch logisch, jetzt, wo Mademoiselle Billon geklärt hat, welche Verbindung zwischen der Mühle und dem Buchbesitzer besteht.»

«Gib mir doch diese Liste mal mit. Ich zeig sie Gisèle.»

Ich zog die Liste unter der Glaskugel hervor, steckte sie in einen Schutzumschlag und reichte sie ihm.

André schickte sich an zu gehen, ohne sich zu verabschieden.

«André, vielleicht werde ich nicht in Montlaudun bleiben können, ich hab kein Geld mehr, mein Konto ist leer, mein letzter Schein ist der von ihm. Alles, was ich hatte, hab ich in das Atelier investiert. Wenn ich nicht schnell einen neuen Großkunden finde, halte ich keine zwei Monate durch.»

«So weit sind wir noch nicht. Nur mit der Ruhe. Ich bring dir gleich noch die Schlüssel für die Garage und den Lieferwagen.»

Ich rief bei dem Elektrogerätegeschäft auf der anderen Seite des Flusses an. Sie hatten Computertastaturen lagernd, ich könnte um Viertel nach zwölf vorbeikommen, sie würden auf mich warten. Trotzdem versuchte ich noch einmal, die alte Tastatur anzuschließen. Erfolglos.

Dass ich als Buchbinderin übermäßig gut verdienen würde, hatte ich mir nie eingebildet. Aber dass es für den Lebensunterhalt reichen würde, davon war ich ausgegangen. Die Möglichkeit, das Atelier wieder schließen zu müssen, nachdem ich all die Hindernisse, es zu eröffnen, hinter mir gelassen hatte, hatte ich bis zu diesem Tag nicht in Betracht gezogen. Meine Gedanken pendelten zwischen dem Toten, der mich bezahlt hatte, ohne dass ich ihn darum gebeten hatte, und den anderen Auftraggebern, die mir gerade die Existenzgrundlage entzogen, die zu schaffen sie versprochen hatten, hin und her.

Ich machte mich an meine «anständige» Arbeit, an das Prägen der Lettern. Das Vergolden ist der letzte Schritt, der die meiste Kunstfertigkeit, Konzentration und eine ruhige Hand erfordert. Macht man auch nur einen Fehler, muss man wieder ganz von vorne anfangen. Ich streckte die Arme gerade aus und legte die Hände flach auf einen imaginären Tisch vor mir. Zu meinem Erstaunen zitterten sie nicht. Die Probe war bestanden, also setzte ich mich an den langen Eichentisch vor dem Fenster zum Gärtchen, wo ich für gewöhnlich vergoldete.

Zum Vergolden von Deckeln benutzte ich meine alte Vergolderpresse. Da ich aber diesmal nur am Rücken etwas zu vergolden hatte, würde ich es mit der Hand machen.

Ich bereitete meine Werkzeuge vor: den Schwamm, die Kassetten mit dem Blattgold, das Kissen, den Spannrahmen für die Buchdeckel, in dem der befestigte Block nach unten hing. Ich legte mir die Stempel zurecht, die sich aus den Lettern von Titel und Namen der Verfasser zusammensetzten, und warf den Kocher von meinem Großvater an, um frischen Leim herzustellen, den ich aus Mehl und Wasser mixte. Als der Leim abgekühlt war, strich ich ihn auf die Rücken der Bücher, an die Stellen, wo ich das Gold ansetzen würde.

Nach dem Trocknen schabte ich den überschüssigen Leim ab und verteilte armenischen Bolus auf den Buchrücken. «Armenischer Bolus, meine Kleine» – damals hatte ich geglaubt, das wäre der Name eines Freundes meines Großvaters. Doch es handelte sich um eine hochwertige Tonerde, auf der das Gold besser haftet. Ich ließ sie in Eiweißwasser zergehen, trug sie auf und wartete. Anschließend glättete ich die eingekleisterten Oberflächen und schmierte eine weitere dünne, mit zehn Teilen Wasser verquirlte Eiweißschicht darauf. Ich wartete wieder und fand allmählich zu meiner inneren Ruhe zurück.

Von meinem Großvater habe ich etwas Besseres als ein Haus geerbt: eine Kollektion von Vergoldestempeln und vollständigen Alphabeten.

Nach dem Umzug ließ ich als Erstes im Atelier einen langen Schrank bauen, so hoch wie die Türen. Er reichte von der in die Wohnung hinaufführenden Treppe bis in die Ecke, in der es ins Gärtchen hinausging. An Haken hingen rund sechzig, größtenteils schwarz gewordene Holzstiele, in denen meine Lieblingsvergoldestempel aufgesteckt waren. In ihnen spiegelten sich sämtliche typographischen Moden von der Renaissance bis zu den sechziger Jahren wider.

Ich verfügte noch über hunderteinundfünfzig weitere *Fers à dorer*, ohne Stiel, die zwei große Schubladen füllten.

Meine Alphabete verteilten sich auf die flachen Schubladen, die ich gern als Kulisse aufzog, wenn Besuch kam. Als Knäufe hatte ich große Vergoldestempel angebracht, die man nicht mehr benutzen konnte, weil sie durch den häufigen Gebrauch an den Rändern abgewetzt waren. Von den riesigen Lettern für Zeitungen und Plakate bis hin zu den allerkleinsten Buchstaben waren alle Typen vertreten, gotische Schriften genauso wie die schmucklosen der Nachkriegsjahre.

An der Wand zum Gärtchen befanden sich die Schubkästen, die großen und kleinen Buchdeckelmotiven vorbehalten waren, mit denen ich an meiner alten Vergolderpresse aus den dreißiger Jahren arbeitete. Zwei prallgefüllte Möbel, deren Schubfächer vollgestopft waren mit einfachen und verzierten, geraden und geschwungenen, aber auch opulent geschmückten Lettern im Stil des ausgehenden neunzehnten Jahrhunderts, die man zum Prägen von Rahmen verwendete; außerdem lagen hier an die zehn Blumen- und Tiermotive, zwischen Kreuzen und Perlen.

Manchmal am Abend öffne ich alle Türen, ziehe die Schubläden heraus, betrachte meine Schätze, verspotte mich selbst, spreche laut zu meinem Großvater und gehe dann gleich zur Cyrano-Lektüre nach oben.

HERZOG Und kommt Cyrano manchmal?
ROXANE O gewiß.
Der alte Freund ersetzt für mich die Zeitungsblätter.
Hier unterm Baum hat er bei schönem Wetter
Sein Lieblingsplätzchen.

Zwanzig nach zwölf. Am Nachmittag würde ich zum eigentlichen Vergolden übergehen.

Ein Anruf im Krankenhaus verschaffte mir Gewissheit, dass er immer noch da war.

Ich sperrte das Atelier ab und begab mich auf die andere Seite des Flusses, wo der Hi-Fi-Verkäufer auf mich wartete. Auf der Bank würde Monsieur Roche sitzen und in das fließende Wasser schauen.

Nein, das Eisengitter an seinem Schaufenster war heruntergelassen. Ich ging langsamer, um zu hören, ob aus dem Laden Geräusche zu vernehmen waren.

Schließlich erreichte ich das nicht besonders anmutige Geschäft für Elektrogeräte und Multimedia.

«Bonjour, entschuldigen Sie, ich bin etwas spät dran.»

«Macht nichts, kommen Sie, ich zeige Ihnen die Tastaturen.»

«Bei Monsieur Roche sind die Rollläden runtergelassen. Ist er nicht da?»

«Er ist im Krankenhaus. Sein Schrittmacher zeigte Schwankungen. Er war so müde, heute Morgen ging er für einen Tag zur Beobachtung ins Krankenhaus.»

Der Mann packte seine Kartons aus und beförderte erst eine, dann zwei und schließlich einen ganzen Schwung von Tastaturen ans Licht. Gedankenverloren prüfte ich eine nach der anderen, vom Standard für zehn Euro bis zum ultra-ergonomischen Modell für hundert. Mein Konto war leer, aber ich nahm die teuerste Tastatur. Um es mir erst recht zu zeigen, oder weil diese Tastatur einen helleren Klang hatte als die anderen?

Selbstversunken stieg ich den Hügel hinauf zum Krankenhaus. Die Empfangsdame begrüßte mich liebenswürdig und sagte schelmisch:

«Sie haben erst vor knapp einer Stunde angerufen. Er ist immer noch da, er ist nicht ausgeflogen.»

«Ja. Aber diesmal möchte ich Monsieur Roche besuchen.»

«Oh, na gut, Monsieur Roche liegt auf der Kardiologie, Zimmer 15.»

«Vielen Dank.»

Auf mein sachtes Klopfen hin kam ein heiseres «Ja» zurück. Ich steckte den Kopf vorsichtig durch die Tür. Monsieur Roche, im Satin-Bademantel, halb ausgestreckt in einem Sessel, lächelte mir zu und winkte mich herein.

«Setzen Sie sich.»

«Ist Ihr Herzschrittmacher wieder in Ordnung?»

«Die Lithiumbatterie musste ausgewechselt werden. Wenn ich nur ohne diese Zeitbombe leben könnte!»

«Monsieur Roche, was reden Sie denn da?»

«Nein, nichts, ich mache mich nur lustig. Für einen Uhrmacher wie mich ist das furchtbar, wissen Sie, ich laufe so ungern mit dieser Batterie in mir herum. Doch reden wir von etwas anderem. Heute Abend oder morgen Vormittag komme ich raus, sobald mein zu langsam schlagendes Herz wieder richtig eingestellt ist. Morgen fange ich an, die Uhr Ihres Großvaters zu reparieren. Mir gefällt es nicht im Krankenhaus. Ich bin es gewohnt, Werkzeuge in der Hand zu haben.»

«Sie müssen sich ausruhen, es gibt keine Eile.»

«Mir fällt auf, dass Sie selbst keine Uhr tragen.»

«Ich hatte nie eine Uhr.»

«Vielleicht werden Sie die Ihres Großvaters tragen, wenn ich sie repariert habe. Heutzutage haben Frauen Männeruhren.»

«Ja, vielleicht. Kann ich Ihnen etwas aus Bordeaux mitbringen? Ich fahre morgen hin.»

«Danke, ich brauche nichts. Was haben Sie eigentlich da unterm Arm?»

«Eine Computertastatur. Das neueste Modell, seit kurzem erst auf dem Markt. Man hat mir seine Vorzüge angepriesen, aber ich glaube, ich habe dieses Modell genommen, weil ich das Geräusch mag, das es beim Tippen macht.»

«Ein Verkaufsargument, das wohl noch gar nicht bedacht worden ist!»

«Nun gehe ich wohl besser wieder, Sie sehen so müde aus.»

«Mir geht es schon besser. Ich hab nur manchmal düstere Gedanken. Das heißt, hauptsächlich einen, wegen dieser Batterie. Das ist gespenstisch. Bei mir ist zu viel Sand im Getriebe.»

Bevor ich das Krankenhaus verließ, sprach ich im Schwesternzimmer vor und sagte, Monsieur Roche sei in keiner guten seelischen Verfassung. Eine Schwester gab mir die Auskunft, dass er eine Langzeittherapie begonnen habe, die ihn von seinen Obsessionen heilen solle.

«Ist es so schlimm? Welche Obsessionen?»

«Er hat Angstzustände. Angst vor Feuer, Angst davor, dass man nach dem Tod seinen Herzschrittmacher nicht entfernt. Er meint, er sei glücklich, am Fluss zu wohnen, aber unglücklich darüber, alleine zu sein.»

«Ich verstehe den Zusammenhang nicht.»

«Der Schrittmacher muss im Todesfall herausgenommen werden, unabhängig davon, ob die Leiche verbrannt oder beerdigt wird. Die Familie kann auch noch nachträglich eine Feuerbestattung beantragen. Und bei über 180 °C explodiert die Batterie. Nun fürchtet er, alleine zu sterben, ohne jemanden an der Seite, der rechtzeitig daran denken würde, die Batterie herauszunehmen. Er hat richtige Albträume, mit der Batterie im Körper ins Grab gelegt zu werden. Der Gedanke, dass außer dieser Lithiumbatterie nichts von ihm übrig bleiben könnte, quält ihn.»

Mit meiner ultra-ergonomischen Tastatur unterm Arm – der Hi-Fi-Verkäufer hatte mir versichert, ich würde den Kauf nicht bereuen, die Tastatur würde von ganz alleine schreiben – ließ ich mich in Richtung Fluss treiben, der so verlassen dalag wie das Uhrmachergeschäft des Monsieur Roche.

Ich erreichte die Gasse. Die Närrische stand in einem einteiligen Kostüm, die dünnen Waden in schwarze Strümpfe gehüllt, in der Tür des Kolonialwarenladens. Sie war gerade aufgewacht, der geflochtene Kranz ihrer kurzen weißen Haare lag platt auf ihrem Hinterkopf. Sie stemmte die Arme in die Hüften und streckte ihren verdörrten Bauch heraus.

Von den Stufen des Kolonialwarenladens aus wachte sie, ähnlich wie ein Raubvogel in seinem Nest, über ihr Gebiet. Sie spähte mit gespitzten Ohren nach links und rechts, gen Himmel und auf die gepflasterte Straße. Jedes kleinste Lebenszeichen in ihrer Reichweite nahm sie wahr. Es war bald zwei Uhr, die Geschäfte würden nach und nach wieder öffnen.

Ihr schamloser, starrer Blick folgte mir, ich grüßte sie im Vorbeigehen, worauf sie zänkisch erwiderte:

«Was hast du Monsieur Roche angetan? Hä? Du Böse! Schlampe! Haben dir der Fremde und der Schuster nicht gereicht? Du Böse! Du Böse! Gestern Abend ist er zu deiner Tür rausgegangen, bleich wie Kreide, wie der Mann am Montag. Ich hab es allen erzählt! Rühr Monsieur Roche nicht an, er ist der Verlobte meiner Schwester, du Schlampe! Hast uns verraten, gehst zum Einkaufen in den Supermarkt!»

Blitzartig ging die Tür von Sébastiens Werkstatt auf. Mit dem Hammer in der einen Hand – die andere Hand stak bis zum Ellenbogen in einem Stiefel – stellte er sich in seinem weißen Unterhemd und Jeans breitbeinig vor die alte Frau:

«Wird die alte Schwatzbase nun endlich den Schnabel halten! Kusch, kusch in deinen Bau! Schluck deine Galle hinunter! Wenn du noch ein einziges Mal meine Freundin beleidigst, lege ich das Lied von der dummen Gans von Chantal Goya auf! Die Single-Version, volle Lautstärke! Mein Vater hat immer gesagt, du spinnst überhaupt nicht so, wie du vorgibst! Erinnerst du dich an seine Backpfeifen?»

Im Stil eines erschöpften Marathonläufers, der gegen Ende des Rennens umzukippen droht, flüchtete die Närrische in die eigenen vier Wände.

Verstört setzte ich meinen von dem Beleidigungsschwall unterbrochenen Weg fort. Durch die Tür des Kolonialwarenladens konnte ich gerade noch die Närrische sehen, sie hatte sich ins Lager zurückgezogen und dabei ihre mit verschränkten Armen am Türstock stehende Schwester zur Seite gestoßen. Die Närrische flößte mir noch mehr Angst ein als die Normale.

Sébastien hatte den Stiefel und den Hammer abgelegt. An der Tür zu meinem Atelier holte er mich ein.

Ich zitterte, sodass ich es nicht schaffte, mit meiner einen freien Hand den Schlüssel im Schloss umzudrehen. Mit der anderen Hand hielt ich die ultra-ergonomische Tastatur fest umklammert.

«Pass auf, Prinzessin, sonst kommen die Schusterjungen, die zittrige Prinzessinnen heiraten wollen! Lass dir helfen.»

«Weißt du schon, Monsieur Roche liegt im Krankenhaus und hat Albträume wegen seiner Batterie. Oh, in dieser Straße wohnen lauter Verrückte!»

«Der Buch- und Schreibwarenhändler und seine Mutter, die haben die größte Macke von allen, wie ich finde.»

Ich musste lachen.

Sébastien rief erstaunt aus:

«Es ist ja offen! Hast du vergessen abzusperren?»

«Nein!»

Als ich die Werkstatt betrat, schnürte mir der Anblick des totalen Durcheinanders, der sich mir bot, die Kehle zu.

Sébastien fluchte:

«Scheiße, jemand hat hier alles durchsucht! Zum Glück kann dein Werkzeug nicht brechen.»

«Das Buch, da ist es. Alle Schubkästen sind herausgezogen. Meine Vergoldestempel! Das Blattgold, nein, es ist alles da. Die Achate vielleicht? Nein, es fehlt auch keiner. Mein Computer ...»

«Hattest du Bargeld oben?»

«Nein.»

«Ich geh mal rauf.»

Von oben rief mir Sébastien zu, dass dort auch alles durchwühlt wäre, die Schubläden draußen, der Kühlschrank offen. Aber mein digitaler Fotoapparat sei da, ein Gegenstand, den «solche Leute» für gewöhnlich mitnehmen würden.

Sébastien machte sich oben ans Aufräumen, ich begann unten die Stoffe einzusammeln, das Papier, das Leder, die Setzbretter. Und ich schloss die Schubfächer mit den Vergoldestempeln, von denen tatsächlich nicht einer fehlte.

Eine Stunde später sah fast alles aus wie zuvor. Fast.

«Glaubst du, das war die Verrückte, Sébastien? Das wäre eine Erklärung dafür, dass alles auf dem Boden verstreut lag, aber nichts geklaut wurde.»

«Sie haben nichts mitgenommen und nichts kaputt gemacht. Die haben Bargeld gesucht, aber nicht gefunden. Aber die Verrückte war das nicht, die ist zu ängstlich, das traut sie sich nicht.»

«Und ihre Schwester?»

«Zu vorsichtig. Aber jetzt erhol du dich erst ein wenig, und ich frag herum, ob jemand was bemerkt hat. Vielleicht die Leute auf der Straße, im Vorbeigehen. Um die Mittagszeit herrscht hier allerdings nicht viel Betrieb. Außer der Verrückten passt keiner so recht auf.»

Nachdem Sébastien gegangen war, saß ich reglos an meinem Arbeitstisch. Es kam mir so vor, als würde ich gerade täglich mehrmals zu Boden gestreckt und müsste immer wieder alleine aufstehen. Zu meinen Füßen rollte etwas hin und her. Der gläserne Briefbeschwerer, den man heruntergeworfen hatte.

Der Dieb, der nichts gestohlen hatte, musste einen Dietrich gehabt haben, denn das Schloss war nicht kaputt.

Und ich war mir ganz sicher, abgeschlossen zu haben.

Als ich einzog, war das Schloss nicht ausgewechselt worden. Sollte es der frühere Besitzer gewesen sein? Aber er war doch ein wohlhabender Mann, der in einem prächtigen Haus außerhalb des Orts wohnte.

Konnte man bei der Gendarmerie einen Hausfriedensbruch anzeigen, wenn nicht mal die Tür gewaltsam geöffnet worden war?

Ich wollte nicht, dass man mich sah, wie ich zu den Gendarmen ging. Und ich wollte auch nicht, dass sie zu mir kamen.

Jemand schlug mit Schwung die Tür der Bäckerei zu. Andrés Stimme war zu hören, die grollend und tobend immer lauter wurde, bis er in meiner Tür stand.

André wütete wie ein Bär in seinem Käfig:

«Sébastien sagt, dass niemand was gesehen hat! Bloß die Verrückte hätte was sehen können. Aber wenn sie ihr giftiges Maul einmal aufmachen soll, wenn es einmal zu etwas gut sein könnte, bleibt sie stumm wie ein Fisch! Ihre Hexe von Schwester genauso. Ab nun werde ich alles im Auge behalten, das kann ich dir versprechen! Gisèle ist im Bilde. Der Elende tut mir jetzt schon leid, wenn ich den zwischen die Finger kriege!»

André erhob seine rächende Faust wie ein Waschweib ihren Bleuel und probte die Züchtigung des Übeltäters.

«Den schnappen wir uns, diesen Schmarotzer. Ich muss wieder rein, ich hab Brot im Ofen. Aber mach dir keine Sorgen, den kriegen wir. Hol gleich die Gendarmen!»

«Nein. Die will ich hier auf keinen Fall sehen. Außerdem ist das Schloss nicht aufgebrochen worden. Ich kapier das nicht. Ich wüsste gar nicht, was ich ihnen sagen sollte.»

«Ach, übrigens hat Gisèle sich die Liste angesehen. Die Unterschrift ist unleserlich. Das ist nämlich eine Unterschrift, der unterste Name, den man nicht lesen kann. Gisèle hat das sofort erkannt. Jemand hat unter diese Liste seine Unterschrift gesetzt. Gisèle ahnt, von wem sie stammen könnte. Ich geb dir Bescheid, sobald ich was Neues weiß. Kopf hoch, meine Liebe!»

Wieder allein, biss ich die Zähne zusammen, griff nach meinem Kittel und schnürte ihn mir eng um die Hüften. Ich schmiss den Kocher an und machte mit dem Vergolden da weiter, wo ich aufgehört hatte.

Beim Hantieren mit der Flamme und dem Gold fand ich Schritt für Schritt meine Ruhe wieder. Anderthalb Stunden später waren Leder und Leinen vergoldet.

Kaum hatte ich das Werkzeug aus der Hand gelegt, kam die Angst zurück, und auch die Wut. Ich brauchte Geld, bares Geld. Ich musste mich dringend mit den Buchbesitzern in Verbindung setzen.

Zu hastig stürzte ich einen zu heißen Kaffee hinunter, kaute einen mehligen Apfel und ein saftiges Stück Brot.

Wer hatte es gewagt, die Vergoldestempel meines Großvaters anzurühren?

Endlich schloss ich meine neue Tastatur an. Als der Computer mit ihr verkabelt war, wirkte der große erloschene Bildschirm, in dem ich mich spiegelte, so müde. Und für dieses merkwürdige Paar hatte ich meine letzten Scheine hingeblättert!

He da, Cyrano?

CYRANO *(den Degen erhebend)*

Ihr sagt, es sei vergeblich? – Wohl, ich weiß! –
Schlägt man sich nur in Hoffnung auf den Sieg?
Weit schöner ist ein aussichtsloser Krieg. –
(...)
Was liegt daran? Ich fechte, fechte, fechte!

Ich nahm das Buch mit dem Fanum wieder zur Hand. Nachdem ich den Deckel außen ausgebessert und innen verstärkt hatte, kam nun der letzte Schritt: Ich legte mir Durchschusspapier, Leim und Pinsel zurecht.

Vor dem Einbinden blätterte ich noch einmal im Block. Hinterher, das heißt bis morgen, dürfte ich das Buch nicht mehr anfassen.

Am Schluss brachte ich an der Deckelinnenseite hinten einen Papierumschlag für die bei André liegende Namensliste an. Ich steckte das Buch zwischen zwei Bretter, legte es unter die Presse und zog das Schlagrad an. Die Restaurierung war abgeschlossen.

Nun hatte ich noch zwei Stunden frei, bevor ich zur Mühle hinauffahren würde. Zwei Stunden waren zu kurz, um bei einem anderen Buch noch groß etwas auszurichten. Das Tempelbuch war fertig gebunden. Ich hatte Zeit. Also rüstete ich mich ein wenig und machte mich hübsch. Dann ging ich hinunter ins Atelier, setzte mich tatenlos an den Arbeitstisch, den Mantel um die Schulter gelegt, abfahrbereit.

In der Hand hielt ich eine kleinformatige Ausgabe von *Cyrano*. Ich ließ meinen leeren Blick schweifen, der kleine «David» aus dem Tempelbuch fiel mir wieder ein. In Gedanken schlich ich unter dem Schrägdach um ihn herum, folgte dem Kolonnadengang ins Innere.

Das Schloss war nicht aufgebrochen worden. Jemand hatte den Schlüssel. Ich hatte sicher abgeschlossen. Nachts, wenn ich schlief, konnte dieser Jemand einfach hereinkommen – wie in eine Mühle.

Vom Gärtchen her drangen Kampflaute und Flügelschläge an mein Ohr und durchbrachen die Stille. Die Katze aus dem Kolonialwarenladen fraß einen Vogel. Anscheinend war mir kein Frieden gegönnt. Die herumliegenden Federn würden mich noch ein paar Tage an ihr Galadiner erinnern. Mir war diese Katze schon lange zuwider. Bereits am zweiten Tag nach meinem Einzug hatte ich kapiert, dass man in das Gärtchen keine Brotkrumen für die Vögel schmeißen durfte, um sie nicht in diese von Mauern umgebene Falle, in dieses Verlies, zu locken. Oder sollte ich doch zur Gendarmerie gehen? Was sollte ich sagen? Dass bei mir nichts aufzustöbern gewesen war, was es wert gewesen wäre, geklaut zu werden? Den fetten schwarzen Kater hätte ich am liebsten erhängt, an dem unseligen Baumstumpf, der keine Früchte trug.

Wieder war es an der Zeit, meinen Fetisch anzurufen: Ich öffnete das Cyrano-Bändchen.

Man kann das Stück von Edmond Rostand wie eine Postkarte aus den Sommerferien lesen oder es laut rezitieren.

Der Reim hat einen beschwingten Rhythmus. Man kann es aus Jux lesen, man kann ergriffen sein oder seine Aufmerksamkeit auf das schneidige Auftreten des Helden richten. Man kann am Abend einfach irgendeine Stelle aufblättern, um, bevor man in den Schlaf sinkt, den Kopf noch geschwind durchzulüften und besser zu schlafen. Man kann es beim Frühstück zur Hand nehmen, um sich Mut für den Tag zu machen und die Seele zu reinigen, mit einem kleinen Cyrano-Auszug zum Kaffee.

Wahllos las ich eine Seite.

GUICHE Hier können Sie nicht bleiben!
ROXANE *(heiter)* Doch! Doch! – Ich bitt um eine Trommel.
(Man bringt ihr eine Trommel in den Vordergrund; sie setzt sich darauf.) Danke!
(Stolz)
Eine Patrouille schoß auf meinen Wagen! –
Sieht er nicht aus wie das Gespann im Märchen:
Ein Kürbis, hintenauf ein Rattenpärchen?
(Sie wirft Christian eine Kußhand zu; dann, sich umschauend)
Ihr schaut nicht fröhlich drein. – Ich muß euch sagen:
Arras ist furchtbar weit.
(Sie bemerkt Cyrano.) Vetter, grüß Gott!
CYRANO *(vortretend)* Erklären Sie …
ROXANE Bedarf es der Erklärung,
daß ich das Lager fand? Ich fuhr im Trott,
Wohin den Weg mir zeigte die Verheerung.
Ach, fürchterlich! Kaum traut' ich meinen Augen!
Ja, meines Königs Dienst scheint mehr zu taugen
Als der des euren.

Die Nacht brach herein. Es war Zeit für mich zu gehen.

Ein schwacher gelber Lichtstrahl drang durch die Rollläden der beiden Hexen, dazu ein klapperndes Geräusch vom Fenster her. Das war schon genug, um mich zu erschrecken. Auf dem nassen Pflaster knickte ich mit dem Fuß um. Humpelnd öffnete ich Andrés Garagentor und verhielt mich mucksmäuschenstill, damit ich niemanden störte.

Vierzehntes Kapitel

Nachdem ich das Garagentor verschlossen und mich an das Steuer des Lieferautos gesetzt hatte, ging es mir wieder gut. Der Kolonialwarenladen sandte keinerlei Signale aus. Kein Ungeheuer der Nacht war in Erscheinung getreten. André und seine Frau wollten mein Haus im Auge behalten.

Der Wagen schüttelte mich durch und holperte die paar hundert Meter zum Fluss hinunter. Ich klammerte die Hände ums Lenkrad und hielt Kurs auf das dichte dunkle Unterholz. Am Waldrand öffnete ich das Fenster ganz. Ich war im Nebel der Nacht genauso verzaubert wie unter der prallen Sonne. Ein lauer gleichmäßiger Wind war aufgekommen, und es roch nach Humus und Farn.

> ROXANE Und ich erwiderte: «Zu meinem Schatze.» –
> Der grimmste Spanier schloß dann ungebeten
> Die Wagentür mit einer Handbewegung,
> Die selbst ein König säh' mit Neidesregung,
> Entfernte die schon zielenden Musketen,
> Verneigte sich in stolz graziöser Weise,
> Stand stramm wie eine Spitzkrause, zog
> Den Schlapphut, daß im Wind die Feder flog,
> Und sagte: «Señorita, gute Reise!»

Und wenn er sich eine Spur mehr beeilt und meine Hand nicht so lange festgehalten hätte? Nur ein paar Sekunden.

Oder noch ein paar Sekunden länger, in denen ich einen Arzt hätte rufen können? Wenn der Wind etwas heftiger in die Lastwagenplane geblasen hätte?

Wäre er noch am Leben gewesen, hätten wir uns heute Abend getroffen. Ich hätte ihm das Buch zur Mühle hinaufgebracht. Ich stellte mir seinen Gesichtsausdruck in dem Moment vor, in dem er das Buch nach der Metamorphose in Empfang nahm.

Wie ich so durch den Wald fuhr, kam mir sein Tod unwahrscheinlich vor. Eine Vision, unwirklich wie sein Besuch in meiner Werkstatt an jenem stürmischen Morgen.

Gott oder wer auch immer weiß, ich hätte keine Angst gehabt. Ich hätte alles versucht, ihn in der Realität für mich zu gewinnen.

Erst als ich um ein Haar ein Auto mit Pariser Kennzeichen rammte, das neben anderen am Fuß der Mühle geparkt hatte, kehrte ich auf den Boden der Tatsachen, den mir die Gerüche des Waldes entzogen hatten, zurück. In dem Menschengewimmel und in der Nacht erkannte ich die beleuchtete Längsseite des Hauses kaum wieder.

Ich entstieg meiner Karosse, und ein Mann mit einem Glas in der Hand kam mir entgegen.

«Bonsoir!»

«Bonsoir!»

«Die Party nimmt allmählich Gestalt an, Sie kommen gerade richtig. Kennen wir uns schon?»

«Nein.»

«Suchen Sie jemanden?»

«Ja. Ich bin auf der Suche nach der Familie von jemandem, den Sie vielleicht kennen. Ein Mann in Ihrem Alter, sehr groß. Er war vergangenes Wochenende hier, trug einen Regenmantel.»

«Groß und schweigsam?»

«Ja. Er ist bei einem Unfall ums Leben gekommen, auf

dem Weg zum Bahnhof. Am Montag war das. Unmittelbar vor seinem Tod hat er bei mir im Atelier ein Buch abgegeben. Ich bin Buchbinderin in Montlaudun und habe das Buch restauriert. Aber ich weiß jetzt nicht, wohin ich es zurückbringen soll. Der Mann hatte keine Papiere bei sich, durch die man seine Identität hätte feststellen können. Aber ich habe mir sagen lassen, dass er an den Wochenenden immer hier gewesen ist.»

«Pascal. Oh, mein Gott! Pascal ist tot!»

«Pascal. Pascal.»

«Ich heiße Éric. Und Sie, wie heißen Sie?»

«Mathilde, mein Name ist Mathilde.»

«Willkommen, Mathilde.»

Ein Mann hatte sich zum Rauchen in die Tür gestellt. Als er uns bemerkte, kam er auf uns zu.

«Pascal ist tot, François!»

«Ich weiß. Ich wollte es heute Abend bekannt geben, dachte aber, ich warte, bis alle da sind. Ich sage es jetzt gleich.»

«Mathilde, darf ich dir François vorstellen? François ist einer von den Besitzern hier. Pascal hat Mathilde ein Buch zum Binden gebracht, und sie sucht jetzt seine Familie, um ihr das Buch zurückzugeben.»

François, wie er sich so in der Finsternis näherte, wirkte selbstsicher, aber nicht arrogant.

«Ich erinnere mich an das Buch, ein dicker Band, vollkommen zerschlissen. Mit einem Baum vorne drauf, richtig? Woher kommen Sie eigentlich jetzt?»

«Aus Montlaudun.»

«Die Polizei hat sich bei mir über ihn erkundigt. Ich kann Ihnen nochmal sagen, was ich denen erzählt habe. Mit Pascal hatte ich zum ersten Mal vor vielleicht fünf Jahren Kontakt. Er fragte, ob er seine Wochenenden hier verbringen könne. Wir verlangen dafür von jedem einen kleinen Beitrag zum Erhalt der Mühle. Wir wollen ja auch versuchen, den Turm wiederherzurichten. Ich weiß nicht einmal, wie er mit Familiennamen heißt, er hat ihn mir wohl gesagt, als wir das erste Mal miteinander gesprochen haben, aber ich habe ihn vergessen. Es ist nicht unsere Art hier, Papiere zu verlangen.»

«Sein Großvater hieß Lucas. Pascal ist der Sohn von dessen Tochter, also wie der Großvater hieß er wahrscheinlich nicht.»

«Das habe ich noch nie gehört. In der ersten Zeit tauchte er recht selten hier auf, später kam er regelmäßiger. Aber er hüllte sich immer in Schweigen. Er hat nie mit Scheck bezahlt, das habe ich auch zu den Gendarmen gesagt. Seine Eltern mussten jedenfalls aus der Gegend sein, er kannte sich hier sehr gut aus.»

«Dem Großvater, diesem Lucas, gehörte früher die Mühle. Pascal kam als kleiner Junge in den Ferien hierher. Das weiß ich von dem Schuster aus Montlaudun, einem entfernten Verwandten von ihm.»

François wirkte betroffen.

«Davon hat Pascal nie etwas erzählt. Ich hatte keine Ahnung davon, dass die Mühle seiner Familie gehörte und dass er sie von klein auf kannte. Warum hat er uns das verheimlicht? Und wieso kennt dieser Schuster Pascals vollständigen Namen nicht, wenn er doch mit ihm verwandt ist?»

«Die Großväter waren Vettern. Pascal und der Schuster sind sich nie begegnet.»

«Auf alle Fälle hat sich Pascal vollkommen abgeschottet. Er aß wie ein Bär allein in den Wäldern. Nacheinander haben wir es alle aufgegeben. Ich auch. Am Ende habe ich gar nicht mehr wahrgenommen, dass er auch noch da war. Er hatte das kleinste Zimmer, die Rumpelkammer eigentlich. Die Rumpelkammer. Da hat seinerzeit ein Hilfsarbeiter drin geschlafen. Es gibt keine Heizung, niemand will in einer Abstellkammer hausen! Ein Feldbett steht drin, das die Kammer von der Länge her ausfüllt, das dürfte knapp gewesen sein, bei seiner Größe. Aber man kann solche Leute nicht aufhalten, sie sind zu entrückt. Ich habe meinen Anteil an der Mühle vor sechs Jahren meinem Bruder abgekauft, der um einiges älter ist als ich. Mein Bruder gehörte zur ersten Generation der Mühlenbesitzer. Im Kaufvertrag steht hundertprozentig der Name von Pascals Mutter. Die Gendarmen haben ihn vielleicht schon rausbekommen.»

«Könnte ich mir die Rumpelkammer mal ansehen?»

«Kein Problem. Die ist da hinten. Kommen Sie.»

Wir gingen nicht durch den Durchgang der im Dunkeln liegenden Baracke, sondern durchquerten den großen Raum in der Mühle. Der Abend war lau, die Tür stand offen, im Kamin knisterte ein Feuer. Etwa ein Dutzend Personen standen oder saßen herum, sie redeten, kochten, lachten, spielten Karten oder Schach und pfiffen ein schreckliches Lied, das jemand aufgelegt hatte. Zwischen zwei Lachsalven hob François die rechte Hand und rief im Gehen in den Raum hinein:

«Mathilde, Buchbinderin aus Montlaudun. Wir sind gleich wieder da.»

Wir kamen an der Hinterseite der Baracke heraus. Einige Meter weiter links erkannte ich eine steinerne Außentreppe, die mir ein paar Tage zuvor nicht aufgefallen war. Sie führte zu einem Treppenabsatz, von dem aus es zu einem kleinen Dachboden ging. Der Zugang zum eigentlichen Dachboden lag vorne beim Mühlenturm.

Links auf dem Treppenabsatz befand sich eine Holztür, durch die man in das Kabuff gelangte, von dem François gesprochen hatte. Das kalkweiß getünchte Zimmer, in etwa zwei Meter breit und drei Meter lang, wurde von einer blanken Glühbirne erhellt. Unten an der Wand waren ringsum Feuchtigkeits- und Salpeterspuren. Ein Feldbett, ein Korbstuhl, ein rundes Fenster, durch das Tageslicht kam. Als Wärmequelle diente ein Heizungsrohr, das längs durch die Kammer verlief. Ich beugte mich übers Bett und legte die Hände flach auf das Rohr: Es war lauwarm.

Am Fußende des Bettes lag ein sorgfältig zusammengelegter Schlafsack auf der unbezogenen schmalen Matratze, kein Kopfkissen. Auf einem Regal in der Ecke stand ein rostfreier Becher aus Metall, mit Zahnbürste und Zahnpasta, daneben lagen ein Kompass, ein paar Buntstifte ohne dazugehöriges Papier und eine große Taschenlampe. Ich kniete mich hin, um unters Bett zu schauen, und entdeckte einen Helm; womöglich ein Höhlenforscherhelm, er war nämlich mit einer Lampe bestückt. Außerdem zog ich unter dem Bett eine unverschlossene Holzkiste von der Größe einer Schuhschachtel hervor. Darin lagen eine Lupe, ein weiterer Kompass und eine Wanderkarte der Umgebung, ohne irgendwelche Notizen oder Vermerke.

Keine Spur von dem Rechen, der Hacke und der Gartenschere, die der Mann bei Mademoiselle Cécile gekauft haben soll.

Eric erinnerte sich:

«Ein kräftiger Kerl, nicht wahr? Aber ein Heimlichtuer. Er konnte sich wie eine Katze im Morgengrauen davonschleichen, niemand hörte ihn, wenn er sich aus dem Staub machte oder am Abend zurückkam. Er ging hinten rum. Wenn er da war, sah man vom Hof aus das Licht brennen. Auf unseren Feiern ließ er sich kaum blicken. Manchmal ist er kurz stehen geblieben und hat ein Glas mitgetrunken, oder er hat sich in die Kaminecke gesetzt, und wenn man ihn etwas gefragt hat, hat er höflich geantwortet. Seine Antworten waren immer sehr nüchtern, und er selbst hat uns nie was gefragt. Was Frauen angeht: Wenn auch nur eine zu ihm ins Bett gehüpft wäre, hätte sich das sofort rumgesprochen. Denn wer bei uns etwas geheim halten will, muss sich viel einfallen lassen. Dabei hätte er bloß mit dem Finger zu schnippen brauchen, und die Mädels hätten sich ihm an den Hals geworfen. Er hat sie sich angesehen, sehr genau sogar, aber angerührt hat er keine. Anfangs haben wir uns über ihn lustig gemacht, aber das haben wir bald wieder sein lassen. Er war kein Typ, über den man Witze macht, verstehen Sie?»

François schlug vor, wieder zu den anderen zu gehen.

«Haben Sie genug gesehen, Mathilde? Die Sachen lassen wir hier, oder?»

«Ja, vielleicht kommt nächste Woche ja jemand von seiner Familie vorbei. Die Mutter, der Bruder oder die Schwester. Er hat einen Bruder oder eine Schwester, daran konnte sich der Schuster erinnern. Lassen wir alles so, wie es ist, für sie liegen.»

Auf dem Rückweg meinte François:

«Für den Fall, dass niemand hier sein sollte, wenn sie kommen und die paar Sachen abholen wollen, die Nachbarin hat den Schlüssel fürs Haus. Sie bewegt sich nie von hier fort.»

«Gut. Habt ihr ihn eigentlich oft mit diesem Buch gesehen?»

«Er hatte es immer bei sich, es steckte in seinem Rucksack. Und wenn er den Rucksack nicht dabeihatte, dann trug er es in der Hand. Das Buch war seine Ausrüstung. Er war kein Schmutzfink, er hat sich gewaschen und alles, aber er hatte zum Beispiel kein Handtuch, nach dem Duschen schlüpfte er einfach nass in die Klamotten. Der Typ hatte null Sinn für Komfort. Trinken Sie ein Gläschen mit uns?»

«Ja.»

Diesmal wurde es still, als wir den Gemeinschaftsraum betraten.

François ergriff das Wort:

«Liebe Freunde, das ist Mathilde, Buchbinderin aus Montlaudun. Ihr hat Pascal sein Buch anvertraut. Das sagenumwobene Buch, mit dem er immer rumgezogen ist, ihr wisst schon. Nun, Pascal kann sein Buch nicht mehr abholen. Er ist tot. Ein Lastwagen hat ihn angefahren, am Montagmorgen auf dem Bahnhofsvorplatz, Pascal war auf dem Weg nach Paris. Ich schlage vor, wir legen im Gedenken an ihn eine Schweigeminute ein.»

Ich verließ den Raum. Allein im Wald oder im Krankenhaus hätte ich mir vielleicht noch vormachen können, der geruchlose Tote wäre ein anderer. Doch diese gemeinsame Andacht zeigte die Leere, die er hinterließ, und erlaubte keine Zweifel mehr an der Echtheit seines Todes.

ROXANE Mir will scheinen,
Daß seine Wange kalt wird an der meinen! –
Ein Brief auf seiner Brust!
(…)
CYRANO *(will seine Hand losmachen, welche von der knienden Roxane festgehalten wird)*
(…)
ROXANE *(ihn zurückhaltend)* Noch nicht! Nun ist er tot.
Sie kannten ihn. Auch Ihnen war er teuer.
(Sie weint sanft)
Welch süßen Zauber seine Seele bot,
Sie wußten's!
CYRANO *(stehend, mit entblößtem Haupt)* Ja, Roxane.

ROXANE Denn er war
Ein Dichter.
CYRANO Ja.
ROXANE Sein Geist so fein und klar!
(…)
Und alles Niedrige, Profane
Blieb seinem Herzen ferne.
CYRANO *(fest)* Ja, Roxane.
ROXANE *(wirft sich über Christians Leiche)* Er starb!

Ein Gedanke schoss mir durch den Kopf: Dass er sein Buch mir anvertraute und sich von ihm trennen musste, hatte seinen Tod bedeutet.

François kam mir entgegen, mit einem Glas Bordeaux in der Hand, das für mich bestimmt war. Er überreichte es mir und führte mich zurück ins Haus. Ich setzte mich in die Ecke ans Feuer, so wie es Pascal eine Woche zuvor getan hatte, und konnte ihn spüren, der Wein tat das seine dazu. Es war seine Haut, die die Wärme des Feuers fühlte, es waren seine Augen, durch die ich in den Raum und auf den Hof hinausblickte.

Die anderen scharten sich um mich, um mit mir über ihn zu sprechen. Alle hatten ihn besser als ich gekannt, und dennoch kamen sie zu mir, um ihre Erinnerungen auszutauschen. Flüchtige Erinnerungen, sie hatten ihn aus der Ferne im Wald gesehen oder im Morgennebel, als er die Mühle verließ.

Die Samstage und Sonntage brachte er, wie ich erfuhr, «dort oben» zu, bei jedem Wetter schlug er den Weg zur Anhöhe hinauf ein. Die Mühle lag nicht mal auf halber Höhe, es war noch ein gewaltiges Stück zu laufen.

Ich erkundigte mich, ob er diese Lampe, die ich in seinem Zimmer entdeckt hatte, dabeihatte, wenn er in den

Wald ging, und ob er mit schmutzigen Kleidern zurückgekommen war. Betrieb er Höhlenforschung? Gab es dort oben Höhlen?

Manchmal waren die Kleider schmutzig, manchmal nicht.

Ich fragte, ob der eine oder andere ihn mal im Auto zurück nach Paris mitgenommen hatte. Das wäre ein paar Mal vorgekommen, hieß es, obwohl er im Allgemeinen lieber unabhängig war und mit dem Zug fuhr. Er hätte immer am Boulevard Saint-Michel am Brunnen aussteigen wollen. Keiner wusste, wo er wohnte.

Sie berichteten mir das wenige, das sie von ihm wussten, und schmückten aus, was sie über ihn dachten. Die Frauen waren zurückhaltender, sie erzählten schlichter als die Männer und hielten sich nicht mit Spekulationen auf. Wie sie wohl mit ihm gesprochen hatten?

Ich ließ mir Wein nachschenken. Die Fragen wiederholten sich in den verschiedenen Rhythmen der Stimmen, Fragen, auf die es keine Antworten gab.

Je höher die Flammen im Kamin schlugen, je mehr der Wein die Gemüter erhitzte, desto größer und übermächtiger wurde Pascal. Ein Eremit, ein Weiser. Und ich spielte mich beschwipst als Trägerin seines Andenkens auf und vergaß darüber ganz, dass man in meine Werkstatt eingebrochen hatte und dass sich meine Kunden von mir abgewandt hatten.

Gegen zwei Uhr morgens brach ich auf und ließ die Pariser zurück, die aus einem weicheren Holz geschnitzt waren und sich nicht so rau anfühlten wie die Leute aus meiner Straße. Das hier waren junge Lehrer, Ingenieure, ein Makler, ein Langzeit-Jurastudent, Junggesellen, jung Verheiratete, Menschen zwischen fünfundzwanzig und fünfunddreißig, die irgendwie versuchten, aus ihrem Leben auszubrechen – ein Gedanke, der den Bewohnern meiner Straße nie gekommen wäre. Hier wollten alle ausbrechen, bis auf François, den Informatiker, der mich zum Lieferwagen begleitete.

Als er mich zum Abschied umarmen wollte, entglitt ich ihm. Unverdrossen hielt er mir trotzdem galant die Tür auf und sagte in dem ruhigen, autoritären Ton, in dem er alles Übrige gesagt hatte: «Aber heute Nacht werde ich von dir träumen.»

Daran bestand kein Zweifel, das würde er tun.

Einen Kilometer weiter kurbelte ich erst mal das Fenster hinunter. Von den Bäumen hallte sein Name wider: «Pascal.»

Es war nicht leicht, Schlaf zu finden. Meine Gedanken wanderten nach Bordeaux. Ich hatte im Telefonbuch nachgeschlagen und einige Lucas gefunden, aber laut Sébastien waren die alle nicht mit seiner Familie verwandt.

Und der Wald. War es nun ein und derselbe Wald – der Wald mit seinen Gerüchen, der, in dem der Brand stattgefunden hatte, der Wald um die Mühle und der des Tempelbuchs? Auf meiner kleinen Reise am nächsten Tag würde ich es womöglich erfahren. Oder aber alle scheinbaren Zusammenhänge würden hinweggefegt und alle Fragen wären ungeklärt wie am ersten Tag.

Ich dachte nicht mehr an die Person, die den Schlüssel zu meinem Atelier hatte. Der Wein machte es möglich. Endlich schlief ich, ohne viel zu fürchten, ein.

Fünfzehntes Kapitel

Am nächsten Morgen um acht Uhr dreißig kam wie vereinbart ein Pariser Pärchen und brachte mir vier Bücher von Jules Verne, Éditions Hetzel, kostbare illustrierte Ausgaben. Zwei davon waren in sehr schlechtem Zustand. Bei den anderen beiden musste nur der Buchdeckel hinten wieder festgeklebt werden.

Da die Kundschaft schnell wieder fort war, hatte ich noch fünf Minuten Zeit, bevor ich mich auf den Weg zum Bahnhof machen musste. Um mich in Geduld zu üben, blätterte ich in den soeben bei mir abgelieferten Büchern und betrachtete die Bilder der bärtigen Männer in ihren togaartigen, vom Wind aufgeblähten weißen Hemden. Als Kind hatten mich diese Gestalten schwer beeindruckt. Sie hatten für mich Halbgötter verkörpert, wie sie sich in die Ruder großer Schiffe legten, die Ärmel, unter denen die männlichen Unterarme zutage traten, bis zu den Ellenbogen aufgeschlagen.

Sogar in Lumpen und mit zerrauften Haaren waren sie schön. Halbnackt ritten sie auf dantische, den stürmischen Elementen entstiegene Kreaturen zu und unterwarfen diese. Schlimmstenfalls blieben ein oder zwei Opfer auf der Strecke, die für den weiteren Verlauf der Geschichte ohne Bedeutung waren.

Um neun Uhr saß ich im Zug nach Bordeaux. Das Buch war in einer Lederumhängetasche, die auf meinen Knien lag. Der zu analysierende Holzsplitter hatte in dem Uhrenkästchen meines Großvaters Platz gefunden, das offen und leer in einer Ecke meines Schreibtisches lag und es gar nicht hatte erwarten können, benutzt zu werden.

Beim Überqueren des Bahnhofsvorplatzes hatte ich schon von weitem die schwarzen Streifen der Reifenspuren gesehen.

In dem verlassenen Großraumabteil des Schnellzugs gab es außer mir noch drei andere zu Salzsäulen erstarrte Wesen. Wir verteilten uns ausgewogen im Raum, saßen aufrecht in regelmäßigen Abständen voneinander. Eine merkwürdige Rasse ist das, deren Vertreter sich nach den Gesetzen einer einfältigen Alchimie gegenseitig anziehen oder abstoßen. Bei den Tieren sind die Umgangsregeln unter Artgenossen viel genauer festgesetzt.

Am Vortag hatte ich eines meiner beiden Handys aus der Mottenkiste geholt. Ich hatte es aufgeladen und trug es nun empfangsbereit bei mir. Kurz vor meiner Abfahrt hatte ich die Telefonnummern von François, André, Sébastien und Mademoiselle Billon eingetippt. Im Zug speicherte ich die Nummern meiner Freunde nun ab. Auf dem grauen Display glitten die Namen derer vorüber, die mein Leben in Paris bestimmt hatten. Nachdem ich die Liste durchgegangen war, blieben nur noch acht Kontakte übrig: Ärzte, ein Buchhändler, ein Buchbinder und meine Eltern. Und die Telefonnummer meines Großvaters, die zu löschen ich außerstande war.

Ich nahm keine Lektüre zur Hand. Meine Gedanken schlingerten hin und her, zwischen der beklagenswerten Finanzlage des Ateliers und den zwei Hexen aus der Gasse, von den Hexen und zum Dieb, der – welch Armutszeugnis – bei mir nichts vorgefunden hatte, was man hätte klauen können, von Monsieur Roche zum Krankenhaus, vom Krankenhaus zur Empfangsdame, die mir vorhin nochmals versichert hatte, dass Pascal keinerlei Besuch erhalten hatte.

Im Geiste ließ ich auch den Abend in der Mühle Revue passieren. Pascals Familie würde sich sicher melden. Oder hatte er keine Familie?

Erst hatte ich ihm so sehr eine Familie gewünscht. Jetzt würde ich die Familie nur noch dulden. Meine Aufgabe jedenfalls war erledigt. Er hatte einen Namen, einen Vornamen, den zu suchen ich ausgezogen war.

In wenigen Tagen hatte ich vieles über ihn erfahren, jedoch nichts über seine Verbindung zu dem Buch. An diese Verbindung würde ich mich von nun an halten. Warum hatte er so nachdrücklich von der Pflege gesprochen, derer das Ding bedurfte, und es dabei nicht gewagt, das Buch vor meinen Augen anzusehen, als würde er es damit verraten?

Ende September, Anfang Oktober ist die Zeit der Jahrestage. Das einjährige Jubiläum des Ateliers fällt fast auf den Tag genau auf den zweiten Todestag meines Großvaters. In finsteren Momenten sehe ich einen Vogel, der am Himmel schwebt, in weiter Entfernung von meinem Gärtchen. Dazu höre ich das Flügelschlagen eines anderen Vogels, der im Gärtchen abgeschlachtet wurde. Ich verabscheue die Katze, aber es sind die Vögel, die mir Angst machen. Ich verdamme den Lastwagen, aber es ist der schwarze Streifen am Bahnhofsvorplatz, der mir Angst macht.

Das Buch mit dem Fanum macht mir keine Angst, es ist auf unerklärliche Weise gut zu mir und zugleich schwer und mit Trauer beladen.

Ich denke, Pascal hat den Lkw nicht kommen sehen und ihn auch nicht gehört, die Schutzengel schliefen, der Lebensinstinkt war ausgelöscht. Eine Autopsie würde nicht vorgenommen werden. Die Ärzte hatten Gehirnblutungen festgestellt, was ausreichend war, um den Unfalltod zu bestätigen.

Pascal war vielleicht körperlich krank gewesen. Seinem Verstand war womöglich schon lange alles fremd, was das Leben um ihn herum ausmachte. Er wirkte entrückt, und es war, als hätte die Trennung von diesem Buch den letzten seidenen Faden durchschnitten, der ihn mit dem irdischen Dasein verband.

GUICHE Wo fiel der Mensch herab?
CYRANO Vom Mond!
(…)
GUICHE Ist er nicht recht gescheit?
CYRANO Welch Land ist hier? Und welche Jahreszeit?
(…)
Wie lang ich fiel, wer wird's erkunden?
Ein ganz Jahrhundert oder zwei Sekunden?
Auf dieser safranfarb'gen Kugel stand ich …

Der Zug rollte in den Bahnhof ein, und ich nahm mir in dem Moment vor, bald eine weitere Reise zu machen, auch ohne Geld.

Ich hielt den Stadtplan aufgeschlagen in der Hand und versuchte mich zu orientieren, entschied mich aber schließlich doch für ein Taxi. Ich brauchte Geleit, denn ich hatte etwas weiche Knie.

Der Stimme nach zu urteilen war ich darauf gefasst gewesen, dass mir eine Frau in meinem Alter die Labortür öffnen würde. In Wirklichkeit war sie wohl zwanzig Jahre älter als ich. Unter dem verhangenen Himmel und in Kontrast zum matten Tageslicht kam mir diese hochgewachsene, kerzengerade Gestalt mit ihren hellen, blauen Augen in der Tür des grellerleuchteten Labors vor wie eine Lichtgestalt. Als sie mich mit ihren schönen, zarten Händen und den langen Fingernägeln zum Eintreten aufforderte, schämte ich mich für meine abgekauten Nägel und meine Hände, an denen immer Kratzer von einem Schärfmesser oder blutende Stellen von einer Nadelspitze zu erkennen sind. Sie machte den Eindruck einer Königin, ich hingegen kam mir wie eine Landstreicherin vor.

«Mathilde? Stimmt's?»

«Ja.»

«Solange Charpentier. Sehr erfreut.»

«Sehr erfreut.»

Wir verstanden uns wie am Telefon auch jetzt, als wir uns gegenüberstanden, auf Anhieb. An ihr war nichts Salzsäulenartiges. Dass man sich bei einer Fremden wie zu Hause fühlt, kommt in der Alchimie selten vor.

Sie bot mir einen Platz neben sich auf einem Barhocker an, und ich durfte beobachten, wie sie den verbrannten schwarzen Holzsplitter unter dem Mikroskop konzentriert untersuchte. Ungeniert ließ ich meinen Blick auf ihr ruhen, während sie das eine Auge zusammenkniff und den Mundwinkel hochzog. Ich registrierte die schillernden Runzeln, die fächerartig auf die Schläfen zuliefen, das früh ergraute, fast weiße Haar, im Nacken zu einem lockeren Dutt zusammengedreht, der auf dem Kragen ihrer Bluse lag und durch den sie eine silberne Haarnadel gesteckt hatte, die an der Spitze mit einer Perle verziert war. Ansonsten trug sie keinen weiteren Schmuck außer einem Ehering.

Sie brauchte nur einen kurzen Moment, dann erklärte sie mir, dass der im Buch gefundene Überrest von einer Kastanie stamme, davon gebe es jede Menge nicht nur in der

Gegend um Montlaudun, sondern überall im Südwesten Frankreichs. Solange sprach von dem Baum, zu dem das schwarze Klötzchen gehörte, das sie mit der Pinzette hielt, und unsere Begegnung war hiermit keineswegs beendet, sondern begann erst so richtig.

Solange erzählte mir, dass sie oft Pilze sammeln ging, ein Vorwand, falls es einen brauchte, um viel Zeit in den Wäldern verbringen zu können. Um die Kastanien herum sprossen allerhand Pilzarten hervor. Viele Pflanzen- und Tierarten fanden sich gern unter einem Kastanienbaum ein, das Geißblatt, Insekten, Vögel, Nagetiere, Wildschweine und natürlich zu allen Zeiten der Mensch, vorzugsweise, wenn ihm der Magen knurrte.

Auch ich konnte zum Thema Kastanien eine Anekdote beisteuern. Ich stamme aus dem Gebiet nördlich der Loire, wo nur wenige schmächtige Kastanienbäume wachsen, aber mein Großvater besaß einen, der allen Krankheiten und dem Frost zum Trotz gedieh. Mein Großvater liebte die Wandlungen dieses Baums, die Schönheit der flaumigen männlichen Blüten im Frühling, die stachligen Früchte im Herbst, die solide Güte des Männlichen und des Weiblichen, Zerbrechlichkeit und Stärke, das widerstandsfähige, aber weiche Holz, ein Baum der armen Leute, reich an Erträgen.

Ich erzählte Solange davon, wie ich als Kind meine Weihnachtsferien verbrachte. Mindestens einen Abend begingen wir feierlich zu Ehren des Kastanienbaums. Mein Großvater schälte für seine Frauen, also für seine bessere Hälfte, seine Tochter und mich, Kastanien. Mein Vater mochte keine Kastanien und behauptete, um den Großvater zu ärgern, dass man von diesem breiigen Zeug Verstopfung bekäme. Meine Mutter und meine Großmutter waren bald satt, doch ich stand noch lange neben dem Großvater und schlang beherzt alle Kastanien hinunter, die er für mich schälte.

Die Schelte meiner Mutter folgte auf den Fuß: «Du stiftest sie an, zu viele zu essen, Papa, hör auf damit, das arme Kind wird noch platzen!»

Der Großvater betrachtete mich aus den Augenwinkeln, und als er meine überfütterte Miene sah, ließ er verzagt das Messer sinken, räkelte sich, drückte den Rücken gegen die Stuhllehne und grummelte: «Zwei Handvoll Kastanien tun niemandem weh.»

Und bevor ich ins Bett ging, forderte mich der Großvater zur Verdauung zu einem Schwertkampf heraus.

Solange lachte sehr über die Geschichte, während ich übergangslos das Buch aus der Ledertasche zog. Immer noch lachend, nahm sie es mit ausgestreckten Armen in Empfang, fast wäre es ihr aus der Hand gefallen. Sie hatte wohl gedacht, es sei leichter. Nachdem sie die ersten Seiten durchgeblättert hatte, verstummte ihr Lachen jedoch. Ich stellte mich ans Fenster.

«Wer hat denn das gemalt? Die Aquarelle sind ja wunderschön! Und Sie wollen nun herausfinden, ob dieses Bauwerk wirklich existiert, und wenn ja, wo?»

«Ja, vielleicht.»

«Mathilde. Ich komme mit Ihnen zur Ausgrabungsstätte. Aber erst mal gehen wir mittagessen, es ist schon nach zwölf.»

«Was meinen Sie denn? Ist der Wald, in dem das Fanum steht, wirklichkeitsgetreu dargestellt? Gibt es diese Vegetation, oder ist es eine fiktive Zusammenstellung von Baumgruppen?»

«Kiefern, Eichen, Kastanien, die Bäume sind typisch für den Wald bei Montlaudun. Überhaupt für das gesamte Périgord.»

«Wenn der Wald also echt wäre, bestünde die Möglichkeit, dass die Ruinen auch echt wären?»

«Jedenfalls macht es den Eindruck, zumindest was die Beschreibung der Natur angeht. Ob das ganze Modell historisch glaubwürdig ist oder nicht, das werden Ihnen die Archäologen sicher sagen können.»

«Ich frage mich, ob ich die Archäologen wirklich kennenlernen will»

«Wie Sie möchten, Mathilde. Ich schließe jetzt das Labor ab, und wenn Sie wollen, gehen wir essen.»

Sie lehnte es ab, für ihre Arbeit einen Lohn entgegenzunehmen, und tat so, als verstünde sich das alles von selbst. Ins Restaurant lud ich sie ein. Wir gingen zu einem Inder in der Fußgängerzone im Stadtzentrum, wo man uns in einen kleinen Salon mit roten und goldenen Samtbehängen führte, hinter denen leise Sitarklänge zu hören waren.

Kaum hatten wir Platz genommen, ertönte ein roboterhaftes Zwitschern. Ich erkannte dieses metallische Geräusch erst gar nicht, das sich mit den Sitar-Akkorden vermengte.

Mein Handy. André war dran. Gisèle waren Gespräche eingefallen, die sie als Kind mitgehört hatte, und ihr sei nun klar geworden, was die Namen auf der Liste gemeinsam hätten. Die genannten Männer seien allesamt Résistance-Mitglieder gewesen. Am Morgen habe sie die Liste zu Mademoiselle Billon getragen, denn die war älter als sie und hatte den Krieg als junges Mädchen miterlebt. Mademoiselle Billon habe bestätigt, dass Gisèle sich richtig erinnere.

Über die krakelige Unterschrift konnte Mademoiselle Billon erst nichts sagen, doch dann wollte sie wieder und wieder einen Blick darauf werfen. Dieser Schriftzug war ihr schon einmal untergekommen, vor langer Zeit. Aber wo?

Es habe nicht lang gedauert, und Mademoiselle Billon sei mit triumphierender Miene und einem vergilbten Stück Papier in der Hand in die Bäckerei gestürmt.

«Ich hab's! Es ist die Unterschrift des Bürgermeisters. Ich meine, des damaligen Bürgermeisters. Des Vaters unseres jetzigen Claverie. Seht her, das habe ich in den Unterlagen meines Vaters gefunden, ein von Claverie unterzeichneter Brief, hier. Zeigen Sie doch nochmal die Liste her, Gisèle. Genau. So zittrig, wie die Unterschriften sind, aber es ist die gleiche. Was mich wundert: Der gehörte nie der Résistance an. Ganz im Gegenteil.»

Daraufhin berichtete ich André von der seltsamen Begegnung mit Claverie, die ich am Montag in meinem Atelier gehabt hatte. Offenbar hatte er die Unterschrift seines Vaters auf der Liste unter dem Briefbeschwerer wiedererkannt. Deshalb wollte er also, dass ich das Papier in den Müll werfe! Doch was ich noch immer nicht verstand – was war so anstößig daran, dass sein Name neben den Namen von Widerstandskämpfern auftauchte?

Die Stimme von André dröhnte an mein Ohr:

«Der alte Claverie war bis über beide Ohren in Schwarzmarktgeschäfte verwickelt. Der und die Résistance, jetzt schlägt's dreizehn! Als ob sein Sohn uns nicht schon genug Rätsel aufgeben würde!»

«Sag ihm nichts, André, du darfst ihn jetzt nicht herausfordern. Wenn Claverie sich gegen mich stellt, kann ich meine Zelte hier abbrechen, dann ist's aus und vorbei.»

«Aber er stellt sich doch jetzt schon gegen dich! Er steckt hinter diesen Verleumdungen, dafür lege ich meine Hand ins Feuer. Die Kampagne hat doch Anfang der Woche begonnen und ging vom Bürgermeisteramt Montlaudun aus. Wir müssen herauskriegen, was es mit dieser Liste auf sich hat. Ein paar von den Alten sind zwar noch am Leben, aber es ist nicht einfach, aus ihnen was über die Kriegszeit herauszubekommen. Die Hosenscheißermentalität der einen und die offenen Rechnungen der anderen – nach der Befreiung hat sich keiner so richtig mit Ruhm bekleckert. Daher reden sie alle nur schwammiges Zeug. Auch wenn sie selbst keinen Dreck am Stecken haben, dann vielleicht doch der Bruder, der Cousin oder Schwiegervater. Na ja, jetzt erhol du dich erst mal ein wenig von dem Ganzen, versuch, auf andere Gedanken zu kommen, und schau heute Abend vorbei, vielleicht wissen wir dann schon mehr!»

Montlaudun, mein bedrohtes Atelier, Claverie, das Gärtchen, wie fern das alles war! Bei Wein, Curry und Pfefferminztee atmete ich den Duft von frischem Ingwer und herbem Koriander ein. Ich bestellte Wein nach und erzählte Solange alles, was ich über Pascal und sein Einzelgängerdasein wusste, wie er bei mir im Atelier zusammengebrochen und kurz darauf ums Leben gekommen war. Ich schilderte ihr den Waldgeruch, den er verströmte, und berichtete ihr von La Montagne und der Anhöhe, die außer ihm niemand bestieg, weil es keinen Weg dorthin gab.

Schließlich kamen wir wieder auf das Buch zu sprechen. Solange erklärte mir, dass in Frankreich schätzungsweise alle fünfhundert Meter eine Ausgrabungsstätte verborgen liege. Wer zufällig eine archäologische Entdeckung mache, sei dazu verpflichtet, dies bei der Gemeinde in seinem Ort zu melden. Nun, so wolle es das Gesetz, das jedoch nicht immer eingehalten werde. Sie berichtete mir von einem Bauern, der in einem bestimmten Abschnitt seiner Felder gespürt hatte, wie das Vorder- oder Hinterteil des Traktors auf vollkommen rätselhafte Weise eingesunken war. Es stellte sich heraus, dass unter den Feldern ein kilometerlanger unterirdischer Gang verlief, der ein Kloster mit einem Schloss verband. Andere Bauern wussten auch davon, hüteten sich aber, die Gemeinde zu benachrichtigen. Der Bürgermeister würde die Angelegenheit nur für seine eigenen Zwecke nutzen, und niemand brannte darauf, Archäologen in den Feldern herumwühlen zu sehen.

Trotzdem wurden jedes Jahr neue archäologische Fundstätten entdeckt. Gegenstände aus dem neunzehnten Jahrhundert wertete man erst gar nicht aus, weil dafür keine Mittel vorhanden waren. Außerdem nahm die Pflanzenwelt die paar Quadratmeter, die ein Forscher freilegen konnte, schnell wieder in Besitz, und sie gerieten in Vergessenheit. Das könnte auch bei dem Fanum der Fall gewesen sein.

Was bildete ich mir eigentlich ein? Wozu das Geheimnis eines Ortes lüften, das der Zeichner dieser Skizzen und Pascal womöglich gar nicht preisgeben wollten?

Doch Solange bestärkte mich in dem Vorhaben, zu der Ausgrabungsstätte in der Innenstadt zu gehen und mir die Ausführungen der Archäologen anzuhören. Ich müsse die mögliche Tempelanlage ja nicht sofort erwähnen.

«Und wenn sie sich an Sie wenden, als Sachverständige für Vegetation?»

«Im Périgord gibt es großflächige Waldgebiete, wir sagen erst mal nichts von der Mühle und von La Montagne.»

«Heißt das, Sie glauben, dass das Fanum dort in der Nähe ist?»

«Glauben Sie das nicht?»

Es war schon nach zwei Uhr, als wir unser rotes Samtgehäuse verließen und uns auf den Weg zur Ausgrabungsstätte machten. Unterwegs erzählte ich Solange von meinen Reisegelüsten. Wie entschlossen war ich, irgendwohin aufzubrechen! Vielleicht in den Nahen Osten. Mein Lachen fiel zu laut aus, als ich hinzufügte, wie schlecht meine finanzielle Lage zu diesen Träumen passte.

Ohne lange nachzudenken, lud sie mich ein, mit ihr an Weihnachten nach Alexandria zu fahren. Ihr Mann arbeitete als Meeresarchäologe dort. Sofort war ich begeistert. Und nur noch zweieinhalb Monate bis dahin. Sich losreißen und Abstand vom Atelier gewinnen, auf dass es sich bei meiner Rückkehr endlich in ein richtiges Zuhause verwandle! Denn nun aus der Ferne, während ich eine andere Gasse entlangging, kam mir mein Häuschen wie ein fremdes Kloster vor.

In dem Viertel hinter der gotischen Kathedrale sollte ein Büro- und Wohnkomplex im Stil der dreißiger Jahre errichtet werden, ein Familistère in überarbeiteter und verbesserter Ausführung: helle Appartements und Geschäftsräume, Ateliers und hängende Gärten, ein großer Innenhof und ein Kindergarten.

Als die ersten Bagger zu schaufeln begannen, war man auf Relikte einer frühen gallischen Siedlung gestoßen. Daraufhin waren die Arbeiten an der Zukunft eingestellt worden.

Wir näherten uns der Ausgrabungsstätte, Solange machte mich mit der Materie vertraut. Die mächtigen Kräne waren erstarrt, damit in den Gräben das Erdreich nach Sockeln, Glassplittern, Tonfragmenten oder Ringen abgesucht werden konnte. Es musste schnell gehen. In der Vergangenheit ist die Zeit knapp, die Kräne scharren schon mit den Füßen.

Solange vertraute mir an, dass mittlerweile der Einsatz von ehrenamtlichen Helfern bei solchen Ausgrabungen eine feste Größe war. Die Zahl der Stellen in den staatlichen Institutionen sei begrenzt, und unter den Archäologen schwelten Spannungen. Die meisten von ihnen waren ständig auf Reisen, von Ausgrabungsstätte zu Ausgrabungsstätte, von einem befristeten Arbeitsverhältnis zum nächsten, nomadische Helfer des kollektiven Gedächtnisses.

Am Ende der Gasse tauchte mein Blick in eine riesige, mit blauen Planen abgezäunte Baugrube ein, ungefähr hundert Meter lang und dreißig Meter breit. In dem zu einem Drittel ausgehobenen Becken arbeiteten etwa zwanzig Menschen, auf der Erde kniend.

An kleinen Pflöcken waren Schnüre zur Abgrenzung gespannt, die den Boden mit geometrischen Formen überzogen. Außerhalb dieser in meinen Augen willkürlich gesetzten Grenzen strichen Männer und Frauen mit gekrümmten Rücken und nach unten gehefteten Blicken mit Pinseln über das Erdreich. Andere standen herum und nummerierten Gegenstände, wieder andere zeichneten etwas ab oder machten Striche, ich konnte nicht erkennen, wozu.

Das Buch presste ich fest an meine Brust und hegte – vielleicht verstärkt durch die Wirkung des Weins – plötzlich Argwohn gegen diese Leute: Zauberer und Hexenmeister, die sich des Buches bemächtigen würden, das ich ihnen nie wieder würde entreißen können, sobald ich ihnen auch nur eine Ecke davon überließe.

Solange schickte sich bereits an, die Leiter in die Grube hinunterzusteigen, und ermunterte mich, ihr zu folgen. Ich wollte lieber noch warten und gab vor, ich könne das Buch nicht loslassen, es sei zu schwer, um es mit einer Hand zu tragen.

Doch mit dieser Entschuldigung war es nicht getan. Solange wies auf einen sich nach unten windenden Steg auf der anderen Seite. Also benutzte ich den Steg, der so steil war wie der Weg vom Krankenhaus zum Atelier.

Schüchtern grüßte ich die Menschen, deren Blicke mir begegneten, und fürchtete, sie könnten mich fragen, was ich hier machte und was ich da unterm Arm hätte. Ich hatte das Gefühl, bei einem Vergehen ertappt zu werden.

Was hätte Pascal gesagt, wenn er gesehen hätte, wie ich sein Buch zur Schau trug? Ich trippelte um die mit Fäden gezogenen Vierecke. Wie ein Schwimmer seinen Rettungsring erreicht, so erreichte ich endlich Solange. Sie begrüßte einen der beiden für die Ausgrabungsstätte verantwortlichen Archäologen, und da sie spürte, dass ich von selbst nicht das Wort ergreifen würde, übernahm sie das für mich:

«Darf ich dir Mathilde Berger vorstellen? Sie hat ein wunderbares Buch mitgebracht, das musst du dir ansehen.»

«Ich habe lauter Erde an den Fingern, drei Minuten, okay? Sobald ich mit diesem kleinen Abschnitt fertig bin, komme ich zu euch. Wir können nebenan einen Kaffee trinken gehen. Wollt ihr da auf mich warten? Oder ihr könnt auch hier bei uns bleiben, wenn euch das lieber ist, kein Problem. Ach, Solange, ich wollte dir sowieso Sylvain vorstellen. Wo steckt er nur wieder, unser Superman? Das ist dieser junge Bursche, weißt du, der sich für jedes Terrain eignet. Er hat einen Flugschein, also schaut er sich die Fundgruben auch von oben aus an, und er hat einen Tauchschein, kennt sich mit Meeresarchäologie aus. In drei Wochen fliegt er nach Alexandria zu deinem Pierre. An Weihnachten wirst du ihn dort treffen, jetzt gerade kam er aus Peru. Du musst ihn kennenlernen. Verflixt, vor einer Minute war er noch da.»

Ich wünschte mir, dass diese Kultstätte tatsächlich existierte. Nachdem ich schon das Buch gebunden hatte, wollte ich nun auch sehen, wie man das Fanum ans Licht beförderte.

Neugierig betrachtete ich die jungen Leute, wahrscheinlich Studenten, wie sie schweigend mit ihren Pinseln über die Erde strichen. Ich starrte eine junge Frau an, die ganz nah bei mir sehr sorgfältig ihre Arbeit verrichtete. Was holte sie aus diesen unförmigen Erdklumpen wohl hervor?

GUICHE Haben Sie «Don Quijote» gelesen?
CYRANO Ja.
Wer mit ihm anband, konnt' ihn stets bereit sehn.
GUICHE Dann denken Sie …
(…)
An jene Mühlen …
CYRANO *(mit Verbeugung)* Im Kapitel dreizehn.
GUICHE Die, wenn wir nicht Respekt vor ihnen lernen …
CYRANO Respekt, weil sie sich nach dem Winde drehn?
GUICHE Mit ihren Flügeln, eh' wir's uns versehn,
In Staub uns schleudern. –
CYRANO Oder zu den Sternen!

Die paar Minuten gingen schnell vorüber. Der Archäologe hatte es für meinen Geschmack sehr eilig, zum Kaffeetrinken zu kommen. Auf mich machte das Ganze immer mehr den Eindruck einer Anhörung, und mir missfiel auch die betonte Lässigkeit, mit der er sprach. Hintereinander marschierten wir drei den Steg hinauf.

Ohne zu warten, bis wir das Café erreicht hatten, zog ich das Buch aus der Tasche. Ich wollte es hinter mich bringen. Wir waren auf dem Gehweg angekommen, der oben entlang der Grube verlief. Da rief jemand von unten her:

«Habt ihr mich gesucht?»

«Ah, da bist du ja, Sylvain! Komm rauf!»

Der Mann kam geradewegs auf uns zu, er näherte sich uns viel zu schnell.

Ich erinnere mich, dass ich mich Solange zuwandte, um mich zu vergewissern, dass sie noch da war. Danach sah ich auf meine Füße, um zu prüfen, ob sich darunter fester Boden befand.

Das war kein «Sylvain». Es war Pascal. Sah das denn niemand außer mir, wurde nur ich dieser Hexerei gewahr?

Die Haare waren vielleicht kürzer. Und die wunderliche Fremdartigkeit von neulich war verschwunden, der Mann stand mit beiden Beinen fest auf dem Boden. Doch er war es, es war der gleiche Mann. Das musste vom Wein kommen, vom Stau nicht verarbeiteter Emotionen, der Sehnsucht, meiner Unfähigkeit, zu den Toten zu sprechen, meinem Frust. All das schien dieses Trugbild heraufzubeschwören. Ich bekam Ohrensausen.

Je näher er kam, desto schwärzer wurde mir vor Augen. Mein Mund war trocken, als hätte ich hundert Jahre lang geschlafen.

Ich wollte gehen, aber ich stand wie angewurzelt da. Bald würde er uns erreicht haben.

«Komm her, Sylvain, ich will dir Solange vorstellen, Pierres Frau, komm!»

Der Mann, den sie Sylvain nannten, machte vor Solange eine Verbeugung. Doch er sah sie nicht an, er starrte bereits auf das Buch in meiner Hand. Ich konnte so gut wie nichts mehr erkennen, atmete kaum noch. Wie eine Verdammte erwartete ich den göttlichen Urteilsspruch.

Er blickte zu mir auf, ich erinnerte mich nur zu gut an seine haselnussbraunen Augen mit einem leicht grünlichen Einschlag. Doch er sah so finster drein!

«Wo haben Sie das Buch her?»

Der andere Archäologe versuchte ihn zu beschwichtigen:

«Sylvain, was ist denn in dich gefahren?»

Wie ein Richter deutete Pascal-Sylvain mit dem Finger auf mich.

«Wo haben Sie das Buch her?»

Aus Angst wich ich einen Schritt zurück. An alles Übrige habe ich keine Erinnerung mehr.

Sechzehntes Kapitel

Für die Sanitäter, die mich abtransportierten, erwies sich der Steg als sehr nützlich. Ich war aus ungefähr zwei Metern Höhe in den Graben gefallen und hatte das Bewusstsein verloren. Die Erde war an dieser Stelle lehmig und weich, die Grube nicht so tief.

Als ich im Krankenhauszimmer die Augen öffnete, hatte ich erst Angst, das Gedächtnis verloren zu haben, und sagte mir immer wieder vor, dass ich Mathilde Berger hieße und Buchbinderin in Montlaudun sei. Solange war bei mir.

Wenn ich eine konkrete Erinnerung hatte, dann die an ein körperliches Gefühl kurz nach dem Sturz, kein Schmerz, sondern ich fühlte das Gewicht des Buchs auf meinem Bauch.

«Wo ist das Buch?»

«Ich hab es in die Tasche gesteckt. Du hast es so heftig gegen deine Brust gedrückt, dass es nicht mal schmutzig geworden ist.»

«Wo ist dieser Mann?»

«Mach dir wegen ihm keine Sorgen.»

«Wer ist er? Versprich mir, dass du ihm das Buch nicht geben wirst. Ich weiß nicht, wer er ist, aber er ist tot, sein Name ist Pascal, aber Pascal ist tot. Ich habe ihn mit eigenen Augen im Leichenschauhaus liegen sehen. Ich verstehe das nicht. Zeig das Buch niemandem, hörst du, niemandem! Der Mann will es sich unter den Nagel reißen.»

«Ich verspreche es dir, aber jetzt beruhige dich.»

Solange stand auf, um draußen vor der Tür mit meinen Eltern und mit André zu telefonieren. Danach hörte ich, wie sie auch mit jemand anderem sprach, sicherlich mit ihm, dem Mann, der mich in Angst und Schrecken versetzte und dessen Gegenwart ich spürte.

Man behielt mich über Nacht im Krankenhaus. Ich hatte keine Knochenbrüche erlitten, nur Prellungen, die Halsmuskeln waren überdehnt, und der Rücken war in Mitleidenschaft gezogen. Ein paar Stunden, nachdem ich aufgewacht war, konnte ich mich immer noch nicht auf die Seite drehen, nur die Arme ließen sich bewegen. Der Sturz hatte mich traumatisiert, aber es gab keine Verletzung, die darauf hindeutete, dass dieser Lähmungszustand lange anhalten würde.

Ich versuchte erneut, mich umzudrehen, doch ich lag wie versteinert da. Sobald mir nur ansatzweise eine kleine Bewegung gelang, bekam ich einen unerträglichen Krampf im Rücken. Die Ärzte versicherten mir jedoch, es bestehe kein Grund zur Sorge.

Nachdem Solange auf meine Bitte hin ein letztes Mal kontrolliert hatte, ob das Buch noch in der Tasche auf dem Nachttisch lag, ging sie. Man verabreichte mir ein Beruhigungsmittel, und ich sank auf der Stelle in einen traumlosen Schlaf.

Am folgenden Morgen brachte man mich in eine Schräglage, aus der es mir gelang, aufzustehen und den Rücken gerade zu halten. Indem ich das Gewicht von links nach rechts verlagerte, bekam ich meine Beine wieder unter Kontrolle. Ein Krankengymnast leitete mich dabei an, und nach und nach wurde ich wieder ich selbst. Doch von meinem Rücken durfte man noch nicht zu viel erwarten.

Um zehn Uhr kamen Solange und «Sylvain». Dankenswerterweise trat Solange zuerst allein ein. Ihr Gesicht sah müde aus, doch ihre Augen strahlten wie tags zuvor.

«Mathilde, er heißt Sylvain, nicht Pascal, Sylvain Lucas. Er ist Pascals Zwillingsbruder. Er hat die Stelle in Bordeaux angenommen, um seinen Bruder wiedersehen zu können. Mit ihm wollte Pascal sich an der Mühle treffen. Ich habe mit Sylvain gestern Abend noch gesprochen und ihm erzählt, was passiert ist, dass sein Bruder tot ist und wie es kommt, dass du im Besitz des Buches bist. Er hat es sofort wiedererkannt. Ich habe ihm gesagt, dass du die letzte Person warst, mit der sein Bruder gesprochen hat, und dass du alle möglichen Nachforschungen angestellt hast, um seine Identität herauszufinden. Er möchte mit dir reden, bevor er nach Montlaudun ins Leichenschauhaus fährt. Wie fühlst du dich? Willst du ihn kennenlernen?»

Ich machte eine zustimmende Geste mit dem Kinn. Einen Laut hervorzubringen war ich nicht imstande.

Da trat er über die Schwelle und füllte wie sein Bruder mit seiner Statur den ganzen Türrahmen aus.

Obwohl ich nun wusste, dass es sich um kein Gespenst handelte, packte mich dennoch diese Vorstellung, und ich krallte mich am Bettrand fest, wie um nicht noch einmal in die Grube hinunterzustürzen. Da bekam ich einen dieser grausamen Krämpfe, bei denen mir die Luft wegblieb. Er bemerkte, wie sich meine Hände verkrampften und mir der Schweiß auf die Stirn trat, und wollte eine Krankenschwester rufen.

«Nein!», schrie ich ihn an.

In der Tasche auf dem Nachttisch machte er das Buch aus. Obwohl ein Stuhl dastand, nahm er am Fußende des Bettes Platz und wurde dort, am äußersten Rand, langsam immer kleiner.

«Guten Tag, Mathilde.»

Seine Stimme klang genauso wie die seines Bruders. Er

wandte den Kopf ab und gab mir Zeit, mich mit seinem Profil vertraut zu machen.

Ich bemühte mich, Unterschiede zu finden. Seine Haare waren etwas glatter als Pascals Haare, und so vertraut das Timbre seiner Stimme mir auch schien, so anders war doch seine Art zu sprechen. Der Körperbau war ähnlich, aber nicht das Gebaren.

«Gestern hätte Pascal bei mir im Atelier das restaurierte Buch abholen sollen. Er wollte unbedingt, dass es bis Samstag fertig wird. Und Sie hätten ihn gestern Abend treffen wollen? Das hat mir Solange erzählt. Bevor er ging, sagte er noch, dass man sich des Buches annehmen werde, dass es von nun an ein aufgeräumteres Leben haben würde. So drückte er sich aus. Nehmen Sie es, es gehört Ihnen.»

Er nahm das Buch aus der Tasche und setzte sich wieder, ohne es anzuschauen.

«Was bin ich Ihnen schuldig?»

«Nichts, Pascal hat schon bezahlt.»

«Solange meinte, er hätte in Ihrem Atelier eine Art Schwächeanfall gehabt?»

«Ja, ich wollte einen Arzt holen, aber er gab mir nachdrücklich zu verstehen, das zu unterlassen. Er machte einen entrückten und körperlich erschöpften Eindruck auf mich. Aber in Bezug auf das Buch und das Restaurieren hatte er sehr deutliche Vorstellungen. Und sehr deutlich war er auch, was den Termin betraf, Samstag. Jetzt verstehe ich, warum. Es war für Sie.»

Ihm traten Tränen in die Augen, und er hielt sich die große Hand vor den Mund. Nun war er an der Reihe, einen Schrei auszustoßen, einen langanhaltenden stummen Schrei. Er ließ den Kopf auf die Brust sinken und verharrte in dieser Position, vornübergebeugt, die offenen, von Tränen feuchten Augen auf das geschlossene Buch gerichtet.

Sein Atemrhythmus war beschleunigt, und ich rechnete damit, dass er jeden Moment von der Bettkante stürzen würde.

Doch er richtete sich wieder auf und begann langsam zu sprechen: «Ich wollte mich wegen gestern entschuldigen. Für mich existiert dieses Buch seit zwanzig Jahren nicht mehr, seitdem die Mühle gebrannt hat und mein Großvater nicht mehr lebt. Und da es nur ein Exemplar davon gibt, haben Sie mich damit genauso umgehauen wie ich Sie. Solange hat mir, zumindest teilweise, erzählt, was Sie alles unternommen haben, um die Identität meines Bruders zu klären und das Buch seiner Familie zurückgeben zu können. Bleiben Sie heute noch hier, Sie sollten das Krankenhaus nicht überstürzt verlassen. Morgen bringe ich Sie zurück nach Montlaudun, wenn die Ärzte es erlauben. Ich selbst fahre jetzt sofort hin. Darf ich heute Abend wieder bei Ihnen vorbeischauen, wenn es nicht zu spät wird?»

«Ja. Und das Buch?»

«Kann ich es hierlassen?»

«In Ordnung.»

Den ganzen Tag über wurde ich behandelt und gepflegt. Man bearbeitete mich so lange, bis mein Körper keine Gegenwehr mehr leistete. Vor den gezielten Gehversuchen sollte ich, um mein Trauma zu überwinden, eine seltsame Übung absolvieren: jeglichen Widerstand aufgeben, allem entsagen, mich tot stellen. Ich blieb jedoch stur, und die Pfleger mussten all ihre Hartnäckigkeit aufbieten und mir unaufhörlich einbläuen: «Wehren Sie sich nicht, lassen Sie sich gehen!»

Am späten Nachmittag war ich des Krieges überdrüssig und konnte wieder laufen. Man kündigte mir an, dass ich das Krankenhaus am nächsten Tag verlassen dürfe. Wenn nicht ein Wunder passierte, würde ich allerdings weiterhin

Schmerzen haben. Zur Nachbehandlung verschrieb man mir für die erste Woche täglich eine Physiotherapie, danach mindestens drei Monate lang Massagen und regelmäßiges Training.

Es war achtzehn Uhr und Ende der Besuchszeit. Ich fürchtete, ihn nicht wiederzusehen. Doch um neunzehn Uhr fünfundfünfzig klopfte Sylvain an meine Tür.

«Es wundert mich, dass man Sie noch hereingelassen hat.»

«Ich habe mich mit denen angelegt. Geht es Ihnen besser?»

«Ja, viel besser, ich hab den ganzen Tag mit Übungen zur Entkrampfung des Rückens verbracht. Jetzt kann ich wieder laufen. Morgen breche ich mit meiner Halskrause auf.»

Er setzte sich erneut ans Fußende des Bettes, an die gleiche Stelle wie am Morgen. Ich stellte mir vor, wie Pascal in der Kaminecke der Mühle genauso dagesessen hatte.

«Ich fahre Sie nach Hause.»

«Danke schön.»

«Mathilde, können Sie mir genau beschreiben, was an dem Morgen, an dem Pascal bei Ihnen im Atelier war, vorgefallen ist?»

Ich erzählte von seinem Besuch im Atelier, von der Todesnachricht, erwähnte das nach Ruß stinkende Buch, die mysteriöse, im Buch versteckte Liste von Mitgliedern einer Widerstandsgruppe. Ich berichtete von Mademoiselle Cécile und ihren Erinnerungen, von Sébastien, der mit ihm verwandt war, von den Leuten bei der Mühle, zu der Pascal regelmäßig gefahren war. Ich schilderte ihm das winzige Saisonarbeiterzimmer, in dem Pascal gewohnt hatte, und sagte, dass Pascal unabhängig vom Wetter stundenlang allein durch die Wälder gewandert war. Endlich kam ich auf

Solange und den verkohlten Kastanienholzsplitter zu sprechen, der mich zur Ausgrabungsstätte geführt hatte, wo er, Sylvain, aufgetaucht war.

Er stellte mir Fragen zu dem Buch und zur Mühle. In welchem Zustand war das Buch gewesen, als es Pascal mir gebracht hatte? Was genau hatte ich in dem Kabuff, in dem er untergekommen war, vorgefunden? Wie würde ich die Mühle, den Turm und die Leute in La Montagne beschreiben?

Eine Krankenschwester bat ihn schließlich zu gehen.

«Ich hole Sie morgen früh um halb neun ab. Gute Nacht.»

«Wollen Sie das Buch nicht mitnehmen?»

«Morgen.»

Am nächsten Morgen war ich schon lange vor halb neun startklar. Ich hatte meine Übungen gemacht, das Gehen funktionierte viel besser als am Tag zuvor. Das Stützkorsett und die Halskrause behielt ich an, ich setzte mich damit auf die Bettkante und wartete.

Die Krankenschwester, die mir meldete, dass mich ein junger Mann an der Rezeption erwarte, trug das Buch für mich. Sie übergab es Sylvain, dem nichts anderes übrig blieb, als es in die Hand zu nehmen.

Ich konnte es mir nicht verkneifen, ihn zu warnen: «Achtung, packen Sie es mit beiden Händen an, es ist schwer!»

Unterwegs riskierte ich keinen Blick zur Seite, Halskrause verpflichtet. Wir fixierten beide die Straße vor uns.

«Sylvain, wollen Sie mir nicht Ihrerseits auch etwas erzählen? Über das Tempelbuch? Wer hat es gezeichnet?»

«Das weiß ich nicht. Ich weiß nur, dass es meinem Großvater gehörte. Warum sagen Sie Tempelbuch?»

«Na, weil darin ein tempelartiges Bauwerk in verschiedenen Entwicklungsstadien dargestellt ist. Es ist ein großartiges Buch, jede Zeichnung und jedes Aquarell wirkt wie ein Kunstwerk für sich. Sie können sich wirklich nicht daran erinnern?»

«Ich kenne das Buch eigentlich gar nicht richtig. Unser Großvater hat es uns innen nicht gezeigt, und es war für uns nicht zugänglich. Wir haben es immer nur von außen gesehen. Ich glaube, nicht einmal unsere Mutter hat gewusst, was in dem Buch steht. Sie war im Allgemeinen ziemlich verbittert darüber, wie wenig sie von meinem Großvater erfuhr. Einmal hat sie ihn angefaucht, seine Kindereien und Geheimnistuereien seien lächerlich. Das hat ihn gekränkt, und wir sind deswegen eine Zeitlang nicht mehr zur Mühle gefahren. Wir waren uns sicher, dass das Buch bei dem Brand zerstört worden war. Das ist auch ein Punkt, den ich nicht verstehe. Das Buch war in der Mühle. Am Tag vor dem Brand habe ich meinen Großvater noch damit herumlaufen sehen. Daran kann ich mich erinnern. Aber irgendwo in der Mühle muss es mein Bruder vor kurzem gefunden haben.»

«Vor kurzem? Das kann nicht sein. Das Buch ist viel herumgetragen worden, aber es wurde keiner Feuchtigkeit ausgesetzt. Fünfundzwanzig Jahre nach dem Brand hätte Ihr Bruder sonst nichts mehr lesen können. Es war ja auch das Dach des Turms eingestürzt. Und ich glaube nicht, dass das Buch in einer hermetisch verriegelten Truhe aufbewahrt wurde, schließlich ist es von den Spuren des Brands gezeichnet, in den Papierfasern hat sich der Geruch von Ruß festgesetzt. Und außerdem ist da auch noch dieser verkohlte Holzsplitter. Bitte nehmen Sie es mir nicht übel …»

Ich spürte, dass er sich zunehmend erregte.

«Na los! Reden Sie weiter!»

«Pascal hat nicht sehr oft in dem Buch geblättert, oder falls doch, dann tat er es sehr behutsam. Das Buch hatte nur Transportschäden am Einband. Ich kann mir vorstellen, dass er schwere Gegenstände draufgestellt hat oder es einfach so in den Koffer geworfen hat, wodurch sich der Buchdeckel verschob und das Vorsatzblatt einriss. Aber an den Blättern selbst sind keine Eselsohren oder Schmutzflecken zu sehen. Das angekohlte Stückchen Holz hatte seit dem Brand an der gleichen Stelle gelegen, man sieht den Abdruck über mehrere Seiten hinweg. Pascal hing an diesem Buch, aber er schaute nicht gern hinein, wie Sie.»

Sylvain sah mich irritiert an. Ich fragte ihn, ob er und sein Bruder bei der Mühle gewesen seien, als es gebrannt hatte.

«Ja. Unsere Mutter hat uns in Sicherheit gebracht. Ich habe an dem Tag vollkommen versagt und mich unter ihrem Rock versteckt. Pascal dagegen betrachtete fasziniert das Feuer. Meine Mutter brüllte meinen Großvater an, er solle ja nicht versuchen, noch etwas aus den Flammen zu retten, er solle zusehen, dass er wegkomme. Aber er lief nochmals in die Mühle rein.»

«Und hat er es geschafft, etwas herauszuholen? Vielleicht das Buch?»

«Man konnte in den dicken Rauchschwaden nichts erkennen. Ich weiß nur noch, wie meine Mutter vor Angst geschrien hat. Er kam wieder aus der Mühle heraus und ist nach ein paar Metern zusammengebrochen. Pascal ist zu ihm hingelaufen. Meine Mutter heulte und kreischte, die brennenden Trümmer würden ihnen auf den Kopf fallen. Ich stand nur teilnahmslos da. Sie befahl mir, mich hinzusetzen, und ist dann zu den beiden gerannt. Meinen Großvater zog sie an den Füßen vom Turm fort, gleichzeitig rief sie immer wieder nach Pascal, der in den Rauchwolken nicht mehr zu sehen war. Dann kam die Feuerwehr, und Pascal ist schnell wiederaufgetaucht. Aber die Angst meiner Mutter ist geblieben. Am nächsten Tag sind ihr die Fingernägel abgebrochen und auch ganz viele Haare ausgefallen.»

«Wie alt waren Sie damals?»

«Neun.»

«Und meinen Sie nicht, dass Pascal das Buch an sich genommen haben könnte, nachdem Ihr Großvater damit aus dem Turm gekommen war?»

«Nein, nein, nein, er ist losgelaufen, um meinen Großvater zu retten. Er wollte bei ihm sein, oder er wollte aus einem kindlichen Instinkt heraus unsere Fahrräder den Flammen entreißen.»

«Die Fahrräder waren in der Mühle?»

«Ja, im Turm, wo mein Großvater wohnte, er hatte beschlossen, die Fahrräder über Nacht dort unterzustellen, gleich rechts neben der Eingangstür. Meine Mutter wollte sie nicht im Haus stehen haben, und die Scheunentür bekamen wir Kinder so schlecht auf. Wenn mein Großvater das Buch aus dem Feuer geholt hat, verstehe ich nicht, warum Pascal uns das hätte verheimlichen sollen. Er war an dem Tag sehr mutig, im Gegensatz zu mir. Er ist unserem Großvater zu Hilfe geeilt. Ich war feige, so feige, dass wir uns danach nicht mehr so gut verstanden haben. Er war auch zuvor schon ein introvertierter Typ gewesen, aber danach wurde er immer verschlossener, auch mir gegenüber, dem er doch immer alles erzählt hatte. Ich dachte mir, dass ich ihn enttäuscht haben musste, dass er sich wohl für mich schämte. Alles, was sich in der Mühle befand, ist den Flammen zum Opfer gefallen. Auch unsere Fahrräder, die Reifen waren versengt, ebenso die Rahmen. Der Blitz hatte das Dach abgedeckt, pfff ... Die Mühle brannte lichterloh, da blieb nichts mehr übrig.»

«Aber wie erklären Sie sich dann, dass das Buch den

Brand überlebt hat – wenn es nicht das Buch war, was Ihr Großvater gerettet hat? Sie sagten doch, dass es sich im Turm befand und dass alles in Flammen aufgegangen ist?»

«Also, Sie rauben mir noch den letzten Nerv mit Ihrem Buch!»

Erbost parkte er am Straßenrand und knallte die Wagentür zu. Er schnappte frische Luft und lief hastig querfeldein.

Er hatte recht. Mir war es auch zu viel. Das Buch und der Großvater, der in den Flammen umgekommen war und mich an meinen Großvater erinnerte, der auf weniger dramatische Weise, während der Siesta unter einem Kastanienbaum, gestorben ist.

Was ich zu sagen hatte, hatte ich gesagt, nun konnte ich gehen. Eine große Müdigkeit überkam mich. Das Buch war restauriert, ich hatte es dem rechtmäßigen Erben übergeben. Nach Pascals Beerdigung würde ich dieses Kapitel endgültig abschließen können und meine ganze Energie auf den Erhalt des Ateliers verwenden. In mir herrschte eine olympische Ruhe.

Umsichtig stieg ich aus dem Wagen, und als ich aufrecht stand, setzte ich mich in Bewegung, die Glieder noch etwas steif. Ich atmete gleichmäßig, dachte an nichts außer an meinen Rücken, den ich zu entspannen versuchte, um keinen dieser fürchterlichen Krämpfe zu erleiden. Bis zur nächsten Ortschaft war es nur ein Kilometer. Dort würde ich mir ein Taxi rufen, mich noch ein bisschen mehr verschulden, nach Hause fahren und mich an meine Arbeit machen.

Nach diesem Abenteuer hatte ich es wohl verdient, wieder in der Nähe von Cyrano zu sein. Ich marschierte und marschierte. Wenigstens hatte ich in Solange eine Freundin gewonnen, ich sollte mich freuen.

Auf halbem Weg zur Ortschaft hielt Sylvain mit seinem Wagen neben mir. Er kurbelte das Fenster herunter und bat mich, wieder einzusteigen.

«Nein, machen Sie sich keine Gedanken, ich schaffe es schon bis nach Montlaudun. Fahren Sie ruhig weiter.»

«Wir haben den gleichen Weg, steigen Sie ein! Es tut mir leid, jetzt steigen Sie schon ein.»

«Sie brauchen sich nicht zu entschuldigen, wirklich nicht, das ist nicht nötig.»

Er überholte mich, bremste direkt vor mir ab, öffnete die Beifahrertür und erwartete mich. Ich glaubte seinen Bruder zu sehen, die Hand, die um meinen Knöchel fasste. Mit dem gleichen Fatalismus, mit dem ich ausgestiegen war, stieg ich wieder in Sylvains Auto ein.

Schweigend rollten wir dahin. Zwischen Lalande und Montlaudun, kurz bevor links die Abzweigung kam, die in den Wald und zur Mühle hinaufführte, fragte er mich, ob ich jetzt mit ihm dorthin fahren wollte.

«Sicher?»

«Ja.»

Ich kurbelte das Fenster herunter. Sylvain tat es mir gleich. Auf den fahlroten und ockerfarbenen Blättern, die den Wald nach und nach verwandelten, waren noch vereinzelte grüne Tupfer auszumachen. Der herbstliche Geruch von Humuserde lag in der Luft. Was wusste ich über das Gebiet? Nichts. Doch mir schien, als würde ich in dem Wald zu einer inneren Ruhe finden, die so weit ging, dass ich mich selbst nicht mehr wahrnahm. Neben mir schien es Sylvain ähnlich zu ergehen.

Siebzehntes Kapitel

Ich hatte gedacht, dass alle nach Paris zurückgefahren waren. Doch im Hof stand François und hackte Holz. Sylvain und ich gingen schweigend auf ihn zu. Als sein Blick auf Sylvain fiel, hielt sich François die geballte Faust aufs Herz. Sylvain beschleunigte seinen Schritt und streckte ihm die Hand entgegen.

«Ich bin Sylvain, Pascals Zwillingsbruder.»

«Vielen Dank auch für den Hinweis! Zum Glück hab ich kein Herzleiden. Guten Tag, Mathilde, Sie sind mit Ihren Nachforschungen ja gut vorangekommen!»

Sylvain fragte: «Kann ich mich ein wenig umsehen und mir das Zimmer anschauen, in dem mein Bruder gehaust hat?»

«Selbstverständlich. Der Schlüssel hängt rechts beim Kamin. Soll ich Ihnen den Weg zeigen?»

«Nein, nicht nötig. Danke.»

Sylvain machte sich unerschrocken auf und verschwand in dem großen Kaminzimmer.

«Was haben Sie denn da für eine Halskrause, was ist passiert?»

«Ich bin an einer Ausgrabungsstätte in eine Grube gefallen.»

«Im Ernst? Es macht ganz schön Eindruck! Aber es ist nichts Schlimmes?»

«Nein. Ich kann von Glück reden, dass ich beim Sturz auf den Rücken gefallen bin.»

«Auf ihn haben Sie sich aber nicht gestürzt?»

«Jein. Hören Sie auf zu lachen. Ich wollte das Buch einem Archäologen zeigen, um mehr über die darin beschriebene Tempelanlage herauszufinden. Der Archäologe war Sylvain. Er hätte Pascal vergangenen Samstag hier an der Mühle treffen sollen, die beiden Brüder waren verabredet.»

François haute ein paar weitere Holzscheite entzwei und schichtete eins nach dem anderen in eine Schubkarre.

«Setzen Sie sich doch schon mal in den großen Raum, Mathilde, ich komme gleich nach und koche Ihnen einen Kaffee.»

Im Gemeinschaftsraum nahm ich auf einem Hocker Platz und saß gerade wie eine Königin, Halskrause verpflichtet. Aus den Augenwinkeln verfolgte ich François' Bewegungen. Flink füllte er die Holzvorräte auf, fegte im Handumdrehen die herumliegenden Späne und Rinden weg und schloss hinter uns die Tür. Er mahlte frischen Kaffee und ließ mich daran schnuppern, bezeichnete seine genaue Herkunft, pries seine Güte an und erklärte mir, wo man ihn in Paris kaufen konnte. Ich beobachtete, wie der Holzfäller geschwind drei Tassen samt den dazugehörigen Untertassen auf den mächtigen Eichentisch stellte. Er brachte Zucker und Milch, die er in eine steinerne Kanne schüttete.

«Der Kaffee ist fertig. Soll ich Pascals Bruder holen? Oder was machen wir?»

«Geben wir ihm noch ein bisschen Zeit.»

François goss uns beiden Kaffee ein.

«Ich trinke eine Tasse mit, und dann fahre ich zurück nach Paris. Den Schlüssel lasse ich da, das heißt – ich lasse Ihnen den Schlüssel da. Fühlt euch wie zu Hause. Wenn ich den Schlüssel am nächsten Freitag im Atelier abholte, wäre das in Ordnung? Dann hat Pascals Bruder Zeit, hier wieder ein wenig Fuß zu fassen. Er kann Feuer machen, Holz liegt bereit, und er kann hier jederzeit übernachten. Sagen Sie ihm das?»

Nachdem François abgefahren war, blieb ich in der Küche sitzen und wartete. Nach einer halben Stunde entschloss ich mich nachzusehen. Das Treppensteigen war mit meinem angeschlagenen Rücken beschwerlich. Als ich oben ankam und ein leises Schluchzen vernahm, wandte ich mich von der Tür ab und begann postwendend mit dem Abstieg. Das Hinuntergehen war jedoch noch schwieriger für mich als das Hinaufgehen. Ich gab auf und wartete, bis das tränenerstickte Schluchzen verstummte.

«Sylvain! Ich stehe oben am Treppenabsatz. François hat Kaffee für uns gekocht, kommen Sie! Ich brauche Ihre Hilfe zum Hinuntergehen und warte hinter der Tür auf Sie. Kommen Sie!»

Umständlich ließ ich mich auf dem feuchten Stein nieder. Ich brauchte nur kurze Zeit zu warten. Er schnäuzte sich, und ich hörte ihn die paar Gegenstände wieder unters Bett räumen, die er – wie ich damals auch – hervorgezogen hatte. Einen Moment lang herrschte Stille. Ich glaube, er war aufgestanden und stand regungslos hinter der Tür. Schließlich ging das Schnappschloss auf.

Er stellte sich vor mich und bot mir seinen Arm an. Den anderen Arm legte er um mich, ich ließ mich packen und bis zu dem Hocker geleiten. Sein Leid raubte mir den Atem.

«Trinken Sie den Kaffee. François hat den Schlüssel für die Mühle dagelassen. Sie können hier bleiben, übernachten, Feuer machen.»

«In der Mühle Feuer machen. Ich werde gewiss kein Feuer machen.»

«Werden Sie eine Erdbestattung für Ihren Bruder abhalten lassen?»

«Ja. Keine Einäscherung. Mein Großvater ist durchs Feuer ums Leben gekommen, meine Mutter wollte eingeäschert werden, nie wieder! Pascal wird in Montlaudun an der Seite seines Großvaters beerdigt. Ich werde auch die Überreste unserer Mutter verlegen lassen, zu ihm.»

«Wollen Sie, dass zur Beerdigung noch andere Leute kommen?»

Als wollte er mich beißen, kam er mit seinem Gesicht ganz nah an meines heran und schrie:

«Wer denn?»

Meine Lippen zitterten, doch ich brachte diese Wörter hervor: «Die Leute aus meiner Straße, die mir geholfen haben, Sie zu finden. Sébastien, der mit Ihnen verwandt ist und den Sie noch gar nicht kennen.»

Sylvain senkte den Kopf:

«Wenn Sie möchten. Mir ist zwar nicht klar, warum Sie das tun, Sie und die anderen. Es wird keine feierliche Beisetzung geben – Blumen vielleicht, was halten Sie davon?»

Es waren nicht die Worte, die mich zum Weinen brachten, sondern die Art, wie er zu mir aufblickte, als er das Fragezeichen setzte.

«Weinen Sie nicht, Mathilde. Ich hab mich seit langem daran gewöhnt, dass meine Familie einschließlich Pascal nicht mehr da ist. Weinen Sie nicht. Was haben Sie denn nun plötzlich?»

«Mein Rücken, ich habe einen Krampf.»

«Was sagen Sie, ich verstehe nichts!»

Ich wiederholte meine Worte und bat ihn, mir beim Aufstehen zu helfen.

«Es ist meine Schuld, dass Sie gestürzt sind, verzeihen Sie. Warum lachen Sie jetzt? Was bringt Sie zum Lachen, wenn ich Sie um Verzeihung bitte? Ihnen steht der Schweiß auf der Stirn.»

«Auf den Gedanken, ich könnte Ihnen die Schuld in die Schuhe schieben, bin ich noch gar nicht gekommen. Darf ich mich an Ihrer Schulter festhalten?»

«Ja.»

Meine Schmerzen waren zu arg, um zu erröten, als ich ihm Auge in Auge gegenüberstand. Im Stehen ließ der Krampf schnell nach.

«Wie war das mit Ihrer Mutter?»

«Sie war Restauratorin, sie hat alte Gemälde restauriert und ist viel herumgereist. Pascal und ich waren es gewohnt, allein zu sein. Und mit Pascal zusammenzuwohnen, das war eigentlich schon so wie ganz allein zu wohnen. Nach dem Abitur habe auch ich zu reisen begonnen. Als Student macht man so viele Ausgrabungen wie möglich mit. Pascal ist in Paris geblieben. Schon zu der Zeit haben wir uns im Grunde kaum mehr gesehen. Er hatte sich verändert, Mama machte sich Sorgen, sie meinte, er wolle uns herausfordern, aber wozu? Vor zehn Jahren, als unsere Mutter erkrankte, sind wir allerdings wieder zusammengekommen. Wir verstanden uns in dieser Zeit gut, es war wie früher. Doch nach ihrem Tod gingen wir wieder auseinander. Letzten Endes war er derjenige, der die Entscheidungen, die ich in meinem Leben getroffen habe, als Bruch und meine Abwesenheit als Trennung empfunden haben muss. Ich sei vor ihm geflohen, behauptete er, weil ich mein eigenes Leben lebte. Und ich hatte das Gefühl, er würde vor mir fliehen.»

«Und Ihr Vater?»

«Unser Vater? Es gab keinen Vater. Unsere Mutter hatte als Studentin eine Affäre, und wir waren das Ergebnis davon. Als wir klein waren, erzählte uns unsere Mutter, er gliche einem göttlichen Wesen, so schön sei er. Und wir glaubten tatsächlich daran, dass unser Vater ein Gott war, das war immerhin eine Erklärung für seine Unsichtbarkeit. Erst viel später hat sie uns erzählt, wie sie unseren Vater kennengelernt hat. Er war ein argentinischer Student, mit dem sie insgesamt vier Tage und vier Nächte verbrachte. Sie war es, die ihn im Morgengrauen auf Zehenspitzen verlassen hat, weil sie nicht wollte, dass dieses ‹Wunder der Liebe› befleckt wird, sich abnutzt. Ein starker Entschluss, nicht wahr? Sie war auch ein bisschen verrückt. Einige Wochen später hat sie bemerkt, dass sie schwanger war – und auch noch Zwillinge! Bis sie diese Information verdaut hatte, waren wir schon geboren. Und danach – sie konnte ihre Flucht nicht zurücknehmen. Sie hat es nicht fertiggebracht, ihren Geliebten anzurufen und es ihm zu sagen. Pascal hat von seinem Großvater die Neigung zum Heimlichen und von meiner Mutter das ungestüme Temperament geerbt, eine explosive Mischung, die auf Dauer kaum auszuhalten ist. Er hatte einen Haufen Diplome, aus denen er nichts gemacht hat, er schmiedete nie berufliche Pläne, lebte einfach so in den Tag hinein, von Gelegenheitsjobs. Ziel verfolgte er keins, er streunte immer allein herum, wandelte am Rand des Abgrunds seiner unbeglichenen Rechnungen. Zum Glück musste er keine Miete zahlen. Er wohnt – er hat am Seineufer in der kleinen Zweizimmerwohnung meiner Mutter gewohnt. Früher hatten wir darin zu dritt gelebt. Für die Nebenkosten bin immer ich aufgekommen. Ich muss da hin. Ich will die Wohnung verkaufen, ich möchte sie nicht mehr.»

«Pascal hatte keinen Schlüssel bei sich.»

«Das wundert mich nicht. Er liegt unter der Fußmatte im Flur oder auf dem Fenstersims. Für alle Fälle habe ich einen Zweitschlüssel.»

Er ging zum Turm hin und betrachtete lange den Baum, der darin heimisch geworden war. Und ich schloss die Mühle ab und gab ihm den Schlüssel.

Sylvain fuhr mich nach Montlaudun zurück. Kaum hatte ich das Atelier aufgesperrt, legte er das Buch, ohne es eines Blickes zu würdigen, auf den Ladentisch. Anschließend zog er weiter zum Krankenhaus.

Ich wandte mich der Werkstatt, meinem Zuhause zu, musterte die Stufen, die rechts zur Wohnung hinaufführten, wollte dem Inventar «guten Tag» sagen, mit dem Atelier Frieden schließen, aber es ging nicht. Irgendetwas stimmte nicht.

Der Einbrecher war wieder da gewesen. Ein Schubfach war nicht richtig zu, die Computertastatur stand schief, auf meinem Arbeitstisch herrschte ein großes Durcheinander, der gläserne Briefbeschwerer lag wieder woanders, zwei von den Schubfächern, in denen ich die Vergoldestempel aufbewahrte, waren aufgezogen. Ich bekam wieder einen Krampf im Rücken und knarzte beim Einatmen wie eine alte Tür, als André kam.

Krumm schleppte ich mich zur Tür und machte ihm auf. Indem ich das Atmen unterdrückte, gelang es mir, mich aufzurichten und mich mit den Händen am Rahmen abzustützen.

«Um Himmels willen, was ist mit dir, Mathilde?»

«Mein Rücken.»

Langsam lehnte ich mich mit dem ganzen Körpergewicht gegen den Türrahmen, atmete tief ein, dehnte den Rücken, und der Schmerz ließ nach. Ich wischte mir eine Träne ab, befahl mir Ruhe und lächelte André an, der dastand und mich anstarrte.

Sébastien trat hinzu.

«Man hat wieder bei mir eingebrochen.»

«Ja. Setz dich. Wir müssen dir was erzählen, Sébastien und ich. Es wird alles gut. Der Spuk ist vorbei. Es ist ein und dieselbe Person, die deine Arbeit in Verruf bringt und in deine Werkstatt einbricht. Es ist vorbei.»

«Ist diesmal etwas gestohlen worden?»

«Nein, nichts, wie beim ersten Mal.»

«Was wollen die von mir?»

«Die Liste.»

«Wozu?»

«Erzähl du, Sébastien.»

«André hat dem Sohn von einem der Männer, die auf der Liste stehen, einen Besuch abgestattet, am Samstagmittag, nachdem er mit dir telefoniert hatte. Segnac, Gisèle kannte ihn auch. André wusste bereits, dass der alte Claverie, der Vater des Bürgermeisters, in Schwarzmarktgeschäfte verwickelt gewesen war, das pfeifen die Spatzen ohnehin von den Dächern. Aber in welchem Maß er darüber hinaus noch mit den Deutschen kollaboriert hatte, davon hatten wir keine Ahnung. Der alte Segnac hatte seinem Sohn erzählt, dass Claverie ein Mistkerl war, der alle möglichen Leute denunzierte. Da konnte der alte Segnac aus eigener Erfahrung sprechen. Aber die Résistance hat mit Hilfe einer Namensliste einen Weg gefunden, um ihn ruhigzustellen. Laut dem alten Segnac hatte Claverie keine besondere politische Überzeugung. Aber er wäre zu allem fähig gewesen, wenn es darum ging, sich den Rücken für seine Geschäftchen freizuhalten. Nach dem Krieg habe Claverie sich schützen können, er kannte ja genügend Leute. Nachdem er mit dem Sohn des alten Segnac gesprochen hatte, kam André zu mir, und wir sind zusammen zu Mademoiselle Billon gegangen. Wir rätselten gemeinsam, warum Claverie junior sich so vor dieser Liste fürchtete, dass er sie dir wegnehmen und dich aus Montlaudun vertreiben wollte. Auch verstanden wir nicht, warum der Eindringling in deinem Atelier das Schloss nicht aufgebrochen hatte. Da stieß Gisèle hinzu, und ihr fiel ein, dass der ehemalige Besitzer des Hauses mit Claveries Cousine verheiratet ist. Warum das Schloss nicht aufgebrochen worden war? Weil der Schuft einen Schlüssel hatte. Es existieren ein oder mehrere Zweitschlüssel, die man wohl vergessen hat, dir auszuhändigen. Da hat Claverie einen stibitzt.»

André fuhr fort:

«Nachmittags standen wir in unseren Läden und gerieten mit der werten Kundschaft ins Plaudern. Du wärst in Bordeaux verunglückt, lägst im Krankenhaus, wärst also weder diese noch die Nacht darauf zu Hause. Wir gaben zum Besten, du hättest das sehr schöne Buch, das Pascal gebracht hatte, gebunden und die rechtmäßigen Erben aufgetrieben. Sie würden nach Montlaudun kommen und das Buch abholen, sobald du aus dem Krankenhaus zurück wärst. Wir mussten ihn auf frischer Tat ertappen. Obwohl ich am liebsten gleich hin wäre und ihm die Faust ins Gesicht geschlagen hätte, das kannst du mir glauben! Jedenfalls legten wir uns auf die Lauer. Um zwei Uhr morgens kam Claverie die Gasse rauf. Er ist in deine Werkstatt gegangen, als wäre er da zu Hause. Er hatte beide Schlüssel, für das Gitter und für die Tür. Dein Vater meinte noch, du solltest wenigstens das Gitterschloss auswechseln lassen! Himmelherrgott, Mädchen! Die Tür hat nicht mal gequietscht. Er hat schnell gemerkt, dass das Buch nicht da ist, es ist ja ein dicker Wälzer. Die Liste war auch nicht da, denn die hatte ich! Wir haben ihm Zeit gelassen, damit er ordentlich Unordnung stiften und den Briefbeschwerer umherschieben konnte. Ach, meine Liebe, du hättest sein Gesicht sehen sollen! Welch ein Gesicht! War das eine

Freude! Der ehrwürdige Monsieur Claverie sah aus wie ein verdorrter Riesenkürbis nach Halloween! Oder wie der erschreckte Alterspräsident eines Seniorenwohnheims! Vorbei der Spaß!»

Sébastien:

«Wir glaubten, er bekäme einen Herzanfall, als wir ihn uns schnappten. André hat ihm mit der Taschenlampe ins Gesicht geleuchtet und konnte es sich nicht verkneifen, ihn anzuschreien und mit allen möglichen Schimpfwörtern zu überschütten. Claverie hat erst versucht zu verhandeln, er könne alles erklären, man müsse verstehen, es wäre ‹zum Nachteil der ganzen Gemeinde, wenn man die schlafenden Hunde der Vergangenheit wecke›. André herrschte ihn jedoch an, sich kurz zu fassen und uns zu verraten, was es mit dieser Liste auf sich habe, wegen der er sich als Einbrecher versuchte.»

André fiel ihm ins Wort:

«Stell dir vor, dieser Lump wollte ‹verhindern, dass das Andenken seines Vaters besudelt wird›. Welches Andenken? Was gibt es da noch zu besudeln?»

Sébastien fuhr fort:

«Er hatte auf dem Blatt unter der Glaskugel die Unterschrift seines Vaters erkannt. Er wusste von der Existenz dieser Liste. Claveries Vater hatte sie erstellt. Es war eine Liste mit Namen von Widerstandskämpfern, die er denunzieren wollte. Seine Unterschrift hatte er allerdings nicht freiwillig daruntergesetzt, Pascals Großvater hatte ihn gezwungen, die Liste zu unterzeichnen.»

Ich glaube, als wir an diesem Punkt angelangt waren, verlangte ich nach einem Glas Wasser. André eilte los, um es mir zu bringen. Mit einer Handbewegung ermunterte er mich, mich mit dem Trinken zu beeilen.

«Na los, trink, meine Liebe. Ich kann es kaum erwarten zu hören, wie es weitergeht. Obwohl ich's schon weiß!» Und er bedeutete Sébastien weiterzuerzählen:

«Claveries Vater war wirklich sehr tief in den Schwarzmarkt verstrickt, das kann man laut sagen. Er hat sich nicht damit begnügt, mit einem Dutzend Eier und einem Viertelpfund Butter zu handeln. Er war von Beruf Getreide- und Viehhändler und unterhielt sehr gute Beziehungen zum Bahnhofsvorsteher. In der Region wimmelte es von Widerstandskämpfern. Und in den Augen der Maquisards war er ein Kollaborateur, die wollten ihm ans Leder. Doch dank seiner Verbindungen war der alte Claverie stets bestens informiert und seinen Gegnern immer einen Tick voraus. Er ließ sie schnappen, bevor er selbst geschnappt wurde, und dachte, er sei unverwundbar. Er war reich und wurde von einigen hohen Tieren aus Bordeaux und ein paar deutschen Offizieren gedeckt. Allerdings war er wie sein Sohn ein Angeber. Lange hielt er seine Zunge im Zaum, aber schließlich erlaubte er sich doch gegenüber einer Sekretärin am Bürgermeisteramt, seinem Liebchen, eine kleine Nachlässigkeit. Er könne jederzeit jeden, dessen Nase ihm nicht passe, ins Kittchen bringen, plusterte er sich auf, er habe schon eine entsprechende Liste erstellt. Das Liebchen war anscheinend nicht übermäßig geblendet von Claveries Charme. Die Frau spürte, dass von ihm eine ernsthafte Bedrohung ausging, und berichtete ihrem Vater, einem Streckenwärter, der Nachrichten an die Résistance weitergab, von Claveries Liste. Claverie wurde daraufhin von den Widerständlern noch stärker überwacht. Und an dem Tag, an dem er nach Bordeaux fahren wollte, um die Burschen hochgehen zu lassen, haben sie ihn sich geschnappt. Dieser Knallkopf war sich seiner selbst so sicher, dass er tatsächlich eine Liste geschrieben hatte! Die Widerstandskämpfer hätten ihn das Blatt

Papier aufessen lassen können, aber sie hatten eine viel bessere Idee. Laut Claverie junior hat Pascals Großvater seinem Vater den Revolver an die Schläfe gesetzt und ihn genötigt, das Papier zu unterschreiben. Er gab ihm zu verstehen, dass der gesamte Maquis von der Existenz dieser Liste wisse. Sollte er vorhaben, auch nur einen Mann ans Messer zu liefern, müsse er dran glauben. Wenn auch nur ein einziger Widerstandskämpfer in den Wäldern umkommt, geht es dir an den Kragen! Für den Rest des Krieges benutzten die Leute vom Widerstand die Liste als Druckmittel, um diverse Dinge zu erreichen. Nach der Befreiung brüstete sich Claverie senior mit seinen Taten. Wie er dem Widerstand geholfen habe. Dass ich nicht lache, dabei hätten sie ihm fast das Fell über die Ohren gezogen! Der alte Claverie hat jedenfalls nach dem Krieg seinem Sohn von der Liste erzählt, damit er Bescheid wusste, falls sie vielleicht noch irgendwo auftauchte. Und als der Sohnemann auf deinem Schreibtisch das Blatt entdeckte, war ihm sofort klar, dass es sich um besagte Liste handeln musste. Pascals Großvater hatte sie in dem Buch aufbewahrt. Nach dem Krieg gab es Gerüchte, doch der alte Claverie hat die Hand aufs Herz gelegt und sich gewehrt: Er? Ein Denunziant? Er war doch so gut zu den Familien der Widerstandskämpfer und denen der heimkehrenden Kriegsgefangenen! Er hatte doch während der deutschen Besatzung die Résistance unterstützt!»

Ich begriff, dass von Claverie keine Gefahr mehr ausging. Etwas anderes verstand ich noch immer nicht:

«Wie kommt die Liste hinten in das Buch? Vielleicht durch jemanden, der Zwangsarbeit in einer deutschen Buchbinderei verrichtet hat? Das wäre eine Erklärung dafür, dass das Buch in einer bei uns unüblichen Machart gebunden ist. Während des Krieges wird sie Pascals Großvater irgendwo in der Mühle verwahrt haben. Und als die Zwangsarbeiter aus Deutschland heimkehrten, gab es immer noch gute Gründe, die Liste zu verstecken. Da wurden alte Rechnungen beglichen. Die Wunden des Kriegs waren noch nicht verheilt.»

André fügte noch hinzu:

«Nicht so schlimm, wenn wir das nicht herausfinden. Was zählt, ist, dass du jetzt wieder in Ruhe arbeiten kannst. Du bist hoffentlich einverstanden mit der Vereinbarung, die wir mit Claverie getroffen haben: Nachdem er sein Sündenbekenntnis abgelegt hatte, haben wir ihm gesagt, dass wir unser Mundwerk im Zaum halten würden, sowohl was die Liste angeht, als auch was seinen Vater, diesen elenden Halunken, betrifft, obwohl wir freilich keine große Lust dazu hatten. Dafür müsse er etwas für dich tun und sofort damit aufhören, seinen Kumpels gegenüber anzudeuten, dass die Gendarmerie dich verdächtigen würde, an Pascals Tod schuld zu sein. Ansonsten würde die Liste schneller wiederauftauchen, als er denken kann. So sei das eben mit solchen Listen. Sie verschwinden und tauchen wieder auf. Hier sind jedenfalls die Zweitschlüssel, die uns Claverie zurückgegeben hat. Lass dein Schloss auswechseln. Aber mach dir keine Sorgen, Claverie kommt nicht mehr wieder. Der frisst dir jetzt aus der Hand.»

Sébastien wollte nun doch noch Genaueres darüber wissen, wie es zu dem Sturz in die Grube gekommen war.

«Ich wollte Pascals Buch, das eine Tempelanlage dokumentiert, einem Archäologen zeigen. Die Grube gehörte zu einer Ausgrabungsstätte hinter der Kathedrale. Da kam ‹Pascal›, sein Doppelgänger, auf mich zu. Ich bin ohnmächtig geworden und hintenüber in die Grube runtergefallen.»

«Was redest du da für einen Quatsch? Anscheinend bist du wirklich auf den Kopf gefallen!»

«Pascal hat tatsächlich einen Bruder, einen Zwillingsbruder, der Sylvain heißt. Vor zwei Minuten war er noch hier, ihr habt ihn knapp verpasst. Er ist ins Krankenhaus gegangen. Am Mittwoch findet am Friedhof von Montlaudun das Begräbnis statt. Pascal wird an der Seite seines Großvaters beerdigt.»

Die Tür des Ateliers ging auf:

«Bonjour Mathilde!»

«Mademoiselle Cécile, bonjour!»

«Oh! Ein hübsches Halsband haben Sie da, welch königliche Pose! Ihre Freundin hat uns umgehend beruhigt, aber es ist trotzdem schön zu sehen, dass Sie wieder da sind. Ich komme gar nicht zum Verschnaufen, ich muss in meinen Laden zurück, hab die Tür offen gelassen. Nehmen Sie die Flasche hier: guter Bordeaux, ein ausgezeichneter Jahrgang, ein Glas davon am Abend wirkt Wunder.»

«Stellen Sie sich vor, ich hab den Bruder des jungen Mannes, der vergangenen Montag verunglückt ist, ausfindig gemacht. Es sind tatsächlich die Enkel des Mannes, der damals die Mühle bewohnt hat und den Sie gekannt haben. Am Mittwoch ist die Beisetzung.»

«Ich komme, ich will des Mannes gedenken und Ihnen beistehen, liebe Mathilde.»

Nun begab sich auch Sébastien, um einen Verwandten reicher geworden, wieder in seine Schusterwerkstatt, und André blieb allein bei mir zurück. Der Schalk saß ihm im Nacken, er kniff die Augen zusammen:

«Und ich dachte, dass man als Buchbinderin eine ruhige Kugel schiebt. Was haben wir für einen Spaß, seit du da bist! Jetzt hast du Pascals Geheimnis doch gelüftet! Was macht denn das Buch noch hier?»

«Sein Bruder wird es mitnehmen.»

«Wer weiß, vielleicht war die ganze Arbeit am Ende umsonst. Du wirst schon sehen, am Ende wirst du das Buch gar nicht mehr los.»

«Das schöne Buch.»

«Gewiss, und so robust. Ich muss jetzt gehen. Ach, und du solltest bei den Schwestern im Kolonialwarenladen vorbeisehen und dort die Wogen glätten. Sie sind ganz außer sich: Die Närrische bindet allen auf die Nase, dass du Monsieur Roche umbringen wolltest und dass der Mann, der am Montag bei dir war, auch tot sei. Der Kundschaft ist das egal, aber wir kennen das ja, bei jedem Schritt, den du vor die Tür machst, wird die Irre ihr Donnerwetter loslassen.»

«Gut, mach ich.»

«Und noch was, Monsieur Roche geht's gut, er ist aus dem Krankenhaus entlassen worden.»

Ich telefonierte lange mit meinen Eltern. Trotz meiner bald dreißig Jahre war die Vorstellung, dass der geringste Fingerzeig meinerseits genügt hätte und sie mir zu Hilfe gekommen wären, meiner Gesundheit förderlicher als die Massagen und Bemühungen des Physiotherapeuten, den ich im Laufe des Nachmittags aufsuchen würde. Ich versprach ihnen, sie an Weihnachten besuchen zu kommen.

Danach überschlug ich die Bindereikosten für das Bürgermeisteramt Lalande. Als ich am Nachmittag zu meinem dortigen Termin aufbrechen wollte, kreuzten plötzlich wie auf Kommando mehrere Leute auf und wollten ihre Bücher abholen. Meine «anständige Arbeit», die hatte ich über all der Aufregung ganz vergessen. Dabei hatte ich doch keinen Pfennig mehr in der Tasche. Ich schoss Fotos von den Büchern, die abgeholt wurden, und nahm den Lohn für meine Arbeit entgegen. Ein kleiner Geldregen.

Das Tempelbuch blieb dort, wo Sylvain es hingelegt

hatte. Als handle es sich um einen lebendigen Organismus, waren mir seine Gegenwart, sein Volumen und sein Geruch die ganze Zeit über bewusst.

Nach der Physiotherapie nahm ich mir das schwere Buch mit der von Machaut komponierten Messe vor, zog es aus dem verschlissenen, mit leuchtend rotem Samt überzogenen Etui. Ich schlug die letzte Seite auf, wo der bescheidene kleine Zettel angebracht war, der schlicht verkündete: «Diese Abschrift wurde im Jahre 1602 von mir, dem Priester Jean Maheu, Diener des Herrn, angefertigt.»

Ich stellte mir vor, wie Jean Maheu mit seinem Zettel in der Hand beim Buchbinder, der gerade dabei war, die Heftarbeiten an dem Buch abzuschließen, ankam und wie er darauf bestand, dass man den Zettel noch anfügte.

Sorgsam erstellte ich einen Kostenvoranschlag für das Restaurieren, inklusive einer desinfizierenden Ausräucherung zur Entfernung des Schimmelbefalls an dem Band.

Als ich Brot kaufen ging, sah ich die alte Hexe auf ihrer Stufe stehen und fuhr zusammen. Nicht verspannen, sonst sträubte sich mein Rücken, und mich würde wieder einer dieser Krämpfe quälen, die mir die Kehle zuschnürten. Ich atmete gleichmäßig und entfernte mich. Ihre heisere Stimme krächzte mir hinterher und verfolgte mich noch lange:

«Monsieur Roche ist wieder da, er ist dir durch die Lappen gegangen, er lebt noch. Du Liebesdiebin, deine Schuld, dass er meine Schwester nicht geheiratet hat.»

Dankbar vernahm ich das Geräusch der sich schließenden Ladentür. Bestimmt hatte ihre Schwester sie vorläufig in Gewahrsam genommen.

Nach dem Besuch in der Bäckerei wagte ich mich bis zu Monsieur Roche vor. Sein Laden war zu, doch in der Wohnung darüber brannte Licht. Ich klopfte, und er kam die Treppe herunter, um mir zu öffnen.

«Wie geht es Ihnen?»

«Danke, Mathilde, es geht mir sehr gut. Was soll denn diese Halskrause da?»

«Ich bin gestürzt.»

«Und was sagen die Ärzte?»

«Dass es noch ein bisschen Zeit braucht, aber die Halskrause kann ich morgen oder übermorgen abnehmen. Am Mittwoch – die genaue Uhrzeit kenne ich noch nicht –, ist die Beerdigung des tödlich verunglückten jungen Mannes. Kommen Sie auch?»

«Ja, natürlich. Bitte teilen Sie mir morgen noch Genaueres mit.»

«Ach, und was ich Ihnen noch sagen wollte, das verkohlte Stückchen Holz stammt übrigens von einer Kastanie.»

«Ein wunderbarer Baum. Gehen Sie noch nicht, warten Sie einen kleinen Augenblick.»

Er kam mit der Uhr meines Großvaters zurück und hielt sie mir ans Ohr. Sie funktionierte wieder. Ich machte sie mir ans Handgelenk, wo ich noch nie eine Uhr getragen hatte.

Wieder in der Gasse, stieß ich die Tür zum Kolonialwarenladen auf, entschlossen, die Konfrontation mit den beiden Schwestern nicht länger aufzuschieben.

Wenn die Närrische nicht in der Tür stand und Faxen machte, dann spielte sie in ihrer Höhle Verkäuferin. Den Blick an die Decke geheftet, leierte sie gebetsmühlenartig Sätze, die zum Inventar eines jeden Händlers gehören, herunter.

Die andere, die sitzengelassene Braut, war nicht so berechenbar. An einem Tag überfiel sie einen mit ihrem Redeschwall, am nächsten kam ihr kein Sterbenswörtchen über die Lippen.

Seit sie auf der Welt waren, wohnten die Schwestern unter dem gleichen Dach. Dennoch hatte ich nie bemerkt, dass die beiden Blicke wechselten, die auf ein blindes Einverständnis schließen lassen könnten. Dabei waren die Blicke, die die Unberechenbare der Närrischen zuwarf, durchaus ausdrucksvoll: Blicke, die den Schmähreden und dem Wahn der anderen den Segen erteilten, und dann wieder solche, die nach Belieben die Zügel fester zogen. Man konnte diesen Laden zu jeder Tageszeit betreten, immer steckten die beiden zusammen. Die Schlechtigkeit der anderen lieferte ihnen Abwechslung in ihrer Zweisamkeit. Sie war das belebende Element. Wie sonst hätte die Ältere das Feuer der Jüngeren am Köcheln halten sollen?

Ich verlangte Käse, Butter und etwas Obst. In diesem Moment, während ich die gleiche Luft einatmete wie sie, verstand ich, dass die beiden sich hassten. Wussten sie es? Die Närrische allenfalls.

Die «Verlobte» hatte ihren stummen Tag. Ich sah ihr fest in die Augen. Eilig fertigte sie mich ab. Sie fühlte sich unbehaglich, wandte sich von mir ab und flüchtete schnell hinter ihre Kasse. Für gewöhnlich weidete sie sich an den beklommenen Gefühlen der Kundschaft, die in das unheimliche Geschnatter ihrer Schwester gerieten. Es gefiel ihr, wenn den Käufern alles abverlangt wurde. Sie sonnte sich in ihrer eingebildeten Macht und genoss die Verstörtheit von Kundinnen und Kunden.

Die Närrische sah die Leute verstohlen an. Sah sie sie in ihrer Umnachtung eigentlich an? War das Gemurmel der Verrückten überhaupt an sie gerichtet? «Es sind Gerüchte im Umlauf», «Immer noch krank?», «Haben Sie sich schon ein neues Auto angeschafft?», «Was sind wir alt geworden», «Man muss mehr Obst essen», «Sie ist doch ein Geizhals», Sind sie gut, meine Weintrauben, sind sie gut?»

An dem Tag brabbelte sie «Schickes Halsband hat die Buchbinderin, schickes Halsband» vor sich hin.

Normalerweise betrachtete ich, während ich an der Kasse stand – in der Schlange musste man hier ja nie stehen –, die unverkauften Artikel, die sich seit den siebziger Jahren oben an der rissigen grauen Decke stapelten: feuerfeste Gläser, zitronengelbe und lavendelblaue Teller mit Karomuster, verstaubte Becher mit vierfarbigen Kugelschreibern, Schuhschachteln, in denen Sébastien mit Wonne herumschnüffelte.

Immer noch starrte ich unverwandt die verbitterte verhinderte Verlobte an. Sie verstand. Mit einem eindringlichen Blick gab sie der Närrischen ein Zeichen, auf der Bildfläche zu erscheinen. Diese machte sich sogleich daran, um mich herumzuscharwenzeln: «Du Mörderin, du böses Mädchen, deine Hexenhaare und die helle Haut sind nicht mal echt, das sag ich dir! Wen willst du als Nächstes umbringen? Wir verpfeifen dich bei den Gendarmen, Verräterin. Und außerdem erledigst du deine Einkäufe im Supermarkt!»

Ich drehte mich zu ihr hin, entschieden, ihrem Blick standzuhalten. Die Irre schwieg für einen kurzen Moment unschlüssig, aber weil die Ältere wohl der Ansicht war, dass ich einen Denkzettel verdient hatte, und keinen Muckser machte, quasselte sie schnell weiter:

«Hat sie bei dem Unfall nicht ins Gras gebissen, die Juwelierdiebin, hat sie sich nicht das Genick gebrochen?»

Ich ging auf sie zu, nahm mit einer wütenden Geste eine Büchse Erbsen aus dem Regal, genau dort, wo sie stand, bedrohte sie damit und drängte sie ab. Das brachte sie aus der Fassung, sie warf ihrer Schwester hilfesuchende Blicke zu. Da sie keinerlei Anweisungen erhielt, bewegte sie sich rückwärts den Gang entlang und schimpfte dabei weiter auf mich ein.

Endlich hielt sie den Schnabel. Ich ließ sie in der Ecke schmoren und ging wieder zur Kasse zurück. Die andere brachte nun den Mund auf:

«Sie redet nur dummes Zeug, wenn Sie wüssten, was das für ein Kreuz ist!»

Da ich nichts erwiderte, sondern sie nur scharf ansah, sagte sie nichts mehr. Sie hatte verstanden und blickte ihre Schwester böse an, die in der Ecke stand, auf ihre Pantoffeln starrte und leicht vor und zurück wippte, die Hände hinter dem Rücken verschränkt.

Die andere setzte die Büchse Erbsen mit auf die Rechnung.

«Noch etwas?»

«Das war's.»

Bei Sébastien brannte Licht, doch es lief keine Musik, die die Wände erbeben ließ. Das war das Zeichen dafür, dass er Besuch hatte.

Ich stellte meine paar Besorgungen im Atelier ab und zog gleich weiter, um meine Zeitungen zu kaufen, es war ja Montag. Vergangene Woche hatte ich gar nicht gelesen, was es Neues in der Welt gab. Danach räumte ich oben in der Wohnung meinen Einkauf ein. Das Buch ließ ich mitten auf dem Ladentisch liegen, von wo es sein Herr und Meister in wenigen Stunden wegnehmen würde.

Während ich für die Restaurierung der Messe von Notre-Dame auf grünes Licht vom Bürgermeisteramt und vom Kirchenverein wartete, nahm ich mir die Stundenbücher vor, die waren ja nur eine Sache zwischen dem Abbé und mir. Ich holte die Kommunionsgeschenke und die jahreszeitlichen Stundenbücher aus dem Karton, das *Kleine Gebetbuch für Soldaten*, all die Bücher «einer Familie von Ungläubigen, die dem einzig Gläubigen in der Familie einen Packen Bücher vermacht hat, die sonst keiner haben wollte». Der Abbé hatte noch etwas hinzugefügt, etwas in der Art von: «Daher fühle ich, dass ich für diese alten Sachen umso mehr Verantwortung trage.»

Ganz meinerseits. Ich begann mit dem elfenbeinfarbenen Buch, das mit Blumenmotiven verziert war. Mit dem Pinsel entfernte ich den Staub an den Rändern und am Schnitt, überprüfte, ob das Buch innen verschmutzt war, und glättete die Seiten, die an den Ecken geknickt waren. Ich las auch darin. Anschließend machte ich mich daran, ein Etui zu basteln, das ich wie das Original mit Chagrinleder beziehen würde, jedoch mit purpurnem und nicht mit schwarzem.

Während das Etui trocknen musste, sah ich mir das jahreszeitliche Stundenbuch, «das Stundenbuch für Fortgeschrittene», etwas genauer an. Hier war das Etui in einem guten Zustand, ich klebte eine Ecke an und frischte das Leder auf, indem ich es mit Wachs einrieb.

Zufrieden verrichtete ich meine Arbeit, aalte mich auf dem Terrain vertrauter Bewegungen, freute mich, dass Monsieur Roche wieder auf die Beine gekommen war, dass niemand mehr in meine Werkstatt einbrechen würde und dass Sylvain auf der Welt war.

Bei den zwei abgegriffenen Bänden, Herbst und Winter, gingen die Heftfäden auf, die Deckel waren beschädigt, die Bücher waren wohl durch alle Kinderhände der Hausgemeinschaft gegangen. Die musste ich neu binden. Frühling und Sommer waren dagegen ohne Fehl und Tadel. Ich malte mir die heißen Sommertage in früheren Zeiten aus, die verwaisten Kirchen.

Das Etui für das Stundenbuch war fertig. Beim Herbst und beim Winter legte ich den Block frei, säuberte den Rücken und trennte die Bögen auf. Dann konnte ich damit beginnen, neu zu heften. Ich schloss dazu die Fensterläden meines Schaufensters.

Sylvain war wahrscheinlich schon lange allein bei der Mühle oben. Ich ging noch nicht hoch in meine Wohnung, sondern schlug in meinem verschlossenen Atelier das Tempelbuch wieder auf, das Sylvain sich ja nicht hatte ansehen wollen, und blätterte darin, wie um damit das mangelnde Interesse seines Besitzers wiedergutzumachen.

Ich würde meinen Hunger stillen und mir etwas kochen, die Halskrause abnehmen, damit der Bordeaux besser mundete. Sébastien hatte wohl Gäste, ich hörte, wie seine Tür aufging, dann Stimmen auf der Straße, schließlich wurde das Gitter nach unten gefahren.

Bevor ich das Licht im Atelier löschte, hielt ich mit der Hand am Schalter noch einen Augenblick inne. Doch nun war wahrlich kein Geräusch mehr zu hören. Also knipste ich das Licht aus und wandte mich müde der Treppe zu.

Da klopfte es an der Tür. Sébastien? Es war Sylvain, Pascal konnte es ja nicht sein.

Nachdem ich die Tür aufgemacht und das Gitter hochgezogen hatte, trat ich rasch wieder zurück in mein Atelier, um besser sehen zu können, wie er mit seiner Gestalt die Tür ausfüllte.

«Guten Abend, Mathilde.»

«Guten Abend, kommen Sie gerade von Sébastien?»

«Ja.»

«Verstehe.»

«Das ist ein lustiger Kerl. Er hat mir erklärt, welche Gemeinsamkeiten es zwischen seinem Beruf und meinem gibt. Ich könnte jetzt seine Beweisführung nicht mehr wiederholen, aber fürs Erste war das recht überzeugend. Er kommt am Mittwochvormittag zur Beerdigung, wir treffen uns um zehn am Friedhof. Ich habe alles Nötige in die Wege geleitet.»

«Kommen Sie rein. Wollen Sie einen Moment bleiben oder nur das Buch abholen?»

«Ja. Nein. Ich wollte fragen, ob ich bei Ihnen übernachten darf, ich kann mich nicht entschließen, zur Mühle hinaufzufahren. Vielleicht könnte ich hier in der Werkstatt schlafen?»

«Nein. Ja. Ich meine, Sie können bei mir übernachten, aber nicht unten im Atelier, hier steht nicht mal eine Couch. Ich wohne oben, kommen Sie.»

Ich registrierte, dass er im Vorbeigehen das Buch ansah. Er ließ es jedoch an seinem Platz.

Wir aßen Brot, Omelette, Käse und Weintrauben und tranken den Bordeaux von Mademoiselle Cécile. Sylvain saß seitlich mit übereinandergeschlagenen Beinen am Tisch und stützte den Ellenbogen auf die Tischkante. Er redete wenig, deutete nur bruchstückhaft ein paar mit der Mühle zusammenhängende Erinnerungen an. Ich sah ihm zu, wie er den Abwasch machte. In den mittelalterlichen Mauern nahm dieser Mann viel Raum ein, aber auf eine galante Art, auf die gleiche Art, in der er sich im Krankenhaus ans Fußende meines Bettes gesetzt hatte.

Er machte noch eine Flasche Bordeaux auf und roch am Korken. Ich musste an den Geruch des Waldes denken. Woher ich kam, erkundigte er sich, weil ich ihm gesagt hatte, dass ich neu in Montlaudun war. So erzählte ich ihm von meinem Großvater, von Cyrano und den Kastanien.

Achtzehntes Kapitel

Am nächsten Morgen, nachdem ich den Leuten aus meiner Gasse Bescheid gegeben hatte, wann das Begräbnis stattfinden würde, knöpfte ich mir die Bücher des Abbé vor, hauptsächlich das graue *Kleine Gebetbuch für Soldaten*, das an den Ecken abgestoßen und am Rücken notdürftig zusammengeflickt war. Normalerweise wirft man solche Bücher weg, doch für den Abbé Maupin, der so viel Mitgefühl mit dem Soldaten hatte, von dem nichts geblieben war außer diesem im Fronturlaub vergessenen Stück, strengte ich mich nun an.

Die Sekretärin vom Bürgermeisteramt Montlaudun rief an und teilte mir mit, ich könne anfangen, die Messe von Machaut zu restaurieren, und möge meinen Kostenvoranschlag schicken. Aber man wisse ja bereits, dass das eine vernünftige Sache sei, die Bürgermeisterei wie auch der Kirchenverein würden in jedem Fall ihre Zustimmung erteilen. Und was die Restaurierung des Gemeindearchivs anginge, würde der Herr Bürgermeister bei der nächsten Gemeinderatssitzung das Projekt erneut vorbringen.

Mir war das alles ein bisschen widerwärtig, doch ich besaß nicht die Verwegenheit, am Tag vor der Beerdigung viele Gedanken an mein künftiges Verhältnis zum Herrn Bürgermeister zu verwenden. Ich zog die Schublade meines Arbeitstischs auf, in der sich die Zweitschlüssel zusammen mit einigen Schrauben, Haarklammern, alten Unterlagen und Notizzetteln tummelten. Nach kurzem Überlegen bestellte ich den Schlosser und bat ihn, in der darauffolgenden Woche vorbeizukommen und meine Schlösser auszuwechseln.

Um zehn Uhr kam André herein, brachte mir meinen Strudel und trank eine Tasse Kaffee. Er blieb lange sitzen und las in meiner Gazette. Nachdem er zu allem und jedem seinen fachmännischen Kommentar abgegeben hatte, stand er wieder auf. Als er die Tür öffnete, stieß er auf den soeben eintretenden Sylvain.

Die beiden tauschten ein paar die Mühle betreffende Bemerkungen aus. Sylvain wollte nochmals zur Mühle hinauffahren, musste aber vorher noch einiges für die Beerdigung regeln, vor allem den Sarg auswählen. Als die Rede auf den Sarg kam, ergriff André mit beiden Händen Sylvains Arm und sagte: «Junger Mann, wir werden Ihnen morgen beistehen.»

Sylvain zog den Kopf ein. Er verzerrte das Gesicht, um die Tränen zu unterdrücken, die er dennoch nicht zurückhalten konnte, und floh die Treppe hoch in die Wohnung. André tat mir in dem Moment leid, wie er so dastand und nicht wusste, was er mit seinen Händen anfangen und wohin er seinen azurblauen Blick richten sollte. Er schloss die Tür leise hinter sich, wie man es macht, wenn man aus einem Zimmer geht, in dem Kinder schlafen.

In der Stille band ich meine Bücher. Dann kam er wieder herunter.

«Ich fahre zur Mühle.»

«Soll ich mit dem Abendessen warten?»

«Ja.»

Er war schon an der Tür, als er sich noch einmal besann, auf mich zuging, meine Hand nahm und sie, ohne ein Wort zu sagen, küsste.

Als ich von der Physiotherapie zurückkam, fand ich eine Nachricht von Solange vor. Sie würde gemeinsam mit dem für die Ausgrabungsstätte verantwortlichen Archäologen am nächsten Tag zur Beerdigung kommen.

Das Arbeiten tat mir gut, ich tankte Energie und erholte mich. Am Ende des Tages war ich mit den Ausbesserungsarbeiten an den Stundenbüchern weit vorangekommen. Ich spielte mit dem Gedanken, dem Abbé Maupin dafür keine Rechnung zu stellen. Meine Buchbinderei war gerettet.

Da ich mich wieder ganz bei Kräften fühlte, beschloss ich, am Abend etwas richtig Gutes zu kochen. Ich schlenderte die Gasse hoch, an der Kirche Saint-Lazare vorbei, weiter bis zum Supermarkt jenseits der Hauptstraße, wo in den Geschäften und Cafés ein reges Treiben herrschte.

In einiger Entfernung sah ich im Gewühl dieses Spätnachmittags Monsieur Claverie direkt auf mich zukommen. Ich geriet kurz ins Stocken, ging dann aber, ohne die Richtung zu ändern, weiter. Auch er war, als er mich sah, einen Moment lang stehen geblieben, setzte dann ein gezwungenes Lächeln auf und bewegte sich mit ausgestreckter Hand auf mich zu. Es kostete mich unbeschreibliche Mühe, ihm meine Hand hinzuhalten.

«Wir sind dabei, den Handwerkermarkt nächste Woche vorzubereiten. Wir geben unser Bestes. Monsieur Gallien, der Bürgermeister von Lalande, wird die gebundenen Verzeichnisse mitbringen, die Sie ihm letzte Woche geliefert haben, um sie den Gemeinderäten zu zeigen. Er ist ja so zufrieden mit Ihrer Arbeit. Vielleicht wollen Sie außer Büchern noch etwas anderes ausstellen, Werkzeuge, um den Stand lebendiger zu gestalten? Ich werde den Gemeindekurier beauftragen, damit er die Sachen bei Ihnen abholt.»

Ich hatte nicht viel geantwortet. Gedankenlos machte

ich meine Besorgungen, kaufte, ohne lange zu überlegen, drei frische Lachsfilets und mehrere Tafeln Schokolade ein. Wir waren doch nur zu zweit.

Auf dem Rückweg schaute ich bei Sébastien vorbei.

«Komm doch heute Abend auch zum Essen. Sylvain wird sich bestimmt freuen, dich zu sehen.»

«Heute Abend geht es nicht, danke, ich habe ein vielversprechendes Rendezvous. Außerdem muss ich meine Kräfte für morgen aufheben. Schläft er denn bei dir?»

«Ich glaube schon, er will nicht alleine in der Mühle übernachten.»

«Morgen um halb neun klopfe ich bei euch, und dann gehen wir alle drei zusammen zum Krankenhaus hinauf.»

«Okay.»

Seitdem der Sommer vorüber war und mein Besuch, meine Familie und die Freunde, abgereist war, war meine Küche wie ausgestorben gewesen. Sie hatte keinerlei Lebenszeichen von sich gegeben, keinerlei Düfte verströmt. Doch nun schepperten die Schranktüren, staubte das Mehl, ich schwenkte den Lachs, erfreute mich an dem frischen Spinat, den Zitronen, dem Koriander, bereitete Quiches und Schokoladenkuchen zu. Meine Wangen glühten, während ich mit den Töpfen und Pfannen hantierte. Beim Kochen vergaß ich sogar meinen Rücken, und vor allem die Beerdigung am nächsten Tag. Ich deckte den Tisch im großen Zimmer, blaues Tischtuch, Gläser mit Stiel.

Um halb acht klopfte Sylvain an die Tür. Er hatte allein die Einsargung seines Bruders mitangesehen, war danach zur Mühle gefahren und am Nachmittag im Wald herumgelaufen. Nun hatte er die Gerüche des Waldes angenommen. Erneut verschwammen die Umrisse seines schönen Profils vor meinen Augen, ich begann wieder, ihn für seinen Bruder zu halten, nicht nur für eine Attrappe seines Bruders, und fragte mich, auf wen ich eigentlich gewartet hatte.

Er hatte Wein eingekauft und Kleidung für heute Abend und morgen.

Lange plätscherte das Wasser in der Dusche, dann kam er heraus, in Jeans und mit einem weißen T-Shirt.

Ich hatte vergessen, uns ein wenig fein zu machen, meine Halskrause und mich, verdrückte mich in den Flur und stellte mich vor den großen Spiegel. Beim Kämmen hob ich den Arm wieder zu ruckartig an, wodurch sich meine gesamte Rückenmuskulatur auf die bekannte entsetzliche Weise zusammenzog.

Meine Stimme war so rau, dass ich sie selbst nicht wiedererkannte, als ich rief:

«Pascal! Pascal!»

Sylvain kam herbei.

«Entschuldigung.»

«Macht nichts.»

«Mein Rücken, ich habe wieder einen Krampf!»

«Richten Sie sich gerade auf und stützen Sie sich mit den Händen an meinen Schultern ab, stützen Sie sich richtig auf.»

Diesmal machte mich die Gegenüberstellung verlegen:

«Ich nehme noch schlechte Gewohnheiten an.»

Er hatte das Mittagessen ausfallen lassen, und ich briet ihm das dritte Lachsfilet, das er gierig verschlang. Er erzählte mir von oben an der Mühle.

Am Abend zuvor hatte ich ihm verraten, dass Pascal immer ganz auf die Anhöhe hinaufgegangen war. Sylvain war den Pfaden der Jäger gefolgt, die wohl auch sein Bruder auf seinen Streifzügen benutzt hatte. Einen dieser Wege war er, an Wildschweintrögen vorbei, bis zu einer Gabelung gegangen, an der er sich für die falsche Richtung entschieden hatte. Der Weg endete in einem dornenreichen Dickicht.

Sylvain setzte hinzu:

«Die Verabredung letzten Samstag hatten wir per E-Mail getroffen. Ich wunderte mich noch, dass er mich gebeten hat, unbedingt ein paar solide Stiefel mitzubringen, ausgerechnet er, der für alles Praktische doch überhaupt keinen Sinn hatte. Sie haben keine Ahnung, wie ich darüber lachen musste. Nicht wegen der Vorstellung, mit ihm durchs Gehölz zu streifen, ich wusste ja, dass wir uns an der Mühle treffen würden, sondern weil ihm so daran gelegen war, dass ich die Stiefel einpackte. Wo er selbst doch nie imstande gewesen ist, einen Koffer zu packen.»

Er schenkte mir noch ein Glas Wein ein und bot sich an, den Tisch abzuräumen, abzuspülen und die Küche sauber zu machen. Inzwischen sollte ich im Wohnzimmer warten. Ich nahm meine Zeitung zur Hand und schlief ein.

Nach getaner Arbeit setzte er sich nah zu mir, weckte mich und erkundigte sich nach dem, was in *Le Monde* gestanden hatte. Leider musste er sich mit den Schlagzeilen begnügen. Sollte er mir doch lieber etwas von den Ausgrabungsstätten und seinem Nomadenberuf erzählen, von seinen Reisen rund um den Globus.

Offensichtlich wollte er noch lange nicht schlafen gehen, denn er holte weit aus in seinem Bericht über Ägypten und sann ausführlich über den Orient nach. Ein einziges Mal erwähnte er noch seinen Bruder, den wir morgen mit jenem Erdreich bedecken würden, mit dessen Öffnung er ansonsten beschäftigt war.

Von seinem Großvater sprach er liebevoll, auf seine Mutter ging er nicht mehr weiter ein. Allein beim Aussprechen dieses Worts blieben ihm die Laute halb in der Kehle stecken.

Um drei Uhr morgens zögerte er den Moment, schlafen zu gehen, immer noch hinaus. Todmüde stand ich auf, so weit mir das gelang. Ich stellte mich vor den Spiegel und nahm endlich die Halskrause ab. Langsam, ich durfte den Arm nicht so flugs heben. Mein Hals fühlte sich leicht an, genüsslich neigte ich ihn zur Seite. Ich schlief fast im Stehen ein.

Sylvain war auch aufgestanden und mir gefolgt, offenbar wollte er nicht allein bleiben. Er hatte mir zugesehen, wie ich die Halskrause entfernte, nun stand er wie angewurzelt hinter mir. Ich ließ ihn mit dem Spiegel und seinem Abbild darin alleine.

Ohne ihm noch eine gute Nacht zu wünschen, ging ich in mein Zimmer, legte mich angezogen aufs Bett und war im Nu eingeschlafen.

CYRANO Einen Kuß.
Warum will Ihre Lippe nicht ihn wagen?
Wenn er drauf glüht, sie bleibt doch unversengt.
Warum vor ihm erschrecken und verzagen?
Ward Ihre Tändelei nicht oft verdrängt
Von einer jähen, rätselhaften Trauer?
Ein Lächeln, das in Seufzer überglitt
Und dann in Tränen? Nur noch einen Schritt!
Denn zwischen Trän' und Kuß liegt nur ein Schauer.

Neunzehntes Kapitel

Sylvain hatte sich nicht ins Gästebett gelegt. Am Morgen fand ich ihn halb sitzend, halb liegend, mit angezogenen Beinen auf dem Sofa.

Um halb neun trafen wir draußen Sébastien. Seitdem wir aufgestanden waren, hatten Sylvain und ich kein Wort gewechselt, und so hüllten wir uns auch auf dem Weg hinauf zum Krankenhaus in Schweigen. Der Leichenwagen stand schon zur Abfahrt bereit vor dem Krankenhaus.

Zu dritt würden wir den Leichenwagen zum Friedhof geleiten, wo uns die Freunde erwarteten. Der Abbé Maupin hatte darauf gedrängt, auch kommen zu dürfen, in privater Eigenschaft.

Der Aufstieg zum Krankenhaus war für mich mühsam gewesen, obwohl ich mich bei Sébastien und Sylvain untergehakt hatte.

Die Beisetzung hatte begonnen. Wir liefen zu Fuß hinter dem Wagen her, der im Leerlauf den Abhang hinunterzurollen schien, vom Brummen des Motors war kaum etwas zu hören. Seite an Seite folgten wir dem Sarg, ich ging in der Mitte. Wir hatten uns mittlerweile losgelassen.

Am unteren Ende der breiten Straße, die vom Krankenhaus in den Ort führte, stießen Solange, der Archäologe aus Bordeaux, der Abbé Maupin, André, der Mademoiselle Cécile stützte, Monsieur Roche sowie die Frau, die sich in der Kirche um die Blumen kümmerte, zu uns. Letztere hielt einen Strauß in der Hand.

Niemand grüßte. Das Grüppchen schloss sich uns schweigend an. Gemeinsam legten wir den restlichen Weg zurück. Unsere Schritte knirschten rhythmisch auf dem Splitt der frisch asphaltierten Straße. Ich musste mich konzentrieren, um unter den Synkopen nicht in Tränen auszubrechen.

Aus anderer Erfahrung fürchtete ich den Moment, in dem der mächtige Sarg aus dem Leichenwagen gezogen wurde und die Männer ihn auf seinem letzten Gang noch ein paar Meter auf den Schultern trugen, bevor er in die Erde versenkt würde.

Sylvain und Sébastien schulterten den Sarg vorne, André und der Abbé Maupin stützten ihn in der Mitte und zwei Angestellte des Bestattungsdiensts hinten. Dem vor kurzem erst aus dem Krankenhaus entlassenen Monsieur Roche konnte man diese Strapaze nicht zumuten.

Als der Sarg über der Grube zum Stillstand kam, sprach Sylvain den Namen seines Bruders, den Tag seiner Geburt und den seines Todes aus und bat um eine Schweigeminute. Danach half er, den Sarg in das Grab hinabzulassen. Auch dieser Augenblick ging vorüber. Endlich war der Sarg unten. Sylvain machte sich aufgewühlt an den Blumen, den Stricken und dem Erdreich zu schaffen, sorgsam darauf bedacht, keinem Blick zu begegnen.

Die anderen, die sich nicht von der Stelle gerührt hatten, kamen nun zu ihm und bezeugten ihm ihr Beileid. Herzliche Worte wurden gewechselt, die Hände des einen ruhten auf den Schultern des anderen.

Als die Erregung abebbte, hätte sich Sylvain am liebsten allein aus dem Staub gemacht. Sébastien ahnte dies, klatschte in die Hände und rief:

«Lasst uns nicht hier rumstehen, gehen wir rauf zur Mühle!»

Auch André meinte, man könne nicht einem Bruder am Grab beistehen und einfach auseinandergehen, ohne mit ihm noch ein wenig Brot gegessen und recht viel Wein getrunken zu haben. Er würde mit dem Lieferwagen und allem, was man so brauchte, nachkommen. Und damit watschelte er, ohne sich noch länger aufzuhalten, davon. Wäre er nicht so pummelig gewesen, wäre er gar gelaufen.

Wir verteilten uns, einschließlich Abbé Maupin, auf die Autos von Solange und Monsieur Roche. Nur Fräulein Heide lehnte dankend ab und entschuldigte sich mit einer tiefen Verbeugung. Sie sei zu beschäftigt, müsse den Friedhof mit Blumen schmücken.

Sylvain schloss die Mühle auf, ich kochte Kaffee, die anderen deckten den Tisch. André und sein Lieferwagen waren bald aus der Ferne zu hören, einträchtig kamen sie des Wegs. Der Bäcker bat mich, ihm beim Tragen der Brotkörbe zu helfen, die überquollen von dicken Laiben Brot, Pasteten, Schinken, Rosinenbrötchen, Pudding, Rot-, Rosé- und Weißwein.

Die Leute aus der Umgebung saßen wie früher für ein paar Stunden in der Mühle zusammen. Mademoiselle Billon war im siebenten Himmel, Sébastien, der die alten Runden noch gekannt hatte, ebenso. Der Abbé hatte sich zu Sylvain ans Tischende gesetzt und wies auf den schüchternen Sonnenstrahl, der zaghaft durchs Fenster schien und den Wald erstrahlen ließ. Der Abbé erzählte Sylvain, wie er in dem Sommer, als die Mühle brannte, seine Stelle in der Gemeinde Montlaudun angetreten hatte, und beschrieb, was er empfunden hatte, als er zum ersten Mal die Kirche Saint-Lazare sah. Fräulein Heide hatte wie jeden Tag zusammen mit ihrer Mutter – die inzwischen gestorben war – den Altar mit Blumen dekoriert. Feinfühlig hatten sie zahlreiche Sträuße drapiert, um ihn willkommen zu heißen. An diesem Tag hatte er begriffen, dass es galt, dieses Amtes unter anderem mit Geduld und Nachsicht zu walten: «Geben Sie zu, dass Sie das vorhin auch Nerven gekostet hat, als sie die ganze Zeit mit ihren Blumen um Sie herumschlich! Ich werde noch eine Blumenallergie entwickeln, Sie werden schon sehen!»

Sylvain lächelte. Monsieur Roche und Solange unterhielten sich über den verkohlten Holzsplitter, das Uhrmacherhandwerk und Kastanienbäume. Der Archäologe erzählte Mademoiselle Cécile Geschichten aus seinem Berufsleben. Da sie sich so sehr dafür interessierte, lud er sie ein, zu den Ausgrabungen nach Bordeaux zu kommen. Sie war hocherfreut und entgegnete zum Spaß, sie möchte es ihm mit gleicher Münze heimzahlen und ihn ins Hinterzimmer ihres Ladens locken. Er könne dort die größte Kollektion handgeschmiedeter Nägel ganz Frankreichs bewundern. In ihrem Laden würden sich Ausgrabungen sicher lohnen, bereits ihr Urgroßvater sei Eisenwarenhändler gewesen. Und wenn die Stadt einmal in Flammen aufgehen sollte, würden zukünftige Generationen an der Stelle, wo sich ihr Geschäft befunden hatte, einen Berg aus Metall aufspüren und sich fragen, ob hier eine mittelalterliche Schmiede gestanden hatte. Oder hatte ein Meteorit eingeschlagen? Monsieur Roche zuckte zusammen und legte die Hand aufs Herz.

Von meinem Handy aus rief ich François an, um ihm Bescheid zu geben, dass wir in seiner Mühle waren. Er wollte Sylvain sprechen und bat ihn, den Schlüssel für die Mühle zu behalten.

André teilte die Speisen aus und goss den Wein ein, Sylvain wurde als Erster bewirtet:

«Kleiner Muntermacher gefällig? Na los, trinken Sie!»

Sylvain stand auf, zögerte einen Moment lang und sah mit erhobenem Glas einen nach dem anderen an.

«Auf euch alle, auf diesen Ort, an dem Pascal und ich Fahrrad fahren gelernt haben, und auf Mathilde!»

Ich aber entgegnete:

«Trinken wir auf das Buch, das mich mit euch zusammengebracht hat.»

In der Stille, die auf das Klirren der Gläser folgte, bahnten sich der Schmerz und die Trauer ihren Weg.

Mademoiselle Cécile zog, ohne sich daran zu stören, dass die hölzernen Stuhlbeine über den Steinboden polterten, ihren Stuhl zu Sylvain heran. Unter Verzicht auf jegliche Vorreden packte sie die paar Erinnerungen aus, die sie an Sylvains Großvater hatte. Und sie erzählte von Pascals Besuch in ihrem Laden, von der Hacke, dem Rechen, der Gartenschere. Sylvain warf ein, er habe nichts davon in Pascals Zimmer gefunden.

Sébastien kippte sich tüchtig einen hinter die Binde, und ihm wurde leicht ums Herz. Er hatte es sich zur Aufgabe gemacht, Solange die Vorzüge von einfachen Schuhen, die meist unbeachtet blieben, anzupreisen. Ich küsste ihn auf die Stirn.

Der Archäologe tauschte sich angeregt mit dem Abbé Maupin aus. Und André wachte darüber, dass alle ordentlich zugriffen. Er bedeutete auch mir, ich solle essen, und er stopfte Sylvain mit Pastetenschnittchen voll.

Ich ging nach draußen, um ihm zu entkommen und um mich mit Monsieur Roche zu unterhalten, der in der Tür stand und den abgedeckten Mühlenturm, das eingestürzte Innere und das rußgeschwärzte Gestein betrachtete.

«Wie lange müssen Sie denn diese Halskrause noch tragen, Mathilde?»

«Bis heute Abend, das heißt, am Spätnachmittag hab ich einen Termin beim Physiotherapeuten, und nach der Sitzung wird er mir sagen, ob ich sie los bin oder nicht.»

«Haben Sie noch Schmerzen im Rücken?»

«Ja, aber nur gelegentlich. Es ist ein wenig das Gefühl, als würde man nach hinten fallen. Oder als würde man aus dem Schlaf aufschrecken. Und in dem Moment, in dem ich mich reflexartig wieder fange, zieht sich mein Rücken ganz fürchterlich zusammen.»

«Passen Sie nur auf, Mathilde, solche Beschwerden schleppt man lange mit sich herum, unterschätzen Sie das nicht.»

«Monsieur Roche, Sie sehen doch den Baum, der da aus dem Turm herauswächst, das ist eine Kastanie. Oder?»

«Aber ja doch.»

Beim Kaffeetrinken kam André auf die Namensliste der Widerstandskämpfer zu sprechen, die sich hinten im Buch befunden hatte. In allen Einzelheiten schilderte er Sylvain, der glaubte, seinen Ohren nicht zu trauen, die Einbrüche in meine Buchbinderwerkstatt.

Ich hatte befürchtet, Sylvain würde ungeduldig werden, wenn das Buch schon wieder in den Mittelpunkt des Gesprächs rückte. Doch das Gegenteil war der Fall. Er schien sich darüber zu freuen, nun zumindest teilweise zu verstehen, weshalb das Buch früher so gehütet wurde und warum ihr Großvater ihnen verboten hatte, es anzufassen. Der Umschlag, den ich an der Deckelinnenseite hinten angebracht hatte, würde leer bleiben. Denn Sylvain bat André, die Liste sorgsam aufzubewahren.

«Selbstverständlich, Sylvain, wenn du erlaubst, wird Gisèle, meine Frau, die Liste an sich nehmen. Aber wir werden uns ihrer nicht mehr bedienen. Claverie junior ist ruhiggestellt.»

Als wir bei den Autos standen und abfahren wollten, fragte der Archäologe Sylvain, ob er mit Solange und ihm mit zurück nach Bordeaux fahren wolle.

«Nein, vielen Dank, ich komme morgen nach. Aber vielleicht könnt ihr Sébastien, Mathilde und mich mit nach Montlaudun hinunter nehmen?»

Mein Rücken, der sich einen Augenblick lang zu verkrampfen gedroht hatte, entspannte sich. Unbestreitbar hatte ich Angst gehabt, dass die Geschichte hier enden würde. Wieder zu Hause, machten Sébastien und Sylvain es sich bei mir auf dem Sofa gemütlich. Ich ging zu meiner Heilgymnastik und ließ sie eine Weile allein. Als ich wiederkam, hatten sich die beiden nicht von der Stelle bewegt. Sie waren im Sitzen eingeschlafen, jeder an einem Ende des kleinen Sofas, die Häupter zur Mitte geneigt, wodurch sie mit den Köpfen fast zusammenstießen.

In dem einfachen Gasthof hinter der Kirche Saint-Lazare aßen wir alle drei zu Abend. Danach ging Sébastien nach Hause, und kaum hatte er die Tür hinter sich geschlossen, begannen die Wände im pulsierenden Boogie-Woogie-Rhythmus zu vibrieren. Sylvain bemerkte, dass bei André noch Licht brannte.

«Meinen Sie, ich könnte mir den Lieferwagen ausborgen?»

Diese letzte Nacht verbrachte Sylvain allein in der Mühle. Bevor er losfuhr, übergab ich ihm das Buch, das das Fanum beschrieb.

Zwanzigstes Kapitel

Am nächsten Morgen weckte mich Sylvain. Von weitem schon erkannte ich das Motorengeräusch des Lieferwagens. Nachdem er das Auto in der Garage abgestellt und André in seiner Backstube begrüßt hatte, ging ich nach unten. Er hielt das Buch in der Hand.

Als wir im Atelier vor einer Tasse Kaffee saßen, wollte er sich gemeinsam mit mir die Zeichnungen ansehen. In der Nacht zuvor hatte er sich endlich mit dem Buch befasst und blätterte nun aufgeregt Seite um Seite um, von vorne nach hinten und von hinten nach vorne.

«Mathilde, die Skizzen am Anfang, und diese Aquarelle, sehen Sie sich das an, das ist alles ganz genau wiedergegeben. Diesen Ort gibt es wirklich. Erst ab Seite zehn werden die Zeichnungen ungenauer. Aber die ersten und die letzten zehn Seiten stellen einen realen Ort dar. Und das ist der Strich meines Großvaters, ich kenne seine Art zu malen. Ein unglaublich begabter Aquarellmaler, nicht wahr? Mama hatte genauso viel Talent wie er. Und ich hatte Angst, dass mich das Buch enttäuschen würde. Sehen Sie sich dieses Bild an!»

«Solange meinte auch, der Wald würde tatsächlich existieren, die Bäume seien charakteristisch für die Gegend.»

«Mein Großvater ist nicht viel gereist, oder jedenfalls hat er sich nie lange genug an einem fremden Ort aufgehalten, um eine solche Serie von Zeichnungen anzufertigen. Er ist im Krieg gemeinsam mit meiner Mutter und meiner Großmutter hierher zurückgekehrt. Und Pascal hatte diese Werkzeuge gekauft. Die Zeichnungen hat mein Großvater sicherlich in seiner Zeit bei der Résistance gemacht. Er verbrachte die Tage oben auf der Anhöhe im Wald. Das Fanum muss sich da oben auf der Anhöhe befinden, Mathilde. Das muss es sein, was Pascal gesucht und gefunden hat.»

«Er wollte, dass Sie die Stiefel einpacken. Er wollte Sie auf die Anhöhe führen und Ihnen dort das Buch zeigen.»

«Wir werden gemeinsam das Fanum finden, Mathilde.»

Am Samstag kam er wieder, um mit einem kleinen Flugzeug vom Luftsportverein die Wälder von La Montagne zu überfliegen.

Anfang November würde er zu Solanges Mann nach Alexandria reisen, und bis dahin wollte er sich Gewissheit verschaffen, ob die Kultstätte wirklich existierte. Wenn ja, wollte er das Areal zum Landschaftsschutzgebiet erklären lassen. Die bewaldete Anhöhe war kommunales Eigentum, in Sylvains Augen eine gute Voraussetzung, denn man musste nicht mit verschiedenen Besitzern eine Übereinkunft erzielen. Das würde Zeit sparen. Das Einverständnis des Bürgermeisters und des Gemeinderats wäre ausreichend. Und auf Monsieur Claveries Hilfe konnten wir nun zählen.

Wir trafen uns in Lalande, von dort hoben wir ab, um das Gebiet in Augenschein zu nehmen. Sylvain drückte mir einen Fotoapparat in die Hand und zeigte mir eine kleine Klappe, die ich bedienen musste, um Plexiglasspiegelungen zu vermeiden.

Wir zogen kegelförmige Bahnen, umkreisten die Mühle konzentrisch.

Das Laub fiel, der Wald entblätterte sich. Ideale Bedingungen, um die Fundamentlinien eines antiken Bauwerks hervortreten zu sehen, meinte Sylvain; vor allem, da Pascal vielleicht schon damit begonnen hatte, das Gestrüpp außen herum zu entfernen.

Es dauerte keine Viertelstunde, und wir hatten das Fanum ausfindig gemacht. Wir deuteten beide gleichzeitig stumm mit dem Zeigefinger darauf. Pascal hatte in der Tat angefangen, die Grundmauern freizulegen. Zwischen den Baumscharen hob sich ein großes, spärlich bewachsenes Rechteck ab, in dessen Mitte die Grenzlinien der Tempelanlage sowie die beiden sich überschneidenden Quadrate zu erkennen waren.

Sylvain ging tiefer und flog enge Kreise über der Stelle. Ich machte zum Fotografieren meine Halskrause los. Sooft die automatische Einstellung es zuließ, drückte ich den Auslöser. An der Basis eines kahlen Baums erblickte ich vereinzelt herumliegende weiße Steine.

Das nächste Mal mussten wir zu Fuß anrücken.

Am Sonntag parkten wir um neun Uhr morgens vor der Mühle. François war der einzige Bewohner, der schon auf den Beinen war. Mit einer großen Tasse voll schwarzen Kaffees in der Hand kam er auf uns zu, um uns zu begrüßen. Wir waren für eine größere Wanderung ausgerüstet.

«Geht ihr auf Forschungsreise? Ich habe mir sagen lassen, dass ihr gestern mit dem Flugzeug unterwegs wart.»

«Stimmt», erwiderte Sylvain. «Mein Bruder hat die Tempelanlage wiedergefunden, die mein Großvater während des Krieges entdeckt hatte. Wir wollen uns das vor Ort ansehen. Bist du übrigens sicher, dass ich dir den Schlüssel nicht zurückgeben soll?»

«Ja. Sicher.»

«Kann ich nochmal in das Zimmer meines Bruders und seine Sachen mitnehmen?»

«Bitte.»

Während wir warteten, bis Sylvain wieder hinter dem Gebäude auftauchte, stützte ich mich an der Stoßstange des Wagens ab. François tat das Gleiche. Er berührte mich dabei zart, und wir sprachen kein Wort. Als Sylvain wiederkam, trug er die Kiste, die unter Pascals Bett gelegen hatte. Er nahm lediglich den Kompass heraus und verstaute das Übrige im Kofferraum des Wagens.

Sylvain war also mit dem Kompass bewaffnet, und ich schnallte mir das Buch auf den Rücken. Wortlos wandelten wir auf Pascals Spuren. Es nieselte, man spürte den Jahreszeitenwechsel. Der feine Duft des Waldes schwand von Tag zu Tag dahin, an seiner Stelle breitete sich ein würziger Moschusgeruch aus. Sylvain marschierte vor mir auf dem Pfad, den er bereits am Vortag der Beerdigung seines Bruders genommen hatte.

An der Gabelung schlugen wir den Weg nach rechts ein. Dieser ging steil die Anhöhe hinauf, ich spürte die Steigung in den Waden. Sylvain ließ die ganze Zeit über den Kompass seines Bruders nicht aus der Hand. Unsere große Sorge war, die Schneise zum Fanum, die Pascal geschlagen hatte, zu übersehen. Die ungefähre Lage hatte Sylvain ja vom Flugzeug aus gesichtet. Würden wir nicht auf die Schneise stoßen, müssten wir ein anderes Mal mit einem Buschschneider wiederkommen.

Fürs Erste stiegen wir weiter auf. Plötzlich zeichnete sich rechter Hand ein Weg im Gestrüpp ab. Wir folgten ihm etwa zehn Minuten lang, bis wir vor einer unüberwindlichen Mauer aus Dornen standen.

Sylvain war entmutigt:

«Wahrscheinlich werden wir nur Holzwege beschreiten. Lass uns umkehren.»

Wir gingen ein wenig zurück und bahnten uns einen anderen Weg. Nun ging ich voraus. Nach wenigen Metern überraschte mich Sylvain mit einem lauten Auflachen.

«Woran denkst du?»

«An meinen Bruder, du wirst sehen, bevor sich der richtige Weg auftut, wird mein Bruder uns noch auf ein paar falsche Fährten locken. Woher hatte er nur diesen Instinkt? Und wie kam er darauf, als es brannte und unser Großvater um sein Leben rang, ihm das Buch zu entreißen und es vor meiner Mutter und mir zu verstecken?»

Wir setzten uns für einen Augenblick hin.

«Ich glaube, Pascal hat das Buch niemandem gezeigt, weil es auch euer Großvater niemandem zeigen wollte. Dir selbst ist es doch am Anfang auch schwergefallen, es anzusehen. Und als Pascal bei mir im Atelier war, drückte er sich das Buch heftig gegen die Brust, hat es aber auch nicht wirklich angesehen. Er hatte den inneren Drang, es zu verbergen, nach dem Willen des Großvaters. Und im richtigen Moment sollte es an die Öffentlichkeit kommen. Später wusste er nicht, wie er sein Handeln hätte rechtfertigen sollen, nachdem so viel Zeit vergangen war und das Buch nicht mehr dem Großvater, sondern eigentlich euch dreien gehörte. Er saß in einer Falle. Vielleicht ein bisschen so wie deine Mutter damals, nachdem sie eurem Vater eure Geburt verheimlicht hatte.»

Wir setzten unseren Marsch fort. Drei Mal schlugen wir den falschen Weg ein, drei Mal gaben wir uns falschen Hoffnungen hin. Beim vierten Mal wurde uns schließlich klar, nachdem wir einer engen Schneise eine Zeitlang gefolgt waren, dass wir richtiglagen. Dieser Pfad führte erstens nach oben – doch das hatten die vorherigen auch getan, das konnte nicht das einzige Merkmal sein –, und zweitens ging er weiter hinauf als die anderen, war verschlungener, schmaler, so als hätte sich jemand wider Willen seinen Weg gebahnt.

Als wir die ersten Steine erspähten, rannte Sylvain los. Im Gegensatz zu ihm behielt ich meine olympische Ruhe. Ich ging das Terrain ab, versuchte, die noch schwer zu bestimmenden Ränder der Lichtung auszuloten, erkannte Standorte aus dem Buch wieder, das ich auf dem Rücken trug. Ich konzentrierte mich auf die Abbildungen auf den ersten und letzten Seiten.

Da ich nun diesen Ort erreicht hatte, konnte ich meine letzte Frage stellen.

«Sylvain, weißt du, in der Buchbinderei gibt es verschiedene Schulen, verschiedene Arten, den Einband zu befestigen. Und euer Buch ist nach einer in Deutschland verbreiteten Machart gebunden. Hast du eine Idee, wer das Buch für deinen Großvater gebunden haben könnte?»

«Nein, soviel ich weiß, hatte er keine deutschen Freunde ... Halt! Im Krieg hat er einen jungen Deutschen kennengelernt, der sich seiner Gruppe von Widerstandskämpfern angeschlossen hatte. Meine Mutter und er haben ihn einige Male erwähnt. Als der Krieg vorbei war, haben sie sich aus den Augen verloren. Der Typ ist wohl wieder nach Deutschland zurückgegangen. Meine Mutter war damals noch klein, aber sie konnte sich an den Kerl erinnern, weil er sie immer zum Lachen gebracht und Verse aus *Cyrano* rezitiert hat. Er war Schauspieler. Vielleicht konnte er auch Bücher binden.»

«Ja, das konnte er.»

Ich machte mich auf. Mein einziger Gedanke war, dass ich, sofern mich die wuchernde Pflanzenwelt durchließ, oben auf dem Hügel einen besseren Überblick gewinnen würde. Der stark ansteigende Abschnitt war übersät mit verwesendem Laub. Für jeden Schritt, den ich vorwärtskam, hatte ich das Gefühl, zwei Schritte zurückzurutschen.

Zu allen Entscheidungen, die ich in meinem Leben getroffen habe, zu den früheren wie zu den späteren, mit denen ich die früheren wieder rückgängig gemacht hatte, zu allem war mein Großvater stets der Schlüssel gewesen. Ich hatte geglaubt, indem ich mich selbst annahm, wie ich war, und wurde, was ich im Herzen seit jeher gewesen bin, nämlich Buchbinderin, würde ich mich von ihm freimachen und nicht mehr ständig an ihn denken.

Ich lachte unter Tränen. Wieder mal holte mich mein Großvater ein. In Cyranos Gefilden. Oder vielmehr war ja ich diejenige gewesen, die ihm gefolgt war. Um das Andenken an ihn als Troubadour zu wahren, hatte ich mich entschieden, in diese Gegend, in der auch Cyrano gelebt hatte, zu kommen. Und es war nun der Großvater als Buchbinder, der mich überraschte.

Etwa hundert Meter von der Stelle entfernt, an der ich stand, entdeckte ich zu meiner Rechten eine Höhle. Die Öffnung glich einem Schlund, dessen Lippen sich mit den Jahreszeiten zu einem Schmollmund geformt hatten, der vor Geröll, Ästen und Laub aufgequollen war und nun langsam zuwuchs. War dies das Versteck von Sylvains Großvater gewesen?

Ich trat ein und rutschte trotz aller Umsicht auf dem feuchten Untergrund aus. Das Gelände war leicht abschüssig. Als sich meine Augen an das Halbdunkel gewöhnt hatten, bemerkte ich, gegen eine Wand gelehnt, die Hacke, den Rechen und die Gartenschere.

Ich kletterte wieder zur Öffnung hoch und rief Sylvain, schrie seinen Namen, um ihn zu mir her zu lotsen. Als er auftauchte, meinen Kopf aus der Erde ragen sah, meine Hände, die sich am Rande des Schlunds festklammerten, machte er so große Augen, dass ich zugleich lachen und weinen musste. Er stieg zu mir herab, und auch er rutschte aus und riss mich mit sich. Mein Umhang und der Rucksack mit dem Buch glitten in die Tiefe und landeten im Laub, das raschelte und rauschte wie das Wasser des Flusses. Sylvain lag neben mir in der Mitte der Böschung und begann, meine Haare, von denen sich das Band gelöst hatte, fächerartig zu entfalten. Er staunte über ihre Farbe, die perfekt mit dem Laub harmonierte.

Ich gab mich einem Liebhaber hin, der einem anderen, für immer verlorenen, glich. Meine neugewonnene Freiheit verblüffte mich, und ich wunderte mich ein wenig über mich selbst. Oder auch wieder nicht. Allein die Fledermäuse waren aufgebracht. Es dauerte lange, bis wir wieder aus der Höhle hervorkamen.

Als wir am darauffolgenden Wochenende wiederkehrten, waren wir mit Lampen ausgestattet und in Begleitung von François, Solange und Alain, dem Leiter der Ausgrabungsarbeiten in Bordeaux.

Sylvain wollte die Höhle erforschen, auf die wir gestoßen waren und in der sich Pascals Werkzeug befunden hatte. Zwar gab es ringsherum noch weitere Höhlen, doch die Tatsache, dass sein Bruder sich ausgerechnet diese ausgesucht hatte, veranlasste Sylvain zu der Schlussfolgerung, dass es diese Höhle sein musste, die seinem Großvater im Krieg als Unterschlupf gedient hatte.

Zudem geisterten all die Statuen und anderen Relikte, die im Buch so eingehend beschrieben waren, in unseren Köpfen herum. Die galt es zu entdecken. Sie mussten sich in dieser oder einer benachbarten Höhle befinden.

Unsere Höhle war schätzungsweise zwanzig Meter tief. Wir gingen einen schmalen Gang entlang und mussten uns sehr bücken. Doch im letzten Abschnitt, einem an die fünf Meter langen Raum, waren die Wände wieder hoch. Die Fledermäuse schlummerten. In diesem letzten Raum stand eine längliche Wanne aus Holz – Sylvain erinnerte sich, in der Mühle eine ähnliche gesehen zu haben –, die jemand auf schwere behauene Steine gestellt hatte, um sie vor Feuchtigkeit zu schützen. Darin befand sich eine siebzig Zentimeter große Statue, mein «David», nackt und mit Hut.

In höchster Aufregung hoben wir ihn aus der Wanne. Ich schlug das Buch auf, um Alain die sehr treffende Reproduktion in der Buchmitte zu zeigen.

Für Sylvain handelte es sich um eine Bronzestatue. Er nannte ihn «Merkur» und setzte ihn vor sich hin. Ein Federhut mit breiten Krempen, das Accessoire des Reisenden. Merkur, der Erfinder aller Künste, der denjenigen half, die das Schicksal herausforderten. Er saß auf einem Baumstumpf, auf dem eine zu neuem Leben erwachende Pflanzenwelt gedieh, und spreizte das auf den Stumpf gestützte, angewinkelte rechte Bein ab.

Sylvain betrachtete ihn fasziniert.

«Merkur ist der Zwillingsbruder der gallischen Gottheit Lug. Welch eine fabelhafte Skulptur.»

Im Laufe der Nachforschungen sollten wir auf dem Gelände auf weitere Figuren stoßen, kleine Bronzestatuen, Tierdarstellungen, die alle mit Merkur in Verbindung standen: Adler, Ziegenbock, Schildkröte, Hahn, Widder.

Das geschulte Auge der Archäologen machte im Erdreich, dort, wo Solange und ich nichts entdecken konnten, noch Ziegel, Metallreste und Perlen aus, die ich für Holz oder Steinchen gehalten hätte.

Ich deutete im Buch auf die Seite, wo die «Überreste geweihten Kriegswerkzeugs» abgebildet waren, wie die Archäologen es nannten. Auf der Seite gegenüber war ein Perlenhalsband zu sehen.

Außerdem wies ich sie auf die Seiten mit den ockerfarbenen und blauen Rauten hin. Die Archäologen identifizierten sie als Fibeln, also als Broschen, die den Zweck hatten, die Enden eines Gewandes zusammenzuhalten.

Tatsächlich fanden wir in einer natürlichen Aushöhlung auch ein kleines Holzgefäß und darin drei Fibeln. Wir stießen auf kurze Speere, das Perlenhalsband sowie auf weitere Broschen, die im Buch nicht abgebildet waren.

Als wir uns wieder auf den Weg nach oben machten, blieb Sylvain zurück. Er stand erstarrt in der Mitte der Höhle, und auf seinen Unterarmen lagen, wie eine Opfergabe, das Holzgefäß sowie der Schatz.

Ich vernahm ein undeutliches Murmeln. Ein Zauber schien zu wirken. Man brauchte sich nur vor die kleine nackte Merkurstatue zu stellen, und man fühlte sich weniger einsam. Wie bei den Putten und Flügelknaben in der Kirche Saint-Lazare, unter denen man nie alleine ist.

Unsere drei Gefährten gingen weiter zur Tempelanlage, ich setzte mich an den Eingang der Höhle und wartete auf Sylvain.

Einundzwanzigstes Kapitel

Einen Monat später reiste Sylvain nach Ägypten ab. Er hatte den Zeitplan für die Ausgrabungen im nächsten Jahr erhalten. Das Gebiet um das Fanum hatte er unter Denkmalschutz stellen lassen, die Merkurstatue und die anderen Relikte in Sicherheit gebracht.

Merkur hatte seinen Charme spielen lassen und alle mit seinen Qualitäten bezaubert. Allein ihm und seiner Seltenheit war es zu verdanken, dass sich die Behörden der Sache mit der Tempelanlage so zügig angenommen hatten. Neben den Fibeln, dem Halsband und den Speeren, die Pascal und der Großvater geborgen hatten, war Sylvain zusammen mit einigen Kollegen im Rahmen einer mehrtägigen Ausgrabung auf noch mehr Perlen sowie auf Schildkrötenpanzer gestoßen.

Im Frühjahr würden die Arbeiten beginnen, um das Fanum der Öffentlichkeit zugänglich zu machen. Dafür standen Mittel aus der Region und auch vom Staat zur Verfügung. Um den Leuten zu gefallen, bemühte sich Monsieur Claverie nach Leibeskräften und setzte Himmel und Hölle für das Projekt «Gestaltung des Schutzgebiets der galloromanischen Tempelanlage» in Bewegung. Die Gemeinde sah es selbstverständlich als ihre Aufgabe an, so schnell wie möglich Pascals Pfad von der Mühle bis zur Kultstätte mit Markierungen zu versehen, an den steilsten Abschnitten Steinstufen bauen zu lassen und auf Wasserstellen hinzuweisen.

Die Menschen in meiner Straße, André, Sébastien, Mademoiselle Cécile, der Abbé Maupin und sogar Monsieur Roche, der für gewöhnlich nur ungern seine Uhrmacherroutine unterbrach, engagierten sich in dem neugegründeten «Verein zur Förderung der Tempelanlage und zum Gedenken an Pascal».

Seit ich ihn mit meiner Halskrause beeindruckt hatte, erfand der einzige Sohn der Buch- und Schreibwarenhandlung jeden Montag einen neuen Kosenamen für mich.

Die beiden Schwestern mussten sich wohl oder übel damit abfinden, dass ich bleiben würde, und hatten aufgehört, mich zu quälen.

Der Abschied von Sylvain war mir schwergefallen.

Auf dem Handwerkermarkt hatte ich Gemeinderäte und neue Kunden getroffen, und ich hatte gut zu tun.

Jeden Samstag fuhr ich hoch zur Mühle, wo François und seine nette Truppe versammelt waren. Sébastien kam normalerweise mit.

Kurz vor Weihnachten fuhr ich für ein paar Tage nach Paris. François nahm mich im Auto mit. Ich sah diese Stadt, in der ich doch einmal gelebt hatte, nun mit ganz anderen Augen.

Anschließend begab ich mich zweihundert Kilometer weiter südlich, um nach mehr als zwei Jahren das Haus wiederzusehen, das einst meinem Großvater gehört hatte, das nun meine Eltern bewohnten und das eines Tages mir gehören würde. Ich verbrachte viel Zeit am Fuß des Kastanienbaums, unter dem mein Großvater gestorben war.

CYRANO Doch nun verzeiht; nun muß ich euch verlassen;
Ihr seht, der Strahl des Mondes will mich fassen.
Sie sollen Ihren Christian stets beweinen;
Nur bitt ich, geben Sie, wenn ich der Fessel

Des Erdenseins entledigt bin,
Dem schwarzen Schleier einen Doppelsinn,
Um ihn und mich auch trauernd zu vereinen.
(…)
Und niemand soll mich stützen! Nur der Stamm!

Epilog

Mir war doch etwas mulmig zumute, als ich an einem späten Sonntagabend aus der nördlichen Loire-Gegend wieder nach Montlaudun zurückkam und mein Gepäck in dem verlassenen Atelier abstellte.

Auf dem Nachttisch lag, wie es sich gebührte, eine neue Cyrano-Ausgabe. Leicht schlotternd kroch ich in das kalte Bett, rief mir André in Erinnerung, der mir am anderen Morgen um zehn meinen Strudel bringen würde, dachte an die neuen Anschläge, die Sébastien in seinem Schaufenster angebracht haben würde, an Monsieur Roche, der sich bestimmt nicht verändert hatte, an Mademoiselle Billon, die sich vielleicht endlich für eine Brille entschieden hatte, an das Buch mit dem Fanum, das in Vereinseigentum übergegangen war und sich hinter sicheren Bibliotheksmauern befand. Ich dachte an Solange, an die abgesagte Reise nach Ägypten, die ich letztlich aus Geldmangel und wohl auch aus Angst, Sylvain wiederzusehen, nicht unternommen hatte. Ich dachte an François, die Mühle, alles beschwor ich herauf, meine ganze kleine Welt.

Ich versuchte, mich auf all die Dinge einzustimmen, die ich in den nächsten Tagen zu erledigen hatte. Beim Fanum und bei der Mühle vorbeischauen, bei André ... Endlich schlief ich ein.

Am nächsten Morgen stand ich sehr früh auf und klappte wie gewohnt die Fensterläden zurück. Die Sterne standen noch am Himmel, die Luft war trocken und eisig kalt.

Ich wusch mich und ging nach unten ins Atelier.

In der Backstube war André bereits eifrig zugange.

Der Kaffee war gekocht, mein Marmeladenbrötchen geschmiert, also schaltete ich den Computer an. Ich saß in seinem bläulichen Lichtschein und wartete darauf, dass er mir meine Nachrichten anzeigen würde.

Da klopfte jemand an meine Tür, leicht und mit Bedacht.

André war das nicht, sonst wäre beim Verlassen der Bäckerei das Glockenspiel erklungen.

Ich stand auf und ging die Tür öffnen, mein Herz pochte etwas schneller als vernünftig.

So klopft man nicht zu dieser Stunde an die Tür einer Buchbinderin.